| 散 | 文 | 集 |

SHAN NA BIAN SHI HAI

U0619641

甘茂华 著

GANMAOHUA
ZHU

山那边是海

中国出版集团

现代出版社

图书在版编目（CIP）数据

山那边是海/甘茂华著. --北京：现代出版社，2016.3
ISBN 978-7-5143-4679-4

Ⅰ．①山… Ⅱ．①甘… Ⅲ．①散文集－中国－当代
Ⅳ．①I267

中国版本图书馆CIP数据核字（2016）第038308号

山那边是海

作　　者	甘茂华	
责任编辑	李　鹏　陈世忠	
出版发行	现代出版社	
地　　址	北京市安定门外安华里504号	
邮政编码	100011	
电　　话	010-64267325　010-64245264（兼传真）	
网　　址	www.1980xd.com	
电子邮箱	xiandai@vip.sina.com	
印　　刷	北京一鑫印务有限责任公司	
开　　本	787×1092　　1/16	
印　　张	16	
字　　数	240千字	
版　　次	2016年3月第1版　2022年7月第2次印刷	
书　　号	ISBN 978-7-5143-4679-4	
定　　价	49.80元	

　　甘茂华　土家族，中国作家协会会员，中国少数民族作家学会会员，中国散文学会会员，知名散文家，词作家。籍贯湖北恩施市，定居湖北宜昌市，旅居加拿大温哥华。现已出版各类文学著作13部。历任湖北省作协理事，宜昌市作协常务副主席，宜昌市散文学会名誉会长。获得首届湖北文学奖，第一届、第二届湖北少数民族文学奖，第八届、第九届湖北屈原文艺奖，第十届全国"五个一工程"奖，第六届全国冰心散文奖等重要奖项。

自 序

走在寻找散文的路上

又是冷雨敲窗时，坐在书房里，心里反而温暖。整理自己的书稿，前尘往事，总像从梦中流过。这是我的第十三本书，也是第九本散文集，其余几本是小说、评论和歌词。由此可见，我写作的主要方向是散文。许多朋友劝我重拾小说，我则不以为然。是麦子就该长在地里，是水稻就该生在田中，如果互换位置，就把麦子和水稻置于了死地。有人说过，提起一只脚是容易的，但是我们再把它放到哪里去呢？贾平凹说得好："是一株麦子就不指望去结玉米棒子，而力争把麦穗结好。那么，坚持，坚持着自己，就成了我十多年间写作的唯一信念。"我喜欢读散文，写散文，评散文。我坚信散文在中国文学中是最有根基的，从先秦到汉晋，从唐宋到明清，从白话散文的民国到现代散文的中国，散文的河流真是长流不息，从远方流向远方，从生命流向生命。

《山那边是海》收有七十多篇散文，大多是近两年的新作，也有少数篇什过去发表过而未入集，这次一并奉献给读者，给自己也留个纪念。其中，有某种意义上的纯散文，即所谓艺术散文；有行走散文，即所谓游记；还有读书笔记、作家书简、文学评论等，都是直接书写与我生活有关的真实感情和经历中体验到的独特感悟。有限的生命只能写出有限的作品。足迹有多远，散文就跟着走多远。联合国教科文组织的一份报告中将人类进步归为两条：寿命的延长和足迹的扩大。边走边唱，且行且远，这是人生中多么快乐的事情。过了河还有山，山那边还有海，开开阔阔看世界看人生，又是多么幸福的事情啊！光头书生写这本散文，也就是写故乡与他乡、此岸与彼岸、读书与读人、快乐与幸福。然而，王国维早就说过，散文是一种易写而难工的文体。怎样看散文，怎样写散文？我一直走在寻找散文的路上，散文是我心灵深处生命历程的《诗经》。借这次出书的机会，在此与朋友们交流一下对散文的认识和写散文的体会吧。

在中国，散文是文学的正宗，小说是说书人的手艺，因此散文更能够登堂入室。中国古典散文，非常注重文字和意境。而西方散文，大多注重叙事、注重内容，而不太在乎文字之美。我们在美文上太下功夫了，有时耽误了内容。如果抱着宏大叙事与散文无关的态度，单纯只注重写个人的一点小感受，也很难在传统文化园地或当今文坛占一席之地。

有些职业散文家写多了，血性就没了，激情就冲淡了。许多年轻人的先锋、前卫的散文，的确给文坛带来了冲击波和震撼力，就像女性生命成长的标志是第一次来潮一样，显示着青春的成长和魅力。

小说是复合型结构，散文是单一型结构。现在的散文有"四化"的总趋势，即小说化、随笔化、学术化、诗意化。值得警惕的是，有些散文把生存的艰难和一地鸡毛式的简单琐碎的生活都归附于诗意，造成了虚饰和美化生活的负面效应。

整体上看，散文作家面临很尴尬的局面，处于精神需求和市场需求的两难之中。专门从事散文写作，已经没有优势。职业散文家将会逐渐消失，散文的抒情功能将会逐渐退化，提供故事性和知识性在散文写作中变得很重要了，散文叙事中要注入生命的体味和感悟。有生命疼痛感的作品当然是好作品，散文就是从生命里流出来的东西。

怎么突破现状？还是要多读些中国古典文学和外国文学经典。蒙田的随笔，梭罗的瓦尔登湖，俄罗斯的普列什文，普列斯特的美文，松尾芭蕉的散文等。像法国的封布尔一样，写昆虫，融合自己的个性，找到一个点，深挖下去，挖出金子来。近年来，有一批年轻的女作家，在散文领域独领风骚。葛水平的《河水带走两岸》，冯秋子的《圣山下》，叶多多的《边地书》等，都是使人感到异彩斑斓的优秀散文作品，她们的散文，犹如麦粒般饱满、动人心弦。

唐宋八大家就是散文八大家。其语言之美，有音乐旋律之美，朗诵起来就是铿锵的玫瑰。但更重要的，他们的作品都有思想游走其间。高尔泰的《寻找家园》，徐晓的《半生为人》，野夫的《乡关何处》，齐邦媛的《巨流河》等，就是一批思想含金量高的当代优秀散文作品。这样的散文，从记忆中散发出来思想的火花，让我们触摸到一种精神的崇高，照亮我们内心的黑暗，走向人生深处，撞击于肝胆之间。

湖北作家华姿的散文，也是特别饱满的。哪怕是一点一点苦难，她也把它当作生活的恩惠和赐予。她在个人生活中用笔再造了一座花园。一般而言，小说可以审丑，而散文主要是审美。往往是从一个很小很小的点切入，然后展开，读起来很舒服。华姿的散文对生命有本质的认识，文字优美而又大气。

襄阳的席星荃和荆州的王芸（现在江西），都是十分优秀的散文家，但又各不相同，各有特色。席星荃的散文是回望的风景，王芸的散文是心灵的梦境。席星荃的散文根基较厚，质地较实，稳重的叙事风格使人平静，在乡土深处，长出了一种民间文化的果子和经受生活磨难后的一片田园。王芸的散文理性较浓，文字较美，亲切而又温暖的诗意感人心怀，以生命的爱为出发点，归宿到人生这篇大文章来。一个是质朴的土地，一个是清新的河流。

从个人来讲，今天写散文，应该保持自我的定力，文学中的浮躁病非常有害，如盐碱地，什么都不能生长。良知写作，就是历练自己的灵魂。我赞成对生活的还原，不赞成一地鸡毛。我认为真正扎根在自己土地上的东西，带有根本性的东西，是会被别人理解和欣赏的。所以，我反对一味模仿别人，反对跟风。一条狗一叫，一百条狗跟着叫，那叫狂吠病。

要想写散文出名，太难太难了。蜀道之难，难于上青天。怎么办？要么是思想，要么是文化，要么是地域特色，要么是文体创新，要么是语言鲜活等，总之要有自己的强项，而且善于扬长补短。人和人的个体差异性是非常之大的，紧紧抓住差异性，深深发掘文学资源，就有可能崭露头角。

生活重要，还是技巧重要？这是个老问题。自己的生活，别人的生活，阅读的生活，体验的生活，都是生活。莫言说过，其实文学说到底就是写什么的问题，就是个生活的问题。生活，完全是靠一些强烈的内心体验才能认识到的。题材，你抓住了就抓住了。《檀香刑》是历史上一种非常严酷的刑法，为什么研究刑法的人写不出来，一百个人有九十九个写不出来，只有一个莫言写出来了。我们看周围的作家，有的人写着写着就断裂了，许多人是没有生活的。技巧脱离了生活，是无源之水、无本之木。陈应松的神农架系列小说的激情和精神价值，得益于神农架的生活以及由这方水土所滋生的无边的爱和悲悯情怀。

对于少数民族作家而言，过分地强调一种民族文化，需要保持高度警惕。每个人要钟情于自己的地域文化，但你把它强调过头了，就假了。真正重要的不是它的婚俗、习俗、食俗，而是这个地方的人真实的生存状况、精神状态和生活方式。何况，现在很多少数民族地区的旅游文化，其实就是一种伪文化。

写出散文好作品，一是要发现生活，二是要认识生活，三是要写活生活，四是要积淀生活，五是要思考生活。尤其是站在哲学层面对人性进行思考，文章中处处见到思想的火花或光芒。你是给我情感的东西，还是给我思考的东西，抑或给我独特的经历，都可以，但你总要告诉我一些不知道的东西。如果都知道了，读者还看这样的东西有什么用？

网络散文与正统散文没有什么区别，甚至比正统更正统。网络散文和报刊散文也区别不大。不过，网络散文完全是生命质感的裸露，用非常简单而有趣的语言，表达了生命的脆弱与坚韧。不要排斥网络散文，而是要择其善者而从之，拿过来为我所用。

女作家葛水平说："每个人都有自己灵魂的行走，时间意义上的行走可能千差万别，而行走意义上的精神依托却是最为重要。"我走我在，我写我在，散文的生命体验——便是精神和灵魂的归属。走在寻找散文的路上，风景这边独好。

甘茂华

2016年元旦于宜昌市格子寨

卷一　故乡与他乡

卷二 此岸与彼岸

卷三 读书与读人

卷四　门里与门外

附录　文朋与诗友

卷 一

JUANYI GUXIANG YU TAXIANG

故乡与他乡

那些山寨的故事和传说，

按照二十四节气自然生长。

也留给后人围着火塘喝苞谷酒时，

故意撩一撩那个就着火光

绣鞋垫的土家妹子。

在吊脚楼的栏杆上，

晒着一串又一串火辣辣的情歌。

在鸳鸯戏水的丝线中，

缠绵着老祖先源远流长的乡愁。

——作者卷首题记《缠绵的乡愁》

为纤夫写照

雾总是在峡口那里升起，那是轻歌曼舞的流云。江水从容平静，缓缓地抒情。我那年看到纤夫时，长江不是这样的，江水激流翻滚，不像现在这样慢条斯理。那时还有纤夫，还有号子，生死挣扎的情景，看得人胆战心惊。特别是船工号子，纤夫齐声呐喊，那声音尖锐，音窄调高，扯心扯肺，真是悲壮万分。我为此曾经写过一篇短文《川江号子》，感慨那个朴实纯真的岁月。如今江河日下，再也看不到三峡纤夫了。

摄影家颜长江为三峡的地理和人物拍过许多有历史价值的照片，极其珍贵。他说："三峡拉纤，历经数千年，是三峡文化与川江风骨的象征，纤夫号子也是最惊心动魄的民间音乐。到21世纪初，仅有长江支流乌江与神农溪尚有原生态的拉纤。神农溪纤夫素喜半裸拉纤，因而自20世纪80年代以来就是摄影家爱拍的对象，2003年蓄水后，此溪水平如镜，拉纤沦为表演性项目。"

神农溪我去过多次，早先拉纤真的是与江水搏斗，纤绳绷成一支箭，直叫人担心绳断船翻的事故发生，绝对不是那些凭空想象的人唱的"纤绳荡悠悠"。我的高中同学苏志斌是巴东人，曾写信告诉我，他的一个亲戚就是神农溪纤夫。这个纤夫为旅游船拉纤时，一个日本姑娘爱上了他，而且非嫁他不可。问及原因，日本姑娘说："我就是爱他拉纤的勇敢，还有肌肉，强健的体魄。"但纤夫已经成家，日本姑娘好梦未圆。据说，《知音》杂志报道过这件事情。

我后来读到纪陶然编著的《天朝的镜象——西方人眼中的近代中国》一书，其中辑录了三则关于纤夫的见闻。西方人在中国游历时，观察到许多底层劳动者，他们是真实中国的写照。如外国人描述所见到的"纤夫"，就像黑白老照片一样，为百年前的那个时代立此存照。

　　英国商人立德在《通过长江三峡》一书中写道：我们的五个纤夫，手脚全贴在凹凸不平的石头上，一寸一寸地拖着船。我不能不赞美这些可怜的苦力的刚强和忍耐，拖两个月的船只赚两元钱，每天吃三顿糙米饭，再加上一点炒白菜，就靠这点营养，每天从黎明卖命到天黑。莫里循在《中国风情》中描述川江上的纤夫及其号子：经常结成百人一帮，像一群号叫的猎狗一样爬上山石。每个纤夫的肩上都束着纤绳，他们一起唱着号子。在急流出现的地方，他们像《伏尔加河上的纤夫》一样紧攥着纤绳。纤绳虽然在巨大的张力下吱吱嘎嘎地作响，但是纤夫们抓得很牢。英国领事官谢立山在《华西三年》一书中说：纤夫也值得一提。除了乐师和潜水员之外，几乎所有身子灵巧的小伙子都愿意跳上江岸去拉纤，吃饭不超过一刻钟，从来都不发脾气。

　　我在2015年春季号《屈原文学》杂志上读到一篇文章，那是1898年冬天，一个叫伊沙贝拉·伯德的英国女人，在笔记中真实记录的她眼中的峡江和纤夫。她站在新滩的岸边看过去，"一群群半裸的纤夫，拖着1200英尺的纤索，挣扎着越过礁石，拖曳着、呼叫着、喊着号子，走出一片荒凉的河岸，群山黑黝黝地憔悴地耸立，直插寒冷、阴沉的天空。"

　　那些开凿在礁石上以便拉纤的石梯又窄又陡，仅一脚那么宽，人在其上，令人眩晕。纤夫走在上面，看起来只有蝇大小。他们的生命每时每刻都处于危险中，或因天雨岩滑而失脚，或被帆船沉重的后曳力拉倒，翻落江中淹死；帆船拖在竹制大缆绳的末端，缆索有胳膊那么粗。开始拉纤时，纤夫解开盘式圈的纤绳，每人用一个索结把纤绳系在胸带上。帆船上敲起鼓来，这长长的一串人开始起动，他们踏着脚步大声喊着号子。纤夫们走步奇特，移步很短，每一步都摇摆着手臂，身体前倾，俯伏得非常之低，差不多双手触地，远看起来像是些四足的动物。他们攀越过尖角嶙峋的巨大礁石，用背滑下光滑的悬崖，站在彼此的肩膀上爬上峭壁；或以手指，或用脚趾前进，时而膝行，手脚并用；时而在倾斜的断崖上，那种地方唯有草鞋能使他们免于滑入下面汹涌的激流；随即下行靠近深水，侧身绕过光滑的峭壁，艰难地走在只有山羊才能踩稳的路面上；然后，又走在远处峭壁的上方，沿着悬崖的边缘跳着、喊着；或者走在距水面极高的陡坎边，从岩石中开凿出的狭窄小道上。

所有关于三峡纤夫的见闻录，真实得残酷，描述得令人恐怖。在一百多年前，没有别的工作比纤夫更多地暴露在危及肢体和生命的险境中了。许多人摔下悬崖淹死了，还有一些人摔断手足，遗弃在岸上听天由命。当纤夫跌倒不能从索套中解脱出来之前，他瘦弱而赤裸的躯体就要被拖着在岩石上滚撞。像退役运动员一样，几乎每个纤夫身上都可以看到割伤、瘀伤、创伤、鞭痕，严重的扭伤和疝气很普遍，这是拖船时过度用力的结果。纤夫老了，浑身疼痛，饮一杯浊酒，叹一口长气，庆幸自己还活着。我后来每次看到船工号子的舞台表演时，眼前就出现峡江的礁石、激浪、漩涡和纤夫赤脚攀上悬崖的情景，一颗心疼得发抖，生怕他们稍有不慎，就会赤身裸体倒在锯齿状的粗粝岩石上。

在我听过的纤夫民歌中，秭归民歌唱得最真切最凄伤最形象。三尺白布四两麻，脚蹬岩缝嘴啃沙。鸡颈项伸成鸭颈项，好比老牛拉犁耙。有女莫嫁望郎滩，一根扯纤连心肝。早晨出门郎抱姐，月亮出山姐跳滩。三峡诗人冉晓光写过《纤痕》《老纤夫》，描绘峡江特有的景象，刻画峡江的山民。如《老纤夫》写道：一滴泪/偏偏在不拉纤的时候/滚落下来/许多年前/稚嫩的肩头也殷殷渗出过/第一滴血/他不止一次想过/怎么可以用血与泪来意解/纤夫的路呢/峡谷里喊出的/每一声悠长的号子/都是大江的痛/……于是，七百里峡谷的水声，回旋在二十四个望郎滩上，船夫的喉咙冲出亘古情歌。

前不久，我在夷陵区女摄影家杨和那里，看到了她保存的一组纤夫照。杨和是个有心人，为人热情友善，敬业又能吃苦，而且精于摄影艺术，常常为一个镜头跋山涉水，攀登雄关险峰。那些纤夫们一丝不挂，在江滩岩石间倾斜着身子拉纤，阳光把他们烤成铜雕，焕发出野性的健美。峡谷深切，高山是他们挺起的脊梁；峡江奔腾，山路是他们背起的纤绳；峡道盘曲，江风是他们粗犷的呼啸；峡浪咆哮，号子是他们激情燃烧的呐喊。不尽长江滚滚来，伴随着纤夫生命的历程。

　　来自福州的女摄影家安林爱上了三峡，她曾多次沿着峡江拍摄老纤夫形象。她的文字和她的摄影一样精彩，像花一样婆娑地绽放。她在巴东链子溪入口处，拍到一座矗立着的高约20米、粗约4米的巨型纤夫石。这是后人为了纪念峡江纤夫而立的。据说，历史上曾有4座纤夫石。那些纤夫石每一座都有煤油桶那么粗、人那么高。拉船的纤夫把碗口粗的缆子绕在上面稳住船只，天长日久，那些石头被勒出了很深的绳子印，黝黑而深邃。这是无数的纤夫共同创造的雕塑，是一种力量与悲壮的生命象征。纤夫号子至今仍在纤夫石上缠绕着、呼号着。

　　只要你听过纤夫号子，心便从此不会脆弱。就像里尔克所说：我的听觉里有一所庙宇。对于那些已经消失的事物是不能过于惋惜和遗憾的，但要记住，并从中学会坚强地面对自然和人生。记得作家方方说过："所有关于三峡的东西，都应该记住。不只是风景，不只是大坝，不只是旧址，不只是遗址，不只是过程，不只是历史，而是一切！"我们应该像纤夫那样匍匐在江边，拉纤，喊号子，结结实实地吼一嗓子，把生命的元气投入到那些奔流不止的波涛中去。

流淌在古盐道上的歌声

山路十八弯，湖北到四川。过了九道河，还有九座山。

这条五百华里的川鄂古盐道由来已久，早在清末民初，崎岖山路上，运盐人便络绎不绝。它是从四川巫溪县（今属重庆市）宁厂镇通往湖北房县、保康、兴山、秭归、利川、巴东等县的几条古老山路，东连荆襄（荆门、襄阳），南通施宜（恩施、宜昌），历史上以运输食盐为主，故称川鄂古盐道。从兴山通往神农架境内的古盐道，背脚子大多以阳日湾为起点，经松香坪、茨芥坪、田家山、鸭子口、长崖屋、大九湖，翻越太平山，到达大宁盐厂。在古盐道上运盐的人，因使用工具的不同，房县、保康人用扁担挑盐，叫"挑夫"；兴山、神农架人用背架子背盐，叫"背脚子"；而我老家恩施、利川人用背篓背盐，则叫"背佬儿"。尽管山高路远，餐风饮雪，打雷扯闪，暴雨倾跌，背脚子却不惜流汗流血，甚至拿命去换盐。盐很金贵。盐是维持人类生命的能量。没有盐无法过日子。特别是抗日战争时期，海盐、淮盐不能运进山来，川鄂古盐道便应运而兴。这是鄂西山区峥嵘岁月的一个缩影。那些高山密林的深处，一条古盐道就是历史文化的一条血脉。

从兴山到神农架，我一直在山林间行走。我的脚踩在川鄂古盐道上，感觉到一种生命的执着和踏实。当我向着藏匿着无数生命背影的古盐道走去的时候，带着遥远的追忆与感慨。那些山岩石阶上凹下去的大脚印，泛着雨水的亮色，很可能还残存着背脚子的体温。亘古的山岗保存着原始的状态，遮天蔽日的树木，经历漫长岁月的风雨之后，依旧互相依偎着挺拔着，始终不肯向命运低头。甚至在乱草丛中，刺巴笼里，竹叶青蛇也敢钻来钻去，花斑鸠也敢飞起飞落。路边野花恣意生长，凉嗖嗖的山风在三伏天也吹得人皮肤起鸡皮疙瘩。神农架，这个美丽而又神秘的地方，朴素而又繁华的世界，遥远而又异彩斑斓的风景，连同这条川鄂古盐道，滋养着我的身心。那些奔波在古盐道上的背脚子，脆弱的生命该以怎样的顽强和坚韧，才能背负沉重如山的人生？我知道这条路上每一步都极其艰难，没有田园牧歌，只有生命的挣扎和呐喊。正这样想着，从板壁岩方向就传来一阵钻心钻胆又钻肋巴骨的山歌：早上三声喊幺妹，晚上幺妹喊三声，抱起铺盖满铺滚，不怕旁人嚼牙根。背盐不怕脸朝天，鼓起眼睛也打鼾，抱在一起心头热，要把幺妹的魂喊断。——这是背脚子的歌，上百年来，扑不灭的火焰！情感的岩浆在这里奔突，生活的酸甜苦辣在这里搅拌，背脚子的磨难和梦想在这里辗转纵横。顿时，我感到雷打天开，面对苍莽群山，无话可说。从中，我体味到了背脚子炽热如火的爱和强悍的生命的力量。

背脚子俗称"脚行"、"力人"，他们在行进中有很多自己的歌，用歌把满肚子苦水倒出来，用歌把心爱的人喊出来。我老家恩施有一首《背佬儿歌》是这样唱的：背佬儿，三只脚，背佬儿活路不松活。背上背的像座山，爬坡下坎打搞脚。三步歇，五步站，腰也弯来背也驼。吃的粗茶和淡饭，头上戴的蓑叶壳。为人莫当背佬儿，长大媳妇都难说。——为什么是三只脚？还有一只脚是打杵。背脚子注定一生辛劳，而这种辛劳本身的苦难历程所伴生的苦中作乐的山歌，实在是一种残酷的快乐。谁懂呢？谁疼呢？最怕的是那些长年背盐的单身汉，他们注定要在古盐道上承受炼狱之苦，在背脚子的山歌中获得永生。

后来，我在大九湖镇文化站的仓库里，看到他们搜集来的背脚子运盐的工具。背篓，不是普通的背篓，框篾又宽又厚，背沿缝着一圈包皮，背篓屁股底下绑着一块牛皮，载重又耐磨。打杵，不是一般的打杵，硬柏木做的，底下包铁箍，杵尖像个铁陀螺，经久实用。还有斗笠，蓑衣，皮垫肩，麻草鞋，冰雪天防滑的脚码子（其作用相当于汽车的防滑链），走夜路照明的马灯，下雨天遮雨的油布等。光看这套工具，就知道古盐道的苦累险恶了。镇上的宣传委员给我请来一位背脚子老汉，姓苏，他点上一支烟，讲起了"背脚经"。他说："背脚有背脚的规矩，一包盐有二百斤，来回一趟要一个月。走得远，赶不得急，上七下八平十一，多走一步是狗日的。上山七步一歇，下山八步一歇，走平路是十一步打一杵。打杵不能打在石板上，那是要命的。歇气时，打杵横在背篓底下，双手握紧打杵两头，脚叉开，站成一个三角形，然后嗨的一声吐出一股长气，人一下子就舒服了。还有一条规矩，早上三杵慢悠悠，晚上三杵赶栈头。清早起来骨架子没有打开，要慢慢来，傍晚要找客栈，就得抓紧赶路，不然就只能住在荒山野岭的岩洞里，搞不好就成了野猪饿狼的下饭菜。盐路难走啊，比上天还难啊！"

随着苏老汉的讲述，我眼前出现一幕幕背盐的情景，耳边又响起那首钻心钻胆又钻肋巴骨的背脚子山歌，那是一种生命的煎熬和疼痛，辣糙糙的触动骨髓的苞谷酒啊！不过，我仍然深感忧伤，一种捅破了伤口血流不止的痛苦和悲伤。我看到了背脚子生存路上的脚印，风雨夜归人的渺茫的希望。据说，路上有个叫"九条命"的地方，曾经有九个背脚子遭强盗抢劫打杀，在这里命丧黄泉。还有个地方叫"卸甲坡"，因唐朝一位将军把盔甲卸下来在此休息而得名。背脚子不叫休息，叫作歇脚或者弯艄。有一天，兴山的几个背脚子走到卸甲坡时，天黑下雨，前面几十里路又没有人烟，只好找一户人家借歇。这户人家人多，已经没有弯艄的地方，他们只好在火垅边烤粑粑吃、打打瞌睡。第二天麻麻亮，道声多谢，又接着赶路。这还算好的，下雪天冻死人，三伏天累死人，被人推下天坑害死人，悬崖边一脚踩空掉下深涧摔死人，都是经常发生的事情。我看苏老汉讲这些故事时，低下头闷闷地抽烟，咕咚一声，喉结一动，硬是把喉咙里酸酸的东西吞下去了。

苏老汉已经是米寿之人了，瘪嘴豁牙，干瘦的脸上，那双浑浊的眼睛，使人感到夜半的凄惶。为了转移他的思绪，我又给他敬了烟，请他给我唱首背盐的山歌。苏老汉仰起脸想了半天说："就给你唱首《背盐歌》吧。"据他说，这首歌流传在房县和神农架林区，早些年他曾经给几个摄影记者唱过。苏老汉嘶嘶啦啦地唱起来：大宁厂，开盐行，累坏了湖北好儿郎。大昌街上开黑店，油渣子背窝钻心寒。杨溪河，到马堰，川垭子就在大路边。有钱的哥哥吃顿饭，无钱的哥哥吃袋烟。八坪谷的苞谷好卖钱，杀得老子难过年。荫凉树，蛤蟆井，路过三墩子继续行。太平山,自生桥,黑水河旁来弯艄。娘娘坟,水井湾,苞谷荞麦当的饭,铜洞沟,黄柏阡,放马场有个孙玉山。漆树垭,下碑湾,碑湾有个李子端。青树包,直接走,一直走到鸡鸣口。天晴之日心欢喜,下雨之时有些愁。有钱的哥哥拉一把,无钱的哥哥对岸吼。水田坪还不要紧,薛家坪有葵花井。九道梁上无心坐,接着又上暮阳坡。七十二道河难过,接着又上獐子山。獐子山上横起过,接着又下上当河。上当河有扯垮庙,薛蛟薛葵取得宝。狮子崖,门古坡,来到城里坐一坐。脚板皮走掉好几层,我再生不到房县城。

苏老汉的背盐歌,就是一张川鄂古盐道的路线图。苏老汉的声音,那是天生的原生态,是来自盐道神灵的恩赐。看来,盐道在他灵魂里扎下了根,哪怕死去了也会灵魂出窍。这些唱在古盐道上的歌,带给我的是什么?生命的盐,滋养身体和精神的盐。在当下这个物欲横流的时代,生活中早已不缺食盐了,川鄂古盐道也早已湮没在历史的故纸堆中,成为一条弃而不用的废道了。那么,再说这些陈谷子烂芝麻的事,有意思吗?最近,读到科学家魏世杰的故事,让我深受感动。他说:"也要热爱苦难的生活。"为什么?人人都热爱幸福的生活,都在拼命创造这样的生活。但苦难也是生活的一部分,对此我们别无选择。面对苦难,不要抱怨,不要逃避,更不要绝望,而是要拿出决绝的勇气,付出百倍的行动,依旧热爱这样的生活。照我思索,就要像古盐道的背脚子一样,即使天大的苦难,也要把它唱成一首歌,一首扼住命运咽喉的歌。不是为了苟延残喘,而是因为生命的慰藉。说到底,川鄂古盐道就是一段凝固的旋律,感天地,动鬼神,永不过时。

直到今天,人心焦虑浮躁的今天,大山里的男人和女人依然在偏远的山寨里用最本真的生命语言诉说着他们的欢乐和痛苦、梦想和忧伤。我在山林间继续行走。我看见有一缕一缕金线般的阳光洒在川鄂古盐道上。我终于明白了,那些歌就是对苦难生活的追索和热爱,在白云深处,也在人心深处,像金子一样,熠熠闪亮。

一条追梦的河流

曾经写过后河，说她是鸽子花的故乡。

如今又见后河，女大十八变，越变越好看。

我们去的时候，正是人间四月天，万物叫春的时节。一脚踏进五峰后河国家级自然保护区天门峡景区，所有人都发出了叫春的声音：是谁把天堂搬到了人间？是谁把陶渊明的桃花源搬到了后河？是谁把王维"诗中有画，画中有诗"的诗篇写到了后河？是谁把王羲之曲水流觞的兰亭盛会开在了后河？要我说，是神仙，是祖先，是天公，是地母，是顺其自然的大自然！

后河，一个天造地设的好地方。

后河群山如屏。一座山头走下来，随之又是一座山。沿着山野郎中上山采药的羊肠小路，如今修起了栈道，上山下山就方便多了。栈道依山脊而起伏，山谷间有吊桥连接，从下往上看，仿佛天上牛郎织女相会的鹊桥。从上往下看，金鸡岭、观音山、鹰子岩，一揽入怀。俯仰山川，其乐无穷。无论走到哪里，后河哗啦啦流水山谷回应，伴随旅人始终。森林随山铺漫，山峰云雾纠缠，清风中飘散着林木花草的香。鸟儿在林中自由歌唱，鸟音成曲，形成了一个又一个原生态唱法的赛歌会。如果你运气好，还能看见锦鸡出窝、交脖接颈、情欲膨胀、耳鬓厮磨的情景。我在山上看见几只羊子，编了一段搞笑的顺口溜："对面山上两只羊，再看还有两只羊，原来一共四只羊，它们都在晒太阳。"引得朋友们哈哈大笑，调侃道："好诗，好诗！"于是，一路欢笑一路喊叫地下了山。慢慢地走啊慢慢地看，只要你沿着栈道走一遭，那些平淡的日子便有了味道，那些单调的生活便添了意趣。

后河清流蜿蜒。天门峡之后，称后河。后河之后，称白溪河。她由此入湖南澧水，入洞庭湖，入长江，入大海。这是一条女人的河流，一条性感的河流，一条追梦的河流。阳光下，水清似镜，看得见水里的鱼虾。两岸崇山峻岭，古树参天，藤蔓缠绕，苔草铺地，好一派峡谷原始风光！庙岭有鸽子花，五月盛开，如大雪纷飞，更是壮观。站在河边，远看青山秀水，树木掩映中村舍若隐若现，淡蓝的炊烟袅袅升起；近看一湾碧水，奇花异草送来扑鼻的清芬，挽起了人们心中的乡土情结。驻足观之，好风萦怀，记起了陶渊明的诗："结庐在人境，而无车马喧。问君何能尔？心远地自偏。"便想，若能逍遥后河，结庐为舍，邀几个红颜知己，谈诗说文，那该是浪漫的诗意人生吧。

后河风情万千。那天，游完山水，在农家吃晚饭。朋友们围着火炉团团坐，边说故事边喝酒。酒是大碗的，肉是大块的。一坨坨金黄的腊蹄子，一个个圆圆的蒿子粑粑，还有香喷喷的蕨菜春天芽。一只狗在脚下钻来钻去，不时发出啃骨头的快乐的响声。朋友们还嫌疯得不够，又请出做饭的婆媳二人唱山歌。五峰女人素来标致，这婆媳二人身材高挑，水色好，皮肤白里透红。我心里立刻冒出两句话：后河的流水清冽冽，后河的女人晒不黑。又想，说不定哪天把这两句话扩展一下，就能写成一首歌呢。媳妇开口先唱："久不唱歌忘记歌，久不洗衣忘记河。画眉藏在竹林里，指望阳雀来做窝。"那嗓音高拔转折，颤颤的，惹得众人齐声喝彩，又大喊："再来一个，荤的，越荤越好！"婆婆一笑就唱了起来，其实是巧妙地为媳妇解了围。她唱的是当地的五句子民歌："郎在高山打伞来，姐在屋里做大鞋。左手接过郎的伞，右手把郎抱在怀，你是顺风吹过来。"婆婆的歌唱得更老辣，乡野的味道更浓，使我想起一句关于文学艺术的道理：风从民间来。从《诗经》开始，古今亦然。就这样，农家饭，农家乐，给了我们营养，很多很多。

入夜了。云雾爬到山顶时停步了，月光落到后河时停步了。只有那涛声依旧的雪浪花拥过来抱过去，夜色中能听到月光被揉碎了的歌吟。点水雀扑闪扑闪在水面漂来梭去，后河更充满了柔情。在这里，日子的单纯与安静是人们的一种常态，所谓享受生活，后河是可以成人之美的。后河不是一个传说，而是一个梦，一个真实而又美丽的梦。

那么，在后河，你就浪漫一回。

在四月，你就狠狠地爱吧。

白溢寨传奇

白溢寨是一本天书，一首美丽而神奇的诗。

它位于五峰老县城北大约20公里处，曾是白莲教、哥弟会两农民起义营垒。境内山岭起伏，沟壑纵横，主峰黑峰尖为群山之巅，天池河由南向北贯穿其境。我们去白溢寨那天下着小雨，一大早，便驱车沿着长蛇般弯路盘旋上山。轻风细雨中，云雾缭绕；绿树掩映处，美若仙境；在山里，在土家人聚居的白溢寨，朴素的诗意无处不在，让人觉得古老的桃花源，莫过于此了。

走进白溢寨，锣鼓喧天，鞭炮炸响，唢呐朝天吹出热闹的迎宾曲。站在路边，一抬头看寨顶，迎面三座奇峰，让我心里哐咚一响。仰望那巨大岩壁，不知是哪路神仙的大手笔，竟然在天地间制作出如此奇异而又精美的屏风。左边一座金字塔，右边一幅山水画，中间一个大豁口，两条鲤鱼变神话。这其中有什么传说？乡亲们告诉我，远古山洪暴发，从豁口蹦出两条鲤鱼，一条白鱼是母的，一条红鱼是公的；白鱼落在山脚下的湖坪里，此处就叫白鱼坪；红鱼飞到对面的山上，那里就叫红鱼坪。久而久之，口音相传，人们就叫作白溢坪、红渔坪了。白溢坪上的寨子，自然就叫白溢寨了。

说起白溢寨，当地流传着这样几句顺口溜：白溢坪的米，红渔坪的烟，土家的姑娘赛神仙。白溢坪的米叫“三颗寸”，三颗米就有寸多长，煮熟的米粒亭亭玉立，不但有看相而且很好吃，糯香软甜，曾经是进献土司的贡品。红渔坪的烟叶有一股淡雅的香气，不呛人，劲道绵绵长长。土家的姑娘更是清纯可人，五月栀子八月桂，标致得叫人说不出话。如此地灵人杰，谁来这里能不为之所动？尤其骚人墨客，看山看水看人，谁来这里能不神采飞扬？

白溢坪与天堰坪之间的绝壁脚下，形成一道夹湾，那便是"暑天冰穴"所在处。穴洞奇观至今是个谜，无人可解。每到夏天，不管是汗水钻眼角，还是大雨似瓢泼，穴内冷气袭人，冻水结冰，人在近旁浑身起鸡皮疙瘩。而立秋以后，特别是三九寒天，穴内却不断冒热气，就像冬天里躺在山坡上晒太阳一样，暖暖融融的，舒服得很。有人写诗赞道："白溢山寨好地方，洞生冰块三伏尝；泉水出自山顶上，四十八处往下淌。"我问乡亲们原因何在？乡亲们笑容灿烂，只是不回答。也难怪，这个谜中外专家琢磨了几十年也没有找到标准答案，白溢寨的土家人就懒得去淘那个神了。

记忆最深的是在白溢坪看薅草锣鼓表演。《长乐县志》记载："每夏耘时，择善讴者一人击鼓而歌，锣钹应之，谓为薅草鼓，盖欲耘者乐而忘疲也。"寓劳作于娱乐之中，既解乏，又鼓劲。我们看见的薅草锣鼓班子共有9人，一鼓二钹大小锣四唢呐，站在田塍上，吹吹打打，说说唱唱，为正在劳动的乡亲们助兴。打鼓的是一个矮墩墩的壮实小伙子，身材像块碑，俗称鼓师。鼓师领唱，众人应合，锣鼓唢呐穿插其间，场景红红火火，唱得人浑身来劲。那鼓师一副见过世面的样子，不在意地把鼓槌一挥，潇洒自如地唱起来：薅草薅了大半天，放下薅锄吃杆烟，秧薅三道出好谷，女薅三道肚儿圆，累得男人要发癫。众人听罢哈哈大笑。我知道鼓师唱的是五句子山歌。五句子山歌是土家人的百宝箱。百宝箱里不光藏着智慧，藏着幽默，还藏着山一样厚重水一样清纯的情和爱。

薅草锣鼓是在湖坪表演的。湖坪是两山之间的一片宽谷地带，四五十户人家点缀其间，绿树竹林，棋格般稻田，七字形土路，鸡犬之声相闻，炊烟袅袅升起，一派和睦安详的田园风光。表演薅草锣鼓的稻田对面，隔着一条潺潺而流的小溪，有一块神奇的土地，湖坪人叫作"地动山摇"，又叫"飘地"。有诗为证：飘地生在湖中央，人上飘地两边晃；鱼泉紧靠稻田旁，湖种稻米敬皇上。这块地过去也是稻田，现在则长满一人多高的芦苇，芦苇在阳光下泛着碧绿的光泽。只要你脚在上面踩动，这块地就产生同振效应，合着你的节奏同时颤动。越是使劲踩脚，地越是振动明显。村民说，汶川地震时，这块地仿佛报警器，自然振动起来，田水漫出田塍，把村民们都吓跑了。我和陈传新不信，走到田塍上，喊声一二三，蹦起来连续踩脚。果然，脚底下像是儿童乐园的蹦蹦床，弹性十足。不远处，那片芦苇与我们踩脚的节拍保持一致，青翠的叶子随之来回摆动，一波一波地发出无声的笑。此时无风，只有一点点山野的凉气，还有鲜腥的水草气味。难道这地下有妖魔鬼怪？奇迹是怎样产生的？我们百思不得一解。韩永强说，这是一块漂浮的国土。陈传新说，这是一个颤动的乳房。我什么也没说，说什么都白说，因为帕斯卡说过，人只不过是一根芦苇，是自然界最脆弱的东西；但他是一根能思想的芦苇。那么，就让我们思想吧。你想想，人类文明史不到一万年，地球却活了四十五亿岁，面对宇宙万物，我们渺小如尘，该有多少无知的盲点，又该有多少愚蠢的蛮干，人类对大自然的理解多么肤浅多么幼稚！我们只能像屈原那样发出天问。问苍茫大地，谁主沉浮？

从湖坪到白溢坪村委会，在会议室里，大家还在议论"飘地"，七嘴八舌，争论不休。小说家吴燕山是五峰本地人，他说白溢坪今古传奇漫山遍野，每块石头每棵树，每间瓦屋每盏灯，都有动人的故事。就说瓦屋吧，五峰书法家王强，刚刚在寨子上写过一首诗，写的就是白溢寨的吊脚楼。他是这样写的：五柱四骑榫卯八，走马转角吊金瓜，窗含白峰千秋月，原来寨上是土家。土家人的住房，多为吊脚楼，以木柱立脚，上楼下厕，通风敞亮。姑娘在楼上绣花，楼下推磨养猪娃，过着神仙一样的自在日子。再说灯吧，"白溢风灯"名不虚传，远近闻名。风灯就是孔明灯，相传是诸葛亮发明的用于军事联络的信号灯，白溢坪久传不绝。做起来也很简单，纸糊篾扎的圆桶形罩子，底座铁丝交叉成十字，中间绑一块漆油布团，点燃后罩子里充满热气，于是风灯缓缓升空，飘过树顶、屋顶、山顶。县志有记载，1926年元宵夜，白溢坪81架风灯齐飞，极其壮观。至今，白溢坪仍有放风灯习惯。每到民间节日，白溢风灯是一道亮丽风景，孩子们站在山坡上，扬着脖子看风灯高达千丈，笑得把巴掌都拍红了。夜越深，天越黑，那一盏盏风灯，那一团团橘黄的光晕，飘在天际，犹如夏夜满天繁星。

说话间就到了晚上，山寨夜色格外美。白溢寨搭起临时舞台。五峰歌舞团送戏下乡，和乡亲们一起，表演了歌舞小品。薅草锣鼓班子又一次闪亮登场，还有几位大嫂表演民歌串唱。其中有一位唱道，太阳落土西山黄，犀牛望月姐望郎，犀牛望月归大海，姐望情郎归绣房，梦里也望人成双。她五十来岁，嗓音清亮，一开口就是一条清泉。据说白溢寨有村民组建的"山呣子嗬"艺术团，像这位大嫂一样的好嗓子，至少不下十个。小品表演婆媳关系，雪亮的灯光下，我看见村里有个女人看得泪流满面。心想，白溢寨风俗古朴，村民淳厚，由此可见一斑。

　　舞台附近的场坝上，架起一大堆柴菀子，浇上柴油，举办篝火晚会。朋友们推举我做点火手，蓬的一声，烈火熊熊，呼呼燃烧，山寨火光照亮了里三层外三层的人群。鼓声擂响，男女老幼围着篝火转圈跳起摆手舞。我是土家人，摆手不陌生，双手摆幅不过肩，稍微下蹲颤两颤。我把这两招教给诗人徐述红，她人聪明，有慧心，一学就会，我们就激流勇进，随着人群摆开了。咣咚咚，咣咚，咣咚一咚，咣咚。摆呀摆，摆呀摆，摆出一个太阳，摆出一个月亮，摆出一树喜鹊，摆出一对凤凰，摆出金桥银路奔梦想。这时，天空飘起零星小雨，人们激情不减，围绕愈来愈大的火光翩跹起舞，转了一圈又一圈。火光把白溢寨映成金色的池塘，鼓声里摆手舞多姿多彩。周遭群山黝黑，如同巨形雕塑。人们脸上分不出是汗还是雨，也许那是浸润着梦和爱的心汁吧。白溢寨里，梦里爱里，风情万种。风情是一条河，摆手是一条船，它把白溢寨摆渡到幸福的彼岸。哦哦，难忘今宵，乘兴而来，尽兴而归。你听，鞭炮又炸响了，我们该挥身道别了。

　　朋友问我，白溢寨之行作何感想。我答不虚此行，要说，还是来时那句话：白溢寨是一本天书，一首美丽而神奇的诗。

舌尖上的土家

　　现在想来，土家族人的饮食是多么的简单，又是多么的丰盛，堪称乡土美食。在恩施、长阳、五峰这些土家族聚居的地方，往往是群山环抱的山区。火车和高速公路没有开通之前，都是一些美丽而又贫困的边城。穷有穷的过法，饮食上倒自有特色。粗粮细作，干菜备荒，就是对付穷日子的好办法。舌尖上的土家，其实是被穷逼出来的。"家酿苞谷酒，泡菜土腊肉，盐菜醡广椒，合渣懒豆腐"，这份食谱在土家山寨极普遍又极有代表性，几乎家家户户都会做的。

　　《恩施县志》载："环邑皆山，以苞谷为正粮，间有稻田，收获恒大，贫民则以种薯为正务，最高之山推种药材，最近偏种洋芋，穷民赖以为生。"既然苞谷红薯是赖以为生的主粮，以此酿酒也就顺理成章。不过，酒是土酒，喝起来却特别讲究。坛子盛酒，插一竹管，围火塘而坐，众人次第传吸，名曰咂酒。有的地方还将酒里掺入少许蜂蜜，其味清香醇正，略带甘甜，是土家待客佳品。龙潭土司田氏曾有一诗赞曰："万颗明珠共一瓯，王侯到此也低头。五龙捧着擎天柱，吸尽长江水倒流。"咂酒之乐，此诗可证。

　　土家人爱吃腊肉，也是有来由的。山高路远难出门，平常见荤打牙祭的机会就少，若不储备点肉在家里，不仅自家人寡油，且亲友上门也无法招待。因此，每到冬天，便将鲜肉晾好，盐腌数日，再烧柏枝树叶慢慢烘干，以瘦肉变成深红色为宜，制得好的可放数年，名曰腊肉。所谓合渣，是一道汤菜，多以黄豆磨浆，不去渣，掺菜叶煮之，名叫合渣。为何不去渣呢？还是粮食少了，舍不得丢掉。泡菜就不用说了，家家都有酸菜坛子，餐餐都有泡菜开胃，小菜一碟也。

自古以来，人的饮食习惯与地域环境有关，与气候有关，与生产劳动有关，与经济条件有关，与人的性格有关，是多方面的综合因素造成的。北咸南甜，口味各不相同。土家菜以酸辣为主，这与土家人多居山地、云遮雾罩、阴雨潮湿有必然的联系。据旧志载："丛岩山谷中，水泉冷冽，非辛热不足以温胃和脾也。"我记得以前老家还有一种"酸酢肉"，味道特别鲜美。一般是在热天，将鲜肉切成块，加花椒、辣椒等佐料，与苞谷粉一起拌匀后放入小口坛内，用稻草或棕片覆盖其上，再用硬篾撑住不让下滑，最后翻倒坛子，让坛口浸于盛有水的石槽里，称之"倒扑坛"。此法储藏肉类不仅相当绝妙，而且此肉吃起来酸辣俱全，别有一番滋味。

如今市场兴旺，饮食业发达，酒楼饭店应运而生。在宜昌、恩施这个大鄂西圈子里，土家饮食受到热捧。走到长阳龙舟坪，这里餐饮业的主打菜是：腊肉一块加香肠，豆腐煎它个两面黄，杀两只母鸡清炖香菌汤，贵客吃了心欢畅。走到五峰渔洋关和后河，这里的土家菜有系列菜谱：腊蹄子，腊排骨，鸡子板栗滚汤开，麻辣羊肉煎豆腐，风味火锅摆擂台；野香菌，野黄花，野蒜叶子拌蕨菜；地卷皮，炒鸡蛋，酸菜酸椒酸味在；春芽木耳渣豆浆，山珍怪味排对排；合渣洋芋苞谷饭，鲜货干货任你带；问君想吃几多味，请到我们土家来。走到恩施七里坪女儿城，不但可以喝到土家"摔碗酒"，而且可以吃到土家正宗的招牌菜：油渣叮嘣响，洋芋炕得香，汤放葱蒜和鲜姜；荷包蛋，不散黄，鼎罐腊肉喷喷香；火锅辣子鸡，红衣花生米，毛鸡腿腿刮皮皮，香菌炖板栗。别说吃，读一遍菜谱，你也醉了。靠山吃山，靠水吃水，土家人吃的是民族文化。

如此说来，从土家饮食中，你能真切体味到一个穷则思变的民族，曾经走过的生命历程，发现他们的生存智慧，热爱和珍惜那些被生活经验选择之后，又被岁月和血脉传承下来的东西。我喜欢舌尖上的土家，相信它是不会被时间淘汰的，也是不会被现代人轻视的。你说呢？

守望乡愁的山里人

据说三峡的冬天并不寒冷，这几天阳光灿烂，如春天一般，印证此言不虚。查节气，元旦后五天即小寒，此时雁北向，鹊始巢，雉始雊，渐近乡关年味浓。当然，还未寒至极，至极是大寒。不过，旧岁近暮，新岁即将登场，叫人想起柳永词："一望乡关烟水隔。转觉归心生羽翼。"站在江堤上，生了遥远的心绪，那便是一腔乡愁。散文家王开岭说：每个故乡都在消逝。何人守护乡愁？何处寄托乡愁？有情怀的乡下人又在哪里？沈从文曾经叹息：乡下人太少了。照我理解，何谓乡下人，这里面显然非地理之意。

留得住青山绿水，记得住乡愁，这应该是开门迎春的话题。我把这个意思对朋友说了。友人亦是性情中人，不仅敞怀大笑，且说有个地方可解乡愁，愿与君同乐。朋友立即驱车，出城，往西，直奔夷陵区黄花镇背马山村。小村位于柳家湾水库旁，但那里不是我们的目的地。山回路转，云飘雾绕，抵达山巅，终于歇脚。抬眼望，一座木牌坊立在路口，"梦泽山庄"映入眼帘。白云深处有人家，真是自在好去处。

所谓梦泽山庄，不过一户农家。一溜平房，原是旧屋翻新，长约十几米，宽约三四米，房间相通似长廊，圆桌长凳如食堂，招待上百人旅游团不成问题。白墙黑瓦，冬暖夏凉，农家之乐，乐得其所。墙上挂着夷陵区山水风光摄影照片，屋角立着主人自制的根雕作品。朴素而浓郁的乡土风扑面而来，让人如回老家。

正对山门有一栋新楼房，现代装饰，美观大方。楼旁一棵挺拔的银杏树上，高高地挂着两块腊肉。树边有一把原木架起的摇椅，坐在上面像秋千一样晃荡晃荡，摇啊摇，优哉游哉。

进了院子，两条狗汪汪叫着，引出女主人接客。女主人中等个儿，端庄而美丽，腰系花围裙，身穿羽绒袄，眼角眉梢皆带笑，嘴里连连说道欢迎欢迎。听她口音，不像本地人，竟像我老家恩施女人的普通话。那声音甜美中蕴含坚韧，细柔中透出豁亮，若山中溪流，拨响心弦。我一打听，巧了，她和她老公都是恩施自治州鹤峰县人。老乡见老乡，虽然没有泪汪汪，却有说不完的乡音乡情。但我心里疑问顿生，她和她老公不过四十来岁，不远千里来到这异乡高山野岭，是逃难而来，还是逃婚而至？何至于拒绝城市繁华，而敢于承受山村苦寒？

女主人叫王芳。引我们至新楼大厅一圆桌旁坐下，给我们泡茶，让我们烤火。火盆里烧着炭火，暖意立即上身。她又端来瓜子、花生、橘子，陪我们烤火聊天。我故意开玩笑说："你们两口子是私奔的吧？怎么要离开鹤峰县城，跑到这么一个人烟稀少的高山上安身呢？"她仰头哈哈大笑："我们刚来时，村里人和你一样，都怀疑我们是犯了什么法，躲进山里来的。有人举报，公安局还来了人调查。结果，我们在这里一住就是六年。把父母接来过，他们住不惯，又回去了。"

说起来让我又惊喜又敬佩。王芳和她老公在老家做生意赚了些钱，就想把这些钱投资生态林业，她老公特别喜欢种果树和做根雕。可是在老家转了一大圈儿，就是买不到让他们一显身手的荒山野地。转到夷陵区，他们如愿买下这片荒山。不要政府投一分钱，他们要用自己的双手把荒山变成花果山。没有路，两口子一挖锄一挖锄开了一条上山的土路；没有水，接来山泉水；没有电，从山下牵电线，拉上山来；没有屋，先翻修旧房，后修起新楼。六年风霜雨雪，确有许多艰难辛苦在老家不曾见过。原来除了茅屋茅草没有树的荒山，如今整片山坡都栽了树，有山胡椒、楠木、银杏、板栗、核桃等。他们又腾出手来开办"农家乐"饭店，去年喂了四头猪，今年喂了六头猪，让城里人和那些爱徒步旅游的"驴友"到这里来一饱眼福口福。我边听边想，梦泽山庄，此乃青春之梦，且乃泽润人生之梦。

说起这些，王芳竟有点羞涩，好像她不该表功似的，笑了笑，款款地去了厨房间为我们做饭菜。友人夸道,山庄有一道好菜,"跑跑鸡"。鸡放养于山林之间,啄草籽,食虫子,饮泉水,自然生长,肉嫩味鲜,兼有滋补之功能。我虽"廉颇老矣",但仍身安体泰,不在乎这滋那补,然而天生吃货,难免食欲膨胀。火锅上来,抢先动筷,没想到那鸡肉竟有丝丝的清香细腻,果真是其味不凡。又有几盘素菜,皆产自屋后菜园,老南瓜金黄,土豆片雪白,大白菜鲜绿,看一眼就喜欢。王芳的老公下山办年货去了,因此她执意要代老公敬我一杯酒,友人亦劝酒,说是苞谷酒养生。我原本两年多不喝酒了,无奈乡情友情难却,只好倒一小盅,答谢主人盛情。一盅酒过喉,化为融融暖意。王芳说,到底是土家人,有量。于是又斟一盅,我又仰脖子一口闷尽,心里顿时热烘烘的。屋外,阳光遍地,山里的雾气早已散尽。

　　饭后,我与友人携手上山。栽种在土路两旁几里长的菊花,冬日里也凋谢了。而那些酒盅粗的果树,却依然生机蓬勃。木浆子树结籽满枝,像星星点点绿色花朵,在风中顾盼生姿。这成百上千棵树,得挖多少个窝,浇多少桶水,流多少滴汗,结多少枚茧?别说劳累,单是孤寂,也是难熬的。再往前走,山崖边有几棵松树,傲然挺立,颇有几分大丈夫气概。梦泽山庄风景如画,确与陶渊明那首诗相配:"暖暖远人村,依依墟里烟。狗吠深巷中,鸡鸣桑树颠。"登高远眺,俯瞰山川,不禁胸襟开阔,诗情涌动。古人言:一览众山小。大实话也。友人问我:"乡愁何在?"答曰:"守在山里,记在心里。"是夜,归家后草成此文,谨向王芳和她老公敛衽致意,并祝岁华更新。

桃花桃花满天飞

    早春时节，阳光绚烂。踏青的人们几乎倾巢而出，山野间，人面桃花相映红。友人盛邀，约我结伴去枝江市，称安福寺镇万亩桃花，正在激情燃烧，走马观花的好日子，切莫负了春光。于是，我们驱车前往那个桃花盛开的地方。其实，人都活在自己的季节里，当然需要倾听季节的召唤，尤其是在这个春暖花开、面朝大海的时候。

    原以为万亩桃花连成了一片，实际上分散在山坡、沟畔、平地上。这里落下一片红霞，那里铺开一片织锦，漫山漫野，灿灿艳艳，处处是诗画，如入桃花源中。就像陶渊明描述的："忽逢桃花林，夹岸数百步，中无杂树，芳草鲜美，落英缤纷。"中国人，谁不喜欢乌托邦似的寓言《桃花源记》呢？尤其是中国文化人，桃花源是他们逃离喧嚣红尘的洞天福地，也是他们心向往之的诗性彼岸。喜欢桃花，就是喜欢春天。

    走进安福寺，花如华盖满天，落地铺成红毯，斑斓桃花云烟般四处弥漫，让人看不尽这花花世界。不远处，农舍旁，几丛茅竹，一园桃林，一方池塘，三四只鸭子在水里悠哉游哉。正好印证了苏东坡的诗《惠崇春江小景》："竹外桃花三两枝，春江水暖鸭先知。蒌蒿满地芦芽短，正是河豚欲上时。"在宜昌，这个季节也是吃肥鱼的好时候。我走进桃花林照相留念，身后的桃花像一个高挑的美人，靠得那么近，仿佛能闻到她呼吸的气息，那种花样年华的青春气息。

漫步桃花林中，满眼是花彤彤气象。桃花落在肩膀上，莫非是多情的话语？记得读书时，我就喜欢上了诗，特别喜欢《诗经》里写桃花的两句话："桃之夭夭，灼灼其华。"它把桃花的姿态、颜色、情调，都说到位了。做知青时，在清湖村插队落户，村子学校背后就是一片桃园。然而，农民并不欣赏桃花，他们喜欢桃子丰收的季节。有一年发大水，桃园被淹，一片汪洋。我们几个知青划着脚盆、踩着门板去摘桃子，边吃桃子边唱歌，快活得不得了。回首当年，那种苦中作乐的情景，恍若隔世，不禁心中戚然。

在文人眼中，桃花之美不在于热闹，而在于安静。我不喜欢胡兰成这个人，但我喜欢他的文字。他在《今生今世》中说过："桃花难画，因要画得安静。"这话说得耐人寻味。很多人用桃花比喻红颜薄命，就是避开繁华取其花期苦短之意。静中的寂寞、惆怅，甚至因生命短促而生的孤苦之感，令人叹息。很多年前，我旅行南京，曾去秦淮河寻觅李香君的踪迹。不是附庸风雅，而是与桃花有关。清初诗人、戏曲作家孔尚任，十年经营，三易其稿，写成传奇戏曲名著《桃花扇》。一时洛阳纸贵，王公荐绅，莫不借钞，歌台演出，岁无虚日。桃花桃花，飞遍天下。

《桃花扇》写的是明末复社文人侯方域与秦淮名妓李香君的爱情故事。李香君不顾奸臣加害，守楼明志，廷筵骂座，血溅桃花。孔尚任因此剧罢官后，《桃花扇》被官方禁演。相映成趣的是，这一片桃花却飞进了大山深处。皇帝佬儿他管得宽，却管不了群山环抱的土家山寨。在我老家，在中国最后一个土司部落鹤峰的容美土司城里，却是紧锣密鼓地排演了柳子戏移植的《桃花扇》。孔尚任的朋友顾彩游历容美时，见此情景大为感动，欣然挥笔为田氏土司创作《南桃花》并排演成功。我的朋友恩施作家吕金华，把这段插曲写进了他的长篇小说《容米桃花》。桃花血，桃花月，一段佳话千古流传。

太阳暖暖地照进安福寺桃园，浑身上下热烘烘的。而此时，东北西北依然是冬天景象。据央视新闻报道，那些地方还在下雪，还有沙尘暴袭击。桃花能飞到北方吗？北方能看到桃花吗？甘肃武威作家李学辉在日志中写道："驱车至亚兰温室大棚。掀帘进棚，但见树密花果，满枝皆繁。色重叶稀，花浪映日，地铺落英，腰粗花猛，乃坐果之象，此为桃也。"温室大棚看桃花，如同人间四月天，真是别有一番滋味。由此浮想联翩，心绪遥远，"疑江南之春色，亦无此壮观矣。"

　　傍晚，驱车回城。轻轻地挥一挥手，不带走一瓣桃花。只是记住了，安福寺的桃花，是一种梦想的期待，一种青春的记忆，一种诗书情怀的念想，一种风尘不变的爱情。风吹来，桃花桃花满天飞。落入泥土之中，蓄芳待来年。也许，这便是桃花留给大地的心结，留给春天的箴言。

春天在杨守敬书院

　　那是一个春雨潇潇的日子。在宜都市五眼泉镇石门村，在杨守敬书院。雨水顺着瓦沟从檐沿流下，雨气清凉，雨声轻扬。站在台阶上远望，山色空蒙，湖水迷离。在我背后，在宽敞静谧的大殿里。三峡大学文学院国学班的师生们，正于此举办关于杨守敬生平及其学术成就的国学讲座。开讲人是两位资深杨学研究者，杨世灿先生和傅世金先生。

　　我躲在走廊上抽烟。这并不妨碍我听课。两位先生都是有底气和灵气的人，他们的声音传得很远。虽然雨未住脚，淅淅沥沥，丝毫没有停下来的意思，但我反而觉得，雨天比晴天更适合书院，更具审美的诗意。那些松树、柏树、桂树、芭蕉林，皆笼罩在烟雨之中，清简而葱郁，仿如一片片水汪汪绿云。这大概就是书院的气质，也是书院的情怀。对于像我一样不喜欢喧嚣杂芜的人，雨中看书院，或许，更能看出它的好来。

　　书院门口，有一座杨守敬大理石塑像。他沐浴春雨，身板挺拔，一副沉静笃定的神态。他站在岁月的深处回首，俗尘尽洗，宛如一个槛外人，甘坐冷板凳，潜心做学问。这就是他的真实形象。大殿讲坛上，也有一尊杨守敬坐着讲学的彩塑，仿佛正与弟子们相互交融，神采栩栩如生。而在台阶下，在我眼前的小院里，还有一座杨守敬头像，长须拂胸，气静神闲，透出一种可贵的书卷气息。好像他从遥远的时代穿越而来，回到故乡，回到书院，看烟雨莽苍苍，忆往事如潮，将近半个世纪的学术生涯历历如在眼前。他手握一卷历史地图，穿过长廊，带着风声雨声读书声，正缓缓朝我走来。

很早就知道，有位邻苏老人，自号惺吾，他是我们的老乡，湖北宜都人。杨守敬是我国杰出的历史地理学家。罗振玉称他的地理学与王念孙、段玉裁的小学，李善兰的算学，为清代三大"绝学"。在历史地理学方面，他最主要的功绩是与熊会贞合作写成《水经注疏》。我最敬仰杨守敬的地方，就是他做学问有一种求真务实、勤谨不怠的精神和作风。海到尽头天是岸，山登绝顶我为峰。他就是一个敢于攀登险峰、渡海彼岸的人。

据王瑞明先生在《学林漫录》中介绍，杨守敬为了写作一部《水经注疏》，预先做足功课，写了六本与之相关的书。因为郦注是本于《禹贡》和《班志》的，他于是撰写《禹贡本义》和《汉书地理志补校》以溯其源；因为《水经》为魏人所作，他于是撰写《三国郡县表补正》以考其世；因为隋去魏较近，《隋志》可以证郦注，他于是撰写《隋书地理志考证》以究其委。又因为历代州郡沿革，分合靡常，水道经流，古今悬绝，他于是撰写《历代舆地图》和《水经注图》，籍明变迁之迹。如此按部就班，踏踏实实，脉水寻经，征文考逸，积数十年之功，在他六十六岁时，才完成《水经注疏》初稿。杨守敬，实在是一代学人最完美的阐释者和实践者。

高山流水，知音难觅。杨守敬的得意门生熊会贞也是值得记入史册的人。杨守敬在世时，每有著述，熊会贞便为他找资料，编索引，条举得失，最为矜慎不苟。杨守敬去世后，熊会贞居武昌菊湾杨氏故庐又二十二年，闭门谢客，继续其未竟之业，书凡六七校，稿经六次写定。后来，日本京都研究所拟重金买走《水经注疏》原稿，熊会贞严词拒绝。1936年，战火烽烟，贫病交集，熊氏自缢身死。熊会贞的文人风骨和学者胸怀，令人刻骨铭心。春雨中，恍惚看见杨守敬和熊会贞师生二人共撑一把油布雨伞，在书院中漫步遐想。所有来书院的人，看见他们都会含笑致敬，心里涌起一阵阵温暖。

如今，距杨守敬1915年在北京逝世，整整一百年了。百年之后，我伫立于杨守敬立像前，雨纷纷，情切切，思绪辽远。他从邻苏巷故居走向书院，从书院走向世界，又从京城走向龙窝墓地，这是一条必然的人生之路。他的一生，寂寞而辉煌。他是真实的传奇，又是勤奋的天才。他的生命过于简单艰苦，但又实在丰沛圆满。他活在风卷雪花的冬天，却永远活在滋润万物的春天，活在后人巨大的爱中。蓦然回首，杨守敬依然安静地站在那里，凝目，沉思，整个书院甚至整个世界，都为他安静下来了。连那漫漫春雨，也没有一点儿声音。

西塞国小品

  八千公顷原始森林，那是一个浩瀚的绿色的海，一个保存完好的上亿年的梦。山是苍苍莽莽的，树是漫山遍岭的，藤萝是纠缠在一起的，溪瀑是沁人心脾的，数不完的奇花异木、珍禽异兽，难怪它被人们称为城市的后花园、现代的桃花源。但她的名字好古怪，叫西塞国原始森林公园。

  这地方不远，就在宜昌市夷陵区西北部。东至樟村坪，南连殷家坪，西同兴山接壤，北与保康相邻，属大巴山脉荆山支脉。据当地人说，巍巍群山之中，偏有一峰突兀耸立，如鹤立鸡群，似牛角啸天。每当夕阳西下，山山岭岭皆沉入暮色，独独它被阳光照得金碧辉煌，故方圆山民叹为奇观，把它叫作"西晒角"。用当地土话说，"晒"读"塞"，"角"读"国"，因此，"西晒角"就变成了"西塞国"。

  初秋时节，我们一伙舞文弄墨的人到此小驻一日，为的是，在这个天然氧吧呼吸呼吸新鲜空气。我们看李家寨风景，登瞭望台抒情，洗了一次森林浴，捡了一兜野果子，一个个不禁神清气爽，脸上的颜色也比来时光鲜多了。尤其几个女人，叽叽喳喳的，像山雀子一样快活，爬山时腰一闪一闪的，比来时硬是多了几分韧劲儿。

  这山上的树呈梯次分布，路两边的树大多挂上牌子，什么巴山松、铁尖杉、青钱柳、大叶杨、鹅掌楸、香果树等。我最喜欢魁梧如山汉般的华山松，树皮泛着青光，树干挺拔入云，一坡一坡的松林围护着李家寨，真正是顶天立地的绿林英雄。这山上的野果子特别多，野板栗、野樱桃、野山楂、野核桃、野拐枣、野猕猴桃等，落在山地无人拾，是野猪或黑熊的夜宵。女人们欢喜得大呼小叫，一会儿就捡了一口袋野猕猴桃。那山里的野果子，在树缝漏下的阳光中，闪闪亮亮，莫非是送给女人的玛瑙和钻石？

山上的瞭望台主要是用来观察森林火情的。屹立在山顶上，很像古时的烽火台。登高一览众山小，人的胸怀就变得格外宽阔。层层叠叠的山岭逐浪般从脚下涌向远方，天际如海岸线，遥遥地，缥缈而神秘。令我感动的是住在山上的护林员。他是个壮实敦厚的中年人，每年10月到次年5月，都要守在山上，昼夜数次观察火情。一个人，孤寂难耐，恐惧难免，这都不算什么。最艰辛的是米、菜、煤，甚至水，都要从山下背上来。这样的生活和工作环境，超过一般人的心理承受能力，没有一点爱的奉献精神能做到吗？就是庙里的和尚，也还有三五个在一起念经诵佛的。而他，一个人和一片森林，守望的就是他的生命和灵魂。在他身上，凝聚着中国草根阶层最可宝贵的人格和品质。那时，风搅起满山松涛，我看见他站在山上的样子，就像一块碑，或者，一座岿然不动的瞭望塔。

曾经在夷陵做过县令的宋代诗人欧阳修有诗写道："潺潺山乱峰，演绎绿梦风。"我们，在西塞国，不也是被绿梦般的风，拨动了心弦，而鼓荡着激情的诗意吗？

兰香九畹溪

　　位于西陵峡南岸秭归县境内的九畹溪风景区，包括九畹溪和泗溪两个景点。在我看来，九畹溪漂流是在表演一支激越狂放的西班牙舞曲，而泗溪漫游则是在阅读一篇飘逸恬静的散文。我最欣赏的是九畹溪这个地名和本地生长的兰草。她从古延续至今，一直散发着兰草的香气，把耕读世家的农业文明和运动竞争的城市文明缝成天衣，始终贯穿着芝兰的馥郁。

　　九畹溪河流的起点所在地就叫芝兰。因为兰花雅名芝兰，更因为屈原在这里种植兰花，人们便把这个小地方命名为芝兰了。如今这里辟有兰园，种植着各种兰花，福建的建兰，四川的雪兰，各种报岁兰，虎斑线艺兰，特别是本地的九畹兰，其中有个珍贵的春兰名品叫环球荷鼎，花色与众不同。一般兰花的花瓣多像竹叶，而环球荷鼎的花瓣却像荷花瓣儿，肥而绿，弯而曲，簇拥着花心，舌大而白，上有红斑，于是三色相互辉映，令人拍栏叫绝。好在兰园并不远，就在神牛泉附近，河对岸是将军岩，由此过一道折桥，你就走在去兰园的路上了。入园，兰气漾微风，你尽可欣赏兰草的雅操幽姿，还有孔老二曾感叹过的兰花的王者之香。说不定，走着走着，你就会看见一位高冠巍峨、长铗陆离、面带沉思、低首前行的诗人。他就是屈原。诗人屈原回到故乡秭归的九畹溪，来看他当年种植的兰花。你甚至听见了他用秭归口音在轻轻地吟诗："余既滋兰之九畹兮，又树蕙之百亩。"（我已经种下九顷地的春兰，我又曾栽就了百亩园的秋蕙）真的是骚畹芬芳啊！

据说屈原小时候就喜欢奇花异草。有一年，他姐姐女嬃种的几畦秋蕙开得特别好，便采回兰花做了个花环套在屈原的脖子上。多年后，屈原在流浪途中写《离骚》，想起往事，不禁老泪纵横："揽茹蕙以掩涕兮，沾余襟之浪浪。"（我提起柔软的花环揩着眼泪，我的眼泪滚滚地沾湿了衣襟）诗人乃性情中人，于此可见一斑。后来，相传屈原被楚怀王解除左徒职务，担任主管三姓教育的三闾大夫后，他就回到故乡秭归，在九畹溪开馆讲学，为楚国培养治国贤才。他带领学生在学馆周围种了九畹芝兰、百亩香蕙，勉励学生不仅要学好知识，而且要像峡谷兰草一样，做一个道德情操高尚的人。兰蕙争荣压众芳，滋兰树蕙不寻常。从此，每逢兰花开放时节，九畹溪便洋溢着一片醇酒般浓郁、清风般飘举的兰香。故屈原诗中，亦多用芳草香花，尤其偏爱兰花。

《离骚》中的"纫秋兰以为佩"，《九歌》中的"秋兰兮靡芜，罗生兮堂下，绿叶兮素枝，芳菲菲兮袭予"等，漂泊之旅，咏兰极多。那原因呢？还是研究屈原的专家说得好："其志洁，故其称物芳。"（因为作者意志纯洁，所以他提到的东西都是芳香的）"路漫漫其修远兮，吾将上下而求索。"我想屈原在求索的路上，每走一步，都踩着一朵芝兰。

现在，三峡九畹溪风景区，旅游的主打节目是惊险刺激和休闲观光相结合的九畹溪漂流。写漂流的文章太多，我就略而不述。只是想提醒漂流者，九畹溪两岸的山壁上，长着簇簇丛丛的野生兰草，开花时，香飘上九湾，下九湾，飘过九九八十一道湾。如果你漂到平水处，举起竹竿就能从山上打下一兜兰草。若将小船靠拢岸边，伸手就可以摘到一把兰花。这情景与沈从文先生在《桃源与沅州》中写到的白燕溪十分相似："沅州上游不远有个白燕溪，小溪谷里生芷草，到如今还随处可见。这种兰科植物生根在悬崖罅隙间，或蔓延到松树枝垭上，长叶飘拂，花朵下垂成一长串，风姿楚楚。"我相信无论是谁，只要读到九畹溪这个名字，就读到屈原的诗意，读到了一种历史的意蕴，一种民族文化沿袭进程中独有的芝兰的风情和韵味。美丽的九畹溪，清香如兰，了无杂尘，她流进我的记忆和文字里的，是楚辞和芝兰之乡。

踏访清江方山

农历六月，大暑时节，我和几个摄影朋友游了一趟清江方山。

迤迤逦逦的方山景区，大约60平方公里，因据清江中下游，武陵山脉之东，故称清江方山。驾车去不算很远，距长阳县城不过25公里，小地名叫龙舟坪镇郑家榜村，县城也有公交车直达郑家榜。我们走得早，归得迟，在方山足足一天。

长阳是巴人故里，土家族的发祥地。清江方山依山傍水，是一幅美不胜收的水墨画卷。去方山之前，读过张昌祝和林汇泉二位先生的《方山赋》，称赞这里是人间仙境，其中有诗赞道："羁鸟返林兮鱼归故渊，重适乐土兮且歌且弦。徜徉方山兮快乐胜仙，归来归来兮颐养天年。"其心旷神怡之情溢于言表。我想，如果不是置身于山水之中，怎会有如此动情的养心之作？这几句诗，更勾起我踏访清江方山的心绪。

现在，我开始登山了。上山又上山，拐来又拐去，盘旋复盘旋。一级一级台阶，一棵一棵古藤，一蓬一蓬树荫，一道一道溪流，一声一声蝉鸣，一阵一阵凉风，一弯一弯山路，让你忘却红尘喧嚣的城市，生出一种飘然欲仙的怀想。我们几个人走一走，歇一歇，拿起相机拍一拍，我在栈道上甚至喊了几嗓子山歌。山歌一出口，四山回应，嗡嗡地响，仿佛是天然音箱。几个荆州来旅游的大学生，为我的山歌鼓掌喝彩，青年男女的笑声，在山谷里久久回荡。

仔细看那些山，我才明白为什么叫方山。原来，那些山峰不是常见的剑形或圆柱形，而是不规则的棋盘形，方方平平的，别具一格。或许是天上的神仙落下云头歇在山顶，就是在这里摆开棋子厮杀一番的吧。山的植被茂密，峰峦叠翠，阳光之下，绿得眼睛发亮。特别是那些奇峰怪石，引发人无穷想象，或像僧帽，或如虎头，或似苍鹰，或像背篓。其中有一巨峰在山谷中突兀而起，状若竹笋，直指青天，雄赳赳气势，撼人心目。站在栈道上俯瞰峡谷，一览众山小的感觉自然而生。山腹之中，绿野丰腴，来路如细线，弯弯绕绕牵在峭壁底部。山脚下的田野、村庄一派静谧，美得像一个一个盆景。行路之中，偶遇几个清道者和保安员，他们都是本地山民，谦卑而淳朴。峰回路转之处，必有仿木长条凳，供游人小憩。沿栈道设有十几个售货亭，供应矿泉水、八宝粥、橘子汁之类饮食。山路夹峙在绿树之间，石板上流着清泉，红山雀闪烁林间，那么悠远宁静的境界，与王维山水诗的禅意，庶几近之。

　　天地之间，阴阳相合，有山有水，才叫鲜活。方山中溪流纵横，皆由山泉汇聚而成。拾阶而上，一路流水潺潺，仿佛轻音乐相伴。水是清清亮亮的，草是郁郁葱葱的，天是瓦蓝瓦蓝的，出世的清气弥漫山间。俗话说，在山泉水清，出山泉水浊，方山可以印证。方山之水，有瀑布，飞流直下三千尺，哪怕粉身碎骨也在所不惜；有叠泉，跌宕坎坷三步跳，宿命般归于孤寂之处；有积水成潭，歇在山洞，探头一望，冷气袭人。无论上山下山，都听见水在吟唱，一步一朵水莲花，伴随着游人的脚步。可以说，山与水是方山的一对情侣，牵手而行，始终不离不弃。我在溪沟里捞起一块石头，灰黑色，有几道白波纹，觉得还有点意思，就扛在肩上，从上山扛到下山，带回家里作纪念。我想它出自方山，又经过溪流磨洗浸泡，在古老的阒无人迹的深山峡谷，不知有几万年了。在它身上，必定收藏着大自然的精灵之气，或许它会告诉我天人合一的道理，待夜色朦胧时，也会讲述一个"月出惊山鸟，时鸣春涧中"的故事？

　　方山的栈道长、险、奇、美。人行其上，如蚂蚁上树、麻雀过河，虽是高处不胜寒，却足以令游人一饱眼福。栈道悬绝壁，伸手可摘云。据说栈道全长7公里，在悬崖峭壁之上，打眼撑架，浇铸水泥预制板，安装护栏，每一寸栈道都凝结着劳动者的心血。远看栈道如大山一条腰带，与山体亲密接触，感觉也就格外不同。

若是春雨潇潇的日子，举一把红伞从栈道上缓缓而过，如同一粒相思红豆，浮动在绿水荡漾之中。若是云雾缭绕的日子，约几个朋友且行且远，恍若皮影戏中人物，映衬在绝壁之上。鄂西山区特有的油麻藤、爬山虎，常常成为栈道中天然的扶手。许多老树盘根错节，就在山岩石缝中顽强生长。这栈道风景、随步随换，犹如仙境，在视觉上和精神上都给人极大享受。作为生存压身而心结万端的俗人，若能沿着栈道盘桓一番，领略大自然盎然生机，乃是一件令人神往而快活的事情。

下山后，驱车回到长阳县城，已是清江落霞的傍晚了。斯时，落霞与白鹭齐飞，夷水共长天一色，清江画廊果然名不虚传。那么，清江方山便是这画廊中一幅美妙佳作了。我忘记徒步的疲劳，内心里充满了喜悦，一种恬淡而又温馨的歌谣，便在心里轻轻地吟唱开了。

杨溪随想

这个五月的最后一天，我是在长阳鸭子口乡的杨溪村度过的。鸭子口乡地处清江中游，杨溪村就在土家圣地武落钟离山和道教圣地天柱山之间。走出城市蜗居蛰伏的楼房，投进峰奇路险的自然村落，心情一下子就晴朗了——像这满天阳光，充沛而又明媚，用金灿灿的扫描，把杨溪渲染成亮丽的风景。

对面，那是两个体态轻盈的女人，如一对花瓣，开在山顶。隔溪相望，人称姊妹峰。姊妹俩恐怕是采茶归来，途中小歇，山风清凉，正在唱本地流传的情歌：张打铁，李打铁，打把剪刀送幺妹，打把菜刀送姐姐……那牵挂的歌声，那散漫的茶香，那尾音长长的调子，莫非是她们准备的嫁妆？如果今夜有萤火虫，打铁的张大哥和李大哥，会给她们送来一盏盏心灯吗？

一路上，我纳闷：初夏时节，为什么山上还有雪？鸭子口最高海拔1720米，最低海拔201米，这个季节是不该落雪的。未必是春后留下的残雪？那一坡一坡的白，那一片一片的白，是孕育在梦中的雪吗？这时，同车的旅伴惊叫起来：栀子花！雪白雪白的栀子花！定睛细看，果然。我赶紧向乡干部打听，原来种这么多栀子树是有原因的，不关浪漫的诗意。如今，鸭子口乡已形成了以柑橘、茶叶、栀果、水产、劳务经济为主的五大农业主导产业。栀子花是次要的，栀果才是卖钱的东西。想想城里人买一两把栀子花插在玻璃瓶里，回过头来，再看这满山白雪，该有多奢侈啊！

杨溪两岸，植被丰厚，林茂草长，风景怡人。水瘦，溪滩上布满岩石，大如车，小如拳，浅浅亮亮的流水，从岩石中间袅袅娜娜穿行，如骨感美人，行吟而过。山肥，却不臃肿，山体相连，峰峦独立，山巅浑圆，如指如笔，若是背负青天朝下看，疑为世外桃源。开车的陈师傅对我说，这就是十里横山。那山是斜斜插过来的，与远处的山脉形成纵横对比，叫人记起古诗："横看成岭侧成峰，远近高低各不同。"风从车窗吹过来，仍有飒飒的凉意，我想，这里肯定是避暑休闲的绝佳之地。十里横山簇拥着久远的童贞，让我们领略到恍若处女的圣洁。

午后，在杨溪村，信步走进一个农家小院。它背山临溪，石板作瓦，靠墙堆着柴垛，有两个老人和一条狗，还有一棵挂着青杏的树和四四方方的水池，透着一种悠悠岁月的诱惑。那狗，样子凶狠，却像主人一样老实厚道，见我们举着竹竿打杏子，连哼也没哼一声儿。仿佛间，又听到祖母火塘边的鼻音，又看到祖父铜烟锅的火光一闪一闪，那白肋烟的香味飘出了院门，融入了绿油油的玉米地。我和同伴们在院子里、在玉米地、在芭蕉叶下、在杨溪岸边，说着，笑着，唱着，留影纪念。大家伸出手，一起摸着我刮得发青的光头，希望我的光头能给他们传递福音。此时，红尘俗事宠辱皆忘，唯有农家小院的情趣鲜活着。我觉得杨溪的每一座山、每一棵树、每一滴水，都能唤醒我朴素的直觉。我在农家小院走来走去，每一步都能踩出童年的回声，就像行走在故乡一样。

生命中留下的盐

鞋的记忆

磕磕绊绊走了半个多世纪，对鞋的记忆真是刻骨铭心。读高中时，学校开运动会，规定穿白球鞋。无奈家境太穷，靠父亲一人微薄的工资养我们五兄妹读书，母亲做临时工补贴家用，白球鞋只能是奢侈的梦。我在教室里拾起一堆粉笔头，用粉笔把一双穿旧了解放鞋涂成白色，就这样上操场去了，可是一跑一跳，白粉就掉了，破旧的解放鞋原形毕露，窘得我心里怪不是滋味。那时想，什么时候有钱了，首先买双白球鞋，再买一双皮鞋——像机关干部一样，极有风度地在大街上踩响咔咔的魅力。谁说少年不识愁滋味？从鞋开始，我就知道日子的艰难，就懂得了千里之行始于足下的道理。

知青岁月中，我是那种被称为"老插"的人。江西高安有很多上海知青，他们爱穿一种上海产的回力牌球鞋，打篮球或者进城时穿这种鞋是一种时髦的身份。我每次看见他们穿这种橡胶底白鞋面的回力鞋，心里羡慕得不得了。在特殊时代和特殊环境中确定的一双回力牌白球鞋的意义，始终躲在遥远的角落对我闪烁着诱惑的眼神。

从江西去山西正赶上冬天，太行山大雪纷飞。我爱人在火车站接我，一看我穿着一双半高胶鞋，心疼得眼泪直转，边走边埋怨，这可比不得南方，弄不好就把脚冻伤的，吃一辈子后悔药。当天下午，她就给我买了一双高帮翻毛鹿皮鞋。那种鞋是铸工们常用的劳保鞋，黄面轮胎底，看上去又笨又丑，但我觉得穿起来又舒适又温暖。当然，我心里明白，这不仅仅是鞋的原因。记得从那鞋以后，我再也没有穿过翻毛皮鞋了。但冥冥之中，那双翻毛皮鞋的温暖，直渗入我以后生活的每一个冬天里。

后来进了工厂，在山西省太行锯条厂做热处理工。这个工厂是当年所谓的战备需要，由天津迁到长治的，绝大多数工人是天津人和北京人。他们每天下班后，特别喜欢穿一种叫作"北京布鞋"的单鞋。男的穿的是一脚踏的懒汉鞋，女的穿的是有偏带的黑灯芯绒鞋，都是塑料底，白色或棕色。懒汉鞋讲究一点的，还有一道黑皮镶边儿，这叫筋，有筋就有气派。我托回天津探亲的朋友给我捎了一双北京布鞋，穿在脚上觉得有了品位。在我眼里，男人穿这种鞋是那样庄重而又随意，女人特别是苗条的女人穿这种鞋又是那样秀气而又轻盈。想想吧，春秋时节的晚上，洗完脚晾干水气之后，一脚蹬进布鞋里，那种贴肤的滋润，跟喝了酒一样美！事隔多年后，我现在看见马路边的地摊上卖这种北京布鞋，常常勾起我深深的怀旧之情。

说到底，鞋是时尚的表征。什么时代唱什么歌，什么时代穿什么鞋。关于鞋的记忆，或者关于鞋的话题，就像有部叫《红菱艳》的电影中，那位女舞蹈家穿着有魔力的红舞鞋不停旋转，成为永远说不完的一个传说。

税的记忆

岳母在世的时候，家教甚严。她有个孙子在汉口税务部门工作，管辖地段恰好是以小商品经营而出名的汉正街。每次孙子回老家看她，岳母总要对他开导一番。她说："做税务这一行，人要正。莫贪便宜，莫欺侮人。人要不正，老百姓恨不得吃你的肉。你知道旧社会把收税的叫什么？税狗子！现在是新社会了，老百姓通情达理，你们税务干部就要做出个人样子来"。孙子果然听话，如今已是一个税务局的领导干部了。

关于税，岳母给我上了第一课。

这样说，当然不是故作谦虚。我这个与文字打交道的人，对税收完全是个门外汉，甚至可以说是个税盲。门外忆税，只能是雾里看花、水中望月，谈一点自己的感受而已。现在实行的是市场经济，人在商品社会中，离不开税，与税务干部打交道的机会也多。岳母的话，的确可称警世之言。后来，我儿子做生意，使我对税的认识，由陌生变得略为熟悉些了。

儿子从襄樊美校毕业后，作为国家干部分配到宜昌百货大楼美工室工作。布置橱窗、写标语、画宣传广告，也就是这些事情。他小时害过一场大病，落下了小儿麻痹后遗症，右脚走路不太方便，因此有这份工作我们就觉得很满意了。但儿子是个自强不息的人，不安于现状，不甘于寂寞，于是辞职下海，在夷陵路上开了一家"龙船酒家"。

开了酒家，就要进行税务登记。纳税人依法纳税，这是顺理成章的道理。但是，面对几种纳税方案可供选择时，选择低税率来降低税负，也是无可非议的。当时有懂行的朋友给我们建议，你儿子有残疾人证，残疾人办个体餐饮业，在政策上是有优惠的。我们把这个情况向征税机关反映，争取在法律法规的范围内申请减税，保证按期缴纳税款，依法接受税务检查。

记得"龙船酒家"最终确定是以定期定额的方式缴纳税款。由儿子自报，征税机关派人核实其一定期限内应纳税额，实行多税种合并征收。根据营业情况报多少是好？儿子为此犯愁。报高了增加个人成本，报低了损害国家利益。我们的看法是：准确核算，实事求是，该报多少就报多少。结果，包括地方建设、教育、个人所得各项税费加起来，每月大约300元。"龙船酒家"因此很是兴旺了一阵子。宾客盈门，高朋满座，龙船调的民歌飘荡在夷陵路上。

通过"龙船酒家"缴税这件事，使我对税的认识开了一点窍。逃税是违法的，万万不可做。税收依据是法定的，不容个人变相更改，我们应该履行纳税人应尽的纳税义务。但是，在法律法规的范围内申请减税、免税，也是纳税人的权利。运用灵活性和最优化原则轻松地纳税与避税，也是国家及纳税人经济利益的保证。在文学上，"逃避"两个字可以一起用，是一个很生动的动词。在税务上，"逃"

和"避"是两个不同的概念，绝对不能混为一谈。这世上，真是隔行如隔山，处处有学问呀！儿子后来转让了"龙船酒家"，又办起了"美佳超市"，一家开在绿萝路，一家开在樵湖岭。绿萝路的超市规模小，每月定税150元左右。樵湖岭的超市稍大些，生意好些，每月定税220元左右。有了经验，生意做起来就顺手多了。儿子常常得意地对我说："老爸，我现在是个纳税人，对国家是有贡献的呢。"这话我承认，做一个纳税人应该有一种荣誉感和自豪感。

然而，在报刊上经常见到这样的消息，某某影星逃税被法办，某某歌星逃税被封杀等，读来令人很不愉快。这就像一颗老鼠屎掉进汤里，坏了一锅的汤。他们不是没有钱，而是贪欲无限，受利益驱动而私心膨胀，妄图天下财富为我所用。他们不是没有文化，而是目中无法，对公民依法纳税的义务不屑一顾。这一切只能说明，他们有一个永远也填不满的器官，这器官看不见也摸不着，那就是"欲壑"（画家韩美林语）。

的确，税的记忆，能忆出多种含义。

前不久，读到一份宜昌市地税局帮扶兴山县高桥乡阳坡村的纪实材料，令我感动，再一次想起岳母在世时说过的话：税务干部就要做出个人样子来。宜昌市地税局干部跋山涉水，顶风冒雪，走村串户，扶贫帮困，为阳坡村修通公路，改造供电设施，解决吃水难的问题，职工捐款全额免除学生学杂费用，使当地适龄学生全部走进校园。阳坡村的村民在石板桥旁为他们立了一座"功德碑"，以此感谢宜昌地税人，并永远铭记，昭示后人。那座碑熨帖着我的心，让我觉得浑身温暖起来。这个冬天的天空顿时明朗生光，我想它是被那座碑照亮的。

关于税的记忆，就这样零零散散地、枝枝叶叶地向我心里汇集。我从中慢慢咀嚼，慢慢理解到：我们生活着，不仅仅意味着索取和享受，还意味着创造和奉献——其中就包含着税的意义。只要你热爱生活，生活的光芒就一定会照耀你的生命。

水蛭的记忆

在遥远的清湖村插队时，那个赣中小平原留给我的残酷而又恐惧的记忆之一，是吸血的水蛭。当时并不知道它叫水蛭，我们跟着村里人叫它蚂蟥。我后来查商务印书馆的《新华词典》才知道，水蛭是一种蠕形动物，俗称蚂蟥或马鳖。其体狭长而扁，长可达5厘米，生活在水田、沼泽中。它有吸盘，可吸食人、畜血液。清湖村一年生产双季稻，早稻和晚稻，因此水田很多，蚂蟥也很多。对于城里下乡的知青而言，蚂蟥真是一种叫人担惊受怕的东西。

每年五月前早稻插秧，八月前晚稻插秧，从天蒙蒙亮到天麻麻黑，弯腰低头累得人骨头散架。这且不说，讨厌的是蚂蟥偏偏来捣乱。只要你一下水田，蚂蟥闻到你身体的气味，就从水里纷纷爬过来。于是你的脚上、腿上，甚至手背上，都有软溜溜的、黏糊糊的蚂蟥在蠕动。有的蚂蟥贴在你皮肤上，不动，安静地享受吸血的快感，直到吸饱了肚子，膨胀成一粒肉丸，才顺着小腿或脚踝滚下去。如果你想用手指把它从皮肤上扯下来，往往扯得鲜血淋漓也不一定成功。村里人的办法是用手掌使劲拍打，虽然有效，但过一会儿，它又爬过来了，防不胜防。有的女知青第一次看见蚂蟥，吓得尖叫，脸色白得像纸。

特别是种糯谷的水田，当地叫大禾田，人一踩下去，咕咚一声，烂泥齐膝，蚂蟥爬到腿上竟毫无知觉。上岸后，才发觉腿杆变成了蚂蟥窝。可气的是，蚂蟥这东西很难弄死。村里人传说蚂蟥是鬼变的，你用镰刀把它割成几截，每一截又是一条蚂蟥；你用火把它烧成灰，沾几滴水它又活过来。我不信鬼，但蚂蟥的生命力强盛却是事实。怎样消灭这种祸害呢？清湖村的人说它：不怕烧，不怕煮，只怕放牛娃翻屁股。这个说法当然靠谱。我亲眼看见放牛娃把蚂蟥的尾部翻出来，用一根草棍从尾部穿过腹部，让它在太阳下晒死，晒得像一截枯草。丑陋的吸血鬼终于遭到报应。

有关水蛭的记忆，不过是我六年知青生活的一个细节，也不过是一种隐喻而已。真正的伤害不在皮肤，而在青春和人生。有人做过统计，当年有1800万知识青年上山下乡，涉及1800万个家庭的命运。前途渺茫，信仰破灭，身份分裂，身心伤害，成堆的问题就是一个"蚂蟥窝"。作为一场"政治运动"，由它造成的一系列社会问题直到今天还没有完全消弭。包括知青运动在内的十年"文革"，祸害了远远不止一代人。十年浩劫，记忆犹新，这样惨重的教训，难道能置之脑后而不屑一顾吗？尤其在国泰民安的今天，决不能让"蚂蟥"死灰复燃，要把它的屁股翻过来晒太阳，晒死，晒成一截枯草。

　　时间匆匆地过去了。当年的知青都老了。青春遭受过磨难，人生因此改变了方向。而且，我们是在被蚂蟥咬得鲜血淋漓的青春失去之后才意识到这一点的，不能不说是一个遗憾。从那时起，知青身份使我回到自己，又走向他人，怀着爱，一步又一步，走向岁月深处。

平湖读月记

谁写过秋天的月亮呢？

记得周作人写过一篇散文《中秋的月亮》，其风格归入古雅遒劲的一途。文章开头引录敦礼臣《燕京岁时记》云："京师之曰八月节者，即中秋也。每届中秋，府第朱门皆以月饼果品相馈赠。至十五月圆时，陈瓜果于庭以供月，并祀以毛豆鸡冠花。是时也，皓魄当空，彩云初散，传杯洗盏，儿女喧哗，真所谓佳节也。惟供月时，男子多不叩拜，故京师谚曰，男不拜月，女不祭灶。"此记作于百年之前，至今风俗与时俱新。除月饼瓜果照吃不误外，滚滚红尘，物欲横流，又有谁还有闲情雅趣去拜月赏月呢？

再来看看鲁迅的月亮。

鲁迅作品中直接描写月亮的不多，即便写，也简洁到家。《秋夜》写道："枣树，直刺着天空中圆满的月亮，使月亮窘得发白。"《故乡》结尾："我在朦胧中，眼前展开一片海边碧绿的沙地来，上面深蓝的天空中挂着一轮金黄的圆月。"前者用一个"窘"写出秋月苍凉的情态，后者用碧绿、深蓝、金黄三种颜色画出了故乡的回忆。

相对而言，张爱玲写月亮别有一番滋味。

张爱玲最好的中篇小说《金锁记》开篇写那一轮月亮，已是脍炙人口的句子："我们也许没赶上看见三十年前的月亮。年轻的人想着三十年前的月亮该是铜钱大的一个红黄的湿晕，像朵云轩信笺上落了一滴泪珠，陈旧而迷糊。"张爱玲想象奇特，比喻极妙，非凡俗之笔写得出来。这又叫人想起她的长篇小说《十八春》第三章写的月亮："今天晚上有月亮，稍带长圆形的，像一颗白净的莲子似的月亮，四周白蒙蒙的发出一圈光雾。"多么感性又多么富有诗意啊！

由此想到，我的故乡的月亮呢？

我从前住在鄂西山区，那是个偏远而美丽的地方。因了群山环抱，抬头看天，就有山高月小的感觉。看那一钩月牙儿如白蜡光剪纸，或贴着黑的山巅，或挂在鹰嘴似的山尖，或歇在竹林梢头，以及吊脚楼的檐角，瘦瘦的、凉凉的，那是一个秋天的童话。待到中秋月圆时，月亮则像白白胖胖的孕妇。周边云朵如涌浪，她仿佛在山溪中裸浴。这时，总有细娃儿摇头晃脑唱歌谣："梭罗树，梭罗丫，梭罗树下有人家，哥哥骑匹大白马，姐姐嫁个好人家。"土家妈妈便指着月亮中淡黑的影子部分说，那就是梭罗树哩，吉祥树哩。细娃儿伸出一根嫩嫩的指头问，就是那个地方么？妈妈忙说，不能用手指的，指了月亮就要割耳朵的。细娃儿说，你不也指了吗？妈妈笑了，说，我是大人，我是你妈呢。我因此认定，故乡的月亮是一首民谣。

一晃，几十年过去了。

如今，我在长江三峡的地方，在格子寨书房，读月亮，静夜思。我便想，若是一篇小说，光有故事不行。若是一篇散文，光有感情不行。若是一篇诗歌，光有哲思不行。凡文学作品，如果没有好文字，不耐读，其价值就不会很大，亦很难传之后世。一个用月亮般语言写作的人，文字必然朗润、灿亮，照亮暗夜，流淌大地。当夜色湮没我的时候，写作就是我的月亮，是我逃避俗世尘嚣的一轮明月，深信在黑暗如磐的背后，必有月魂还原于我的故乡。

古有词云："春花秋月何时了，往事知多少？"很美，也很伤感。可惜的是我离故乡的月亮越来越远了。

龙泉观景记

　　龙泉山庄位于宜昌市著名风景区三游洞之侧，居高临下，山环水绕，既是修身养性之所，又是心旷神怡之地。传说古有龙泉宝剑，削铁如泥，吹发断根，是武林高手和侠客随身必带之物。他们闯荡江湖，杀富济贫，路见不平，拔剑相助，一道雪光划破暗夜，跃上马背绝尘而去。马蹄铿锵消失在南津关口，英雄壮士归隐于龙泉山庄。于是，日读诗书养浩气，闲敲棋子落灯花。踏浪而歌，枕涛而眠，聚山林而长啸，穿峡谷而弄潮。因此便为后世留下了一部传奇，亦为后人开拓了一方风水。而今，有经商者慧眼相识，于此兴建现代化宾馆，现代人旅游休闲，便又有了一个优雅的去处。

　　癸未夏日，逼近大暑，我与文朋诗友结伴上山，避闹市之喧嚣，离红尘之俗事，欲将身心安顿清凉。汽车沿山盘旋而上，峰回路转，树繁叶茂，细雨沾襟，轻风过耳，疑心是凉秋时节登庐山。抵达山顶，龙泉山庄果然不俗！大厦翼然如白鹤亮翅，峡谷森森如水墨写意，天然之观景台也。客房走廊，宽窗敞亮，绕道一周，山光水色尽收眼底。餐厅窗户，落地玻璃，饮酒吟诗，红男绿女皆入画框。卧室小憩，但闻涛声依旧；闲庭信步，似有暗香袭人。起风了，风入松鸣；下雨了，雨打芭蕉。有这番景致，可以印证中国园林借景之说，可以感悟中国文学性灵之论，此中奥妙多矣，深矣。若能在山庄陶情冶性，阅山读水，去浮躁，淡名利，活得轻松，写得轻逸，不经意间，或许也能弄出一部《红楼梦》来？

晨起远眺西陵峡，薄雾清白，缠绵于壁立群山；长江浑浊，流荡于开阔峡谷。推窗俯瞰下牢溪，水色碧绿，融汇于万里长江；游船汽艇，静泊于两岸山麓。蹦极的跳台，耸立在下牢溪峡谷之上；过溪的索道，牵挂在南北的青山之间。傍晚凝望三游洞，红墙黄瓦，掩映于绿树丛中；倦鸟归林，唧啾于天上人间。不远处有葛洲坝，卧龙般将长江拦腰一系；看夕阳滑下南津关，剪影般把峡壁镶金边万道。神思恍惚间，只见山庄一角，假山奇石旁，几丛翠竹，一块青石板，有条汉子斜卧其上。蓝巾白袍，面色醉红，口里吟咏不绝："花间一壶酒，独酌无相亲。举杯邀明月，对影成三人……"好一幅李白醉吟图！好一个风流天然居！

朋友说："如此良辰美景，可惜没有红颜知己相伴而行，辜负了我满腹才华一腔诗情。"我劝他："如今红粉佳人，爱的是权钱势利，你那一堆破才，不过是劈柴罢了。何必自作多情自寻烦恼？倒不如静心享受山庄清福，潜心写作一部佳作，百年之后，也不抱愧人生。"朋友听罢仰天长叹："甘兄所言极是，我要铸一把龙泉宝剑。"我说："古人云：山水乃地上之文章，文章乃案头之山水。且将龙泉宝剑，斩断三千烦恼丝，劈开一条通天路，让人间词话流传久远。"站在山庄登高望远，龙泉英雄一去不复返，自有几分伤感；倚靠栏杆沉思遐想，龙泉山庄依然笑傲江湖，竟然文如泉涌。结论：我感受到的是自然之本色，我思索到的是生命之成色。

济南笔记二题

第十个铜像

记住并牵挂着一个城市，往往是记住并牵挂着这个城市的人。济南对我而言，想的念的是一个女人。有多少人拜倒在漱玉泉边，又有多少人拜读在漱玉词中？中国的读书人，几乎没有人不知道她，没有人不爱她。一代词人李清照，如今就站在济南市中心的泉城广场上，静候我的到来。月上柳梢头，人约黄昏后，在这个初夏的晚上，我回到了初恋的季节。

我是踏着夜色走进泉城广场的。且不说灯火灿烂的夜景，且不说放飞的风筝在夜空中闪烁的光彩，且不说载歌载舞的人群，且不说由清泉捧珠而造型的泉标，且不说由不锈钢塑成的十二瓣巨型荷花；这一切，让我真切感受到济南的脉搏——青春跳跃的脉搏，充满勃勃生机。而我只想说，广场东面的文化长廊，那里有我心仪的女人。我对她一往情深，她的轻盈，她的美丽，她的温存，她的神和魂。

李清照，你就是我今夜朝圣的女人啊！

文化长廊是一个长弧形的现代建筑，36根石柱托举的气派壮观夺目。宽敞的廊道上，从南到北供列着12尊青铜塑像。这些塑像都是山东有代表性的圣贤之人。按照年代顺序，依次是大舜、管仲、孔丘、孙武、墨翟、孟轲、诸葛亮、王羲之、贾思勰、李清照、戚继光、蒲松龄。对了，第十个铜像是李清照。李清照像座上所刻的说明文字是："李清照（一〇八四年至一一五一年）号易安居士，济南人，南宋女词人，著有《漱玉集》，传播中外。"李清照艰辛而又丰富的人生历程，岂是这么简单而又生硬的几句话就能交代得了的？

但平心而论，李清照的铜像塑得真好。她穿着大袖长裙，履尖不露，据说这是宋人的典型服式，其优雅的气质中藏着高贵；发髻高盘，眼神婉转，略向右偏，似乎在构思着清词丽句；一只手藏在腰后，另一只手拈着小花，多少又透出几分绿肥红瘦的凄婉的心绪；就那样亭亭玉立在故乡的夏夜中，让人记起她的秀美的词章，想到她的坎坷的命运，情不自禁地便会吟道："云中谁寄锦书来？雁字回时，月满西楼。""只恐双溪舴艋舟，载不动许多愁。"

漱玉词是李清照生命的泉水。

漱玉词以婉约著称，世称易安体。其词如济南老街巷，妙在含蓄有韵味，长长短短句子中潜伏着无数智慧和对人生的透视，真的有破碎人心的力量。尤其是金人入侵，战火烽烟，李清照南渡以后，她的词写亡国之痛和乱离之苦，词意伤感深沉，又凄婉又劲真，不愧是"自是花中第一流"。正如明代著名诗人杨慎在《词品》卷二中所说："宋人中填词，李易安亦称冠绝。"

我站在李清照铜像前，一时涌起许多感慨，连同她的许多词句纷至沓来。在这苍茫的瞬间，我穿越了时光隧道，展开无尽想象：走进茂林修竹，与李清照品尝古井香茗；乘舟漂泊江河，与李清照一起过着颠沛流离的生活。"小风疏雨潇潇地，又催下千行泪。吹箫人去玉楼空，肠断与谁同倚。一枝折得，人间天上，没个人堪寄。"物是人非，孤苦伶仃，不断迁徙和寻找的路上，唯有诗词陪伴她穿越漫漫黑夜。

那些飘逝的岁月，灵魂在天地之间的路上行走，精神却依托在直欲压倒须眉的词中。

李清照嫁给金石家赵明诚时，正是18岁的妙龄少女。婚后的日子，也如妙龄青春一般，浪漫而和谐。她原本就是个多才多艺的女子，工书善画，又兼通音乐，而且博览群书，记忆力特强。那时候，差不多每天晚饭后，夫妻二人都有一个固定的节目，那就是猜书斗茶。李清照的《金石录后序》中是这样说的："余性偶强记，每饭罢，坐归来堂烹茶，指堆积书史，言某事在某书某卷第几页第几行，以中否决胜负，为饮茶先后。中即举杯大笑，至茶倾覆怀中，反不得饮而起。"这是一种雅趣，琴瑟合鸣的光景。每值大雪天，李清照顶笠披蓑，循城远览以寻诗，如果得到一句好诗，她必定邀请赵明诚唱和。妇唱夫和，其乐也融融。对照现代人物欲膨胀的浮躁和苍白干瘪的家庭生活，李清照的猜书斗茶和踏雪寻诗，是多么令人神往的诗意的栖居啊！

可惜，风雅的日子转瞬即逝，磨难的忧伤从天而降又无休止地延续下去。

在这个不眠之夜，目光越过泉城广场，我总是看见这样的情景：李清照站在船头，眺望乌江两岸，想到这就是楚霸王项羽自刎的地方，不禁心潮澎湃，热泪盈眶。她默默无语，望着渐去渐远的江流，正在凝神思索着什么。不久，她吟出了一首五言绝句："生当作人杰，死亦为鬼雄。至今思项羽，不肯过江东。"这是一首响彻云霄的壮歌啊！做人就要不向背时乖蹇的命运低头，扼住命运咽喉的关键是做人的高贵气节，有了这种英雄气节，最危险的时候也能够成全做人的价值。滚滚的乌江，荡涤着李清照和我们的灵魂，荡涤着我们这个时代的乌泥浊水。

李清照，这个女人不寻常！

山西女作家葛水平这次也来到济南，我与她同台领受冰心散文奖。她在散文《消释了的时间》中谈到李清照时，有这样一段耐人咀嚼和令人思索的话："我想起一个叫李清照的词人，在岁月无痕的藕花深处争渡。寻寻觅觅，冷冷清清，如她皮肤上的褶皱一样越来越深了，但她的词却有超越生命的意义静立在时间的远方。我能感受到她慵懒松散的独坐，整整一个世纪的历史落差流荡在她生命的正面和背面，她的内涵在于展示了与物质完全不能等值的亘古与深邃。"读这段话时又想到李清照的一生，有一种旷达的忧伤不知不觉中袭上心来——此情无计可消除，才下眉头，却上心头。

回头再看李清照铜像，她是那么高雅而绰约，她在想什么呢？她激励了千百年来的迁客骚人，让我们懂得了怎么做人怎么作文。我认为泉城广场的文化长廊，才是济南最有人文价值的风景。我只想对文朋诗友们说一声，记住了，第十个铜像是李清照，她是宋代最伟大的一位女诗人，也是中国文学史上最伟大的一位女诗人。

其人其才，不独雄于闺阁也。

泉水洗心尘

短短三天，我有两次机会去看济南老街巷。第一次是外甥陪我去的，第二次是会议安排的。看了两次还未看够，总觉得那里有迷人的东西，有怀旧的东西，有乡愁的东西。说它是一首往昔的和歌，说它是一阕岁月的妙词，怎么说都不为过。看风景的人总想留住风景，对于看济南的人来说，这风景就存留在老街巷的细节之中。而我这个人素来对老城老街老屋老巷子有一种依恋般的偏爱，见了它们，就像见了父老乡亲一样，按捺不住涌动的感情，掩饰不住满心的欢喜。

济南是一个崛起的大城。没想到在现代化高楼大厦的包围中，竟然保留了一幅市井民俗的风情画。济南人谈起老街巷，祖辈相传经常挂在嘴上的顺口溜是这样说的："东更道，西更道，王府池子，二郎庙。"这是指清代更夫为巡抚衙门巡夜所走的道路，因街道分别处于其东、西墙外，故以此命名。我们这次参观老街巷，穿过东更道和西更道，主要看了三条街：人情浓郁的曲水亭街，泉城韵味的王府池子街，店铺热闹的芙蓉街。这三条街都是沧桑巨变的老街，诗情画意的老街。它们给我留下了难以忘却的印象。

曲水亭街的名字，取自王羲之《兰亭集序》中"引以为流觞曲水"之句。刘鹗《老残游记》中对大明湖曲水亭一带有过生动描述。书中所记蓝呢轿子，红缨帽子在街上奔走流汗碰倒小孩儿，就是清代时这条街景的真实写照。1956年沈从文第二次来济南时，他对这条街的静寂印象极深。花木青青的人家，干净得无一点尘土，墙裙都长了绿青苔。月影子从疏疏树叶中透过，真是一片好情境。如今，依然有一条小溪自南向北地流淌，小溪来自王府池子一带的泉水，清亮亮地，由街北注入百花洲。石板路还是旧时的模样，静静地，很干净。街两旁白墙黑瓦的房子，矮矮地，开着带花格子的窗眼。有女人在绕屋而过的泉边洗衣裳，也有老人带着孩子在泉边戏水，还有一处院子中石榴树开满了如火的花朵。许多临街的人家做了店铺，旅馆、浴室、诊所、修车铺、刻章社、面馆、家常菜馆等。小溪边有几百株垂柳，夜晚，路灯高照，微风轻拂，仿如长袖起舞的女子。当我漫步在曲水亭街，我从中领略到老济南的味道，小桥流水人家，石板清泉沏茶，隔断闹市喧哗，那是泉城始终珍藏着的历史文化的老照片。

王府池子街位于珍珠泉西墙外，明朝德王府旧址，因此泉旧时在王府内，老百姓仍称"王府池子"。在这条街上，随便走，随便看，总有冷冷淙淙的泉声伴随左右，那是泉城的印证，又是怡然的享受。现在池周皆民居，泉水向西北，穿街绕户，注入百花洲，汇入大明湖。如果你要品味"家家泉水，户户垂杨"的风韵，王府池子街绝对是你的最佳选择。

那天晚上，我去逛王府池子街时，看见街旁的柳荫下，许多老人围着石桌坐着石凳，或饮茶，或下棋，或乘凉观景，神态悠然自乐，安宁祥和的日子就写在他们脸上。王府池子有一群年轻人在夜泳，上岸后，身上挂着水珠，互相拍打，笑语此起彼伏，洋溢着青春的快乐。紧靠池边，是一处露天排档，喝啤酒的，吃烧烤的，休闲的人们尽可以在这里一饱口福。那古宅，那老井，那深巷，那清泉，那唐槐，那宋柳，那是说不完道不尽的天上人间！我特别欣赏那些门楼前的楹联，写得好，书法也美，集中概括了老街巷的特色，便掏出笔记本，匆匆记下一些来：

清流隔市井，泉水洗心尘。

清泉称人意，古巷烹茶香。

柳堆千叠绿，泉涌一池春。

院小乾坤大，情真日月长。

说话间，从王府池子街出来，穿过曲折小巷，便到了芙蓉街。街以泉名，泉以花名，芙蓉街因此而得名。古时芙蓉泉是一处荷花盛开清泉游鱼的好地方，芙蓉街周围有抚院、都司、布政司、贡院、府学等衙门机构，许多商家在此开店营业，又是一条很繁华的街道。现在，芙蓉街是一条步行商业街。茶坊酒肆小吃店，旅游工艺品专卖店，街上摊位林立，人来人往，每天都像过年一样热闹，民间烟火气，弥漫一条街。但我是个喜静不喜闹的人，便从熙熙攘攘人群中穿过，躲到远处去了。我想，清代举人董芸曾在此著书，他写诗赞道："老屋苍苔半亩居，石梁浮动上游鱼。一池新绿芙蓉水，矮几花阴坐著书。"那样宁静致远的境地，如今都到哪儿去了？不过，话说回来，喧闹繁荣的街市，也算泉城一景罢。

济南的历史文化底蕴是如此丰厚。济南老街巷的景致既有诗味又有世俗烟火味。我喜欢老街巷的宁静与淡泊，自在与安逸，朴质与明丽，风土与人情。我喜欢在这里拥有美好的一天或是美好的一晚上。因为，一城水润心灵澈，千眼泉流气象开。那清洁的泉水，定会洗去我心灵的浮尘。

溆浦和溆水

初到溆浦，去看溆水。没想到，一江春水向东流，流到溆浦向西流。溆浦地势，由东南向西北倾斜。溆水出自大溆山，于是西流进入沅水。溆者，溆水也。浦者，水边也。溆浦因溆水而得名，更因屈原《涉江》一诗而闻名遐迩。那是楚顷襄王二十年间，屈原被放逐，涉江入溆，行吟泽畔，迄今二千余载矣。然屈原忧国忧民之忠魂、之足迹、之诗篇，光耀千古，犹照世间。

"入溆浦余僔徊兮，迷不知吾所如。深林杳以冥冥兮，猨狖之所居。山峻高以蔽日兮，下幽晦以多雨。霰雪纷其无垠兮，云霏霏而承宇。"我的秭归老乡、诗人屈原，据说是从楚国的郢都出发，过长江，渡湘江，经洞庭，上沅水，历汪渚，宿辰阳，入溆浦的。正因为溆浦是屈原流放之地，所以这个湘西边陲小县，文化传统根深叶茂。溆浦人把屈原当作自己的乡党，一出口便是《楚辞》诗章。

那天清晨，我沿着溆水河畔散步。刚下过雨，河水浑浊流荡。县政府驻北岸，旧时官码头上，建有七层八角塔式楼，是为纪念屈原而修的，名曰涉江楼，老百姓俗称八角楼。朝西，又有湖口码头，从三孔城门洞沿石级而下，可至河滩。此地架一座浮桥，十几条铁船排列河上，上面铺着木板，一直通往南岸。一大早，许多市民和学生从浮桥上走来，纷纷赶到北岸上班上学。浮桥边停泊着四五只小木船，船就拴在浮桥栏杆上。男人坐在船头刷渔网，黝黑的皮肤，脸上布满水波似的纹路。女人蹲在桥边卖鱼，红色塑料盆里，清水养着活蹦乱跳的黄骨头小鱼。

久雨乍晴，阳光像金子般在河面跳动。溆浦人的一天，从这里开始了。溆水滋润着生活，生活中流淌着溆水，流着流着，就流成了远方和诗。

其实，很早的时候，溆水边一条河街是古色古香的，弥漫着迷人的湘西风情。临河是吊脚楼，撑开窗户看得见河上的船和喊号子的船夫。青石板巷子两边，粉墙黛瓦的百年老屋，雕梁画栋，飞檐翘角，燕子穿插其间，报告着季节更新的信息。如今，岁月不留痕迹，高楼大厦代之而起，汽车摩托车在并不宽敞的马路上来往不绝，让人感觉到繁荣背后的无序和急促。只有在那些通往河边的幽静小巷中，还能依稀看到昔日风光，听到涛声依旧，或者碰到一个溆水般纯情的姑娘。

于是，我在河街小巷里转来转去，看见那些卖馄饨、葛面、湘西泡菜的小店子，觉得格外亲切。大概是端午将近，卖粽子者居多。溆浦粽子是很有名的，且品种繁多，什么三角粽、秤砣粽、船儿粽、枕头粽等，满街粽子飘香，诱人欲罢不能。枕头粽，我是第一次见到，长条正方形，捆着五道线，状如古代瓷枕头。肉馅，一般是腊肉或鲜肉，也有牛羊肉或腊骨头做的。据说做一个粽子要一升糯米，溆浦人叫它肉糍粑，一个青壮汉一次最多也只能吃下一个肉糍粑。有个台湾老兵回乡探亲，带了一书包枕头粽回岛送人。我想他带的不是粽子，而是乡愁，溆水长流的乡愁，美丽而动人情怀的乡愁。

除了粽子，溆浦的各种风味小吃也别具特色，大街小巷中随处都能一饱口福。浆糍粑、蒿草粑、米豆腐、糖麻圆、碗儿糕等，吃的是地地道道的乡土文化。所谓美食，舌尖上的溆浦。溆浦县城，有一条东西方向的警予路，以中国妇女运动的先驱和领袖向警予命名，向警予纪念馆就在这条街上。县政府旁边有一家义陵书社，主卖教辅资料和时尚杂志，书架上摆着一本砖头厚新版县志。再朝西走，桥洞边上是县城唯一的新华书店，也是以卖教辅书为主。我想买几本介绍溆浦风物的书，或者本土作家的书，走遍全城也一无所获。这与文气很重的溆浦很不相称，心里怅怅的，便有些失望。

然而，正应了说书人一句话：踏破铁鞋无觅处，得来全不费功夫。我一回到宾馆，就收到溆浦文化人何先培先生送来的几本好书：禹经安先生大作《溆浦拾铁》和他执行主编的《涉江论坛》合订本，舒新宇先生大作《破解屈原溆浦之谜》

和他主编的《武陵文化》春冬两卷。这天，还结识了溆浦散文新秀向芳瑾，她给我讲了许多溆浦地方的风土人情。后来，又通过微信，与出生溆浦的散文作家申瑞瑾取得联系，收到她寄赠的散文集《半池荷香》。原来，她外婆就住在溆水和沅江交汇处的犁头嘴。在她童年的印象里，江口下街的碗儿糕是最鲜美的小吃。她记得有四条小河从四面八方汇入溆水，再缓缓西流，记得河上的扁舟与河岸上的鸬鹚，记得生于斯长于斯的溆浦文化。正是这种源远流长的溆浦文化，哺育了一代又一代溆浦人。

从屈原开始，溆浦曾经是古代贬官和失意文人的归隐之地，当代学者试图论证它就是陶渊明笔下的桃花源。其实，是不是桃花源并不重要，重要的是这片土地留下了屈原的伟大身影，留下了林则徐、沈从文、钱钟书等文化名人的坚实足迹。在这里看得见青山，望得见绿水，记得住乡愁。这方水土，如此质朴而美丽。明代思想家王阳明写过一首《泊溆浦江口》的诗，诗云："溆浦江边泊，云中见驿楼。滩声回树远，崖影落江流。"其溆浦情怀，美如梦境。而溆水，就是一条追梦的河流。

黔阳古城梦

　　黔阳古城在湖南洪江市黔城镇，人称湘西第一古镇。它有两千多年建城史，因地处黔水之北，故名黔阳。清水河与舞水河在这里汇成沅江，三江浩荡，直达洞庭。古城内，明清街巷和文物古建筑保存完整，使人感觉到如同回到北宋或民国年间。那青砖夯土的城墙，那高墙环绕的窨子屋，那错落有致的老店铺，那富丽堂皇的会馆戏楼，那清悠宁静的石板街，那钟鼓楼、万寿宫、节孝坊等，都藏在古色古香的街巷中。对于喜欢怀古念旧的人，无疑，黔阳古城是个寻梦的好去处。

　　我喜欢黔阳古城的五门十街十二巷，尤其是青石板铺成的街道，狭窄而悠长，曲折而幽深。古城只有一个十字路口，其他全是丁字路口。古老民居的屋檐下，挂着红灯笼。板壁屋，天井院，看起来很安逸。本城居民仍然居住在这里生活，他们就活在古老的风景中。有人在老理发店剃头，剃头师傅的刀子烁烁发光。有人在街头炸春卷，油锅飘着喷香的烟气。有人在堂屋里打麻将，哗啦哗啦的牌声中夹杂着开心的笑声。有人在院子里拉胡琴，一副悠然而陶醉其中的神态。还有人躺在藤椅上听收音机，收音机里播放的是湖南花鼓戏。在一家卖根雕奇石的小店，我看见墙上挂着雕刻精美图案的窗格子，门口左右两座巨型根雕犹如守门将军。徜徉其间，感受着慢生活节奏，品味着悠闲，仿佛回到梦里老家。

　　对于窨子屋，我一直不解其意，问一位书法界长须老者，他便娓娓道来："你看这黔阳古城，窨子屋鳞次栉比，正是古城的一大特色。宋元丰三年置黔阳县，那时就有了黔城。但古代黔城是迁谪文化留存之地，贬官文人隐逸之地，他们便纷纷在这里修起了窨子屋。窨子屋适合隐居，黑瓦木柱人字梁，形似北京四合院。外面是高墙围屏，隔断市声，里面是两进三层，曲径通幽。屋顶从四面向内倾斜，形成一个一个天井，可采光通风，疏水防潮。这些人躲进小楼成一统，管它冬夏与春秋，在这里修身养性，品茶吟诗，偶尔也发一发酒疯，甩一甩水袖，过着自得其乐的日子。有人说窨子屋是闲云野鹤的栖居地，我看不是，它分明是一个古潭，静水流深，宁静致远，乃洗心养志之所也。"经老人一番指点，我才明白，原来窨子屋具备了"聚天地之灵气，蕴五溪之精脉"的风水之胜，因此成为黔阳古城的建筑主体，虽经岁月沧桑，却依然适合人们安居乐业。

在古城内边走边看边拍照，沿着一条巷子不觉走到尽头，西城门就在眼前。西城门叫中正门，是古城保存得最好的一座城门。红砂石垒砌的城楼，面对河流恰似历尽沧桑的老人，拱门斑驳，砂墙凹凸，说不完的传奇故事就藏在年代久远的赤褐色城墙中。城门洞口，有卖烟酒矿泉水的小铺子，有个妇人在那里大声埋怨，指责政府今年为什么不划龙船。另一个少妇坐在竹椅上给娃娃喂奶，敞胸露怀，旁若无人，一副见惯不惊的样子。出中正门顺着河畔朝右拐，不远处，就是唐代大诗人王昌龄隐逸于此的芙蓉楼。现在，芙蓉楼成为一个景区，占地一万多平方米，有一千多平方米的古建筑，属于国家级文物保护单位。

王昌龄是在唐天宝七年（748年），从江宁县丞左迁为龙标县尉的。当时的芙蓉楼，不过是他的私家花园。正因如此，芙蓉楼景区林木繁茂，池水清澈，亭台楼阁，筑叠巧思，完全是江南古典园林风格。王昌龄曾在这里宴宾客作诗赋，留下诸多诗篇墨宝，传唱千古，至今庭有余香。芙蓉楼的门窗雕刻，观者无不称奇，那么古朴，那么细腻，充满民间文化气息，什么"八仙过海"、"刘海戏蟾"的各种图案，一幅幅看似稚拙，却如年画般流露出童趣。我掏出笔记本，记下门口一副对联："天地大离亭，千古浮生都是客；芙蓉空艳色，百年人事尽如花。"据导游说，晚清黔阳县有位叫陈柄卓的举人，在外为官50年，看透了官场，告老还乡后，在芙蓉楼撰此联感叹人生。楼内大厅还有一副楹联写得好："楼上题诗，石壁尚留名士迹；江头送客，冰壶如见故人心。"据说这是清代黔阳县最后一位知县所写。

芙蓉楼大厅悬挂着王昌龄的画像，没有风流才子的潇洒神情，反而像一位慈眉善目的老农形象，眉宇间锁着一团乌云，透露出他对艰难时世、百姓忧患的关切之情。我站在画像前留影纪念，心里默默背诵着他那首名扬天下的诗，《芙蓉楼送辛渐》："寒雨连江夜入吴，平明送客楚山孤。洛阳亲友如相问，一片冰心在玉壶。"我仿佛看见王昌龄遥望江北，正在轻轻诉说：朋友，如果洛阳亲友问起我在这里做官的情况，那就请你告诉他们，我的一颗冰一般清正廉洁的心，如同放在玉壶中一样，内外澄澈，光明磊落。景区内还有耸翠楼、半月亭、古碑廊、龙标胜迹门等景点，无论走到哪里，都有诗人的足迹。出园门时，我即兴吟了一首诗："芙蓉弄清影，萦绕古诗魂。风雨吹不去，肝胆照后人。"

黔阳古城是个没有边际的文化迷宫。看了一天时间，远远不够。视野里一片古意，潜在心底的诗情回荡不已。古城如烙印般印在脑子里，连同那天如火的太阳和太阳下仿佛镀金的牌楼书院，被我深刻地保存在记忆里。我走了，在古城的注目中。忽然记起古人所说，黯然销魂者，唯别而已矣。我于是挺直腰身，向黔阳古城和诗人王昌龄挥手道别。我相信那些金灿灿的阳光，同样也会把我的身心照亮的。

天井寨见闻

  天井寨很小，巴掌大块地方，但很有名，流传在湘黔边境地区的侗族傩戏"咚咚推"，便源自天井寨。万山丛中，五溪深处，天井寨这样一个小小的自然村落，因此便激发了文化学者特别是研究戏剧的专家们的浓厚兴趣。当然，也包括像我这样极想领略古老文化风采的游客。揣着一颗好奇的心，我踏上去天井寨之路。

  天井寨位于湘黔交界处，隶属新晃侗族自治县贡溪乡四路村。新晃县南西北三面环黔，旧称晃州，亦自称夜郎国。天井寨离城将近60公里，在古老的年代，自然是一片天苍苍野茫茫的夜郎之地。而今，公路一直通到寨子山脚下。沿路一条泗溪，连雨天后，溪流汹涌，水声如鼓，奇怪的是水仍然清澈，并无一点浑浊。

  通往天井寨的石板路，长长的，窄窄的，高高低低，像一架梯子。路两旁，绿树夹道，地里的苞谷绿绸般铺展山间。山头上，一座木头寨门威风凛凛。寨门下，有两个土地庙，还有一块寨碑。我蹲下身子，将寨碑上的文字抄在笔记本上。这是一篇《天井寨建设碑志》，七字韵文，将天井寨的历史、地理、文化、经济都概括了。寨碑是由新晃侗族自治县民宗局与贡溪乡人民政府于2008年11月共立的。碑志短而全，值得一记：金库山腰天井边，侗民栖居六百年；龙姚杨姓七十户，左邻右舍睦无间。国宝非遗"咚咚推"，保存于此古貌全；木楼老井石墙巷，投资五十五万元；天傩戏台建在先，看台楼起在对面。土地坳头立寨门，弘老题字落上边；八百余级石板路，延伸户户家门前。改造淤污老天井，清澈见底复从前；

各户农房得修葺，屋脊翘角起飞檐。侗傩传承和展演，旅游观光客流连；保护建设天井寨，功在当代利千年。

　　寨子里的景况与寨碑上所记大同小异。石板路连接着人家，路两边石巷石墙，石巷散布着青苔，石墙上爬满青藤。石墙后面的瓦屋，大门敞开着，堂屋一目了然。有院子的人家铺着水泥场坝，场坝边上有绿树红花，几个老人坐在树下聊天，一伙后生围在屋檐下打牌。家家户户沐浴在明媚的阳光中，木板壁房子黑苍苍的，极像饱经风霜而又泰然自若的老人。

　　绕过一条巷子，就看见一口正方形水井，据说这井水一年四季保持同一水平，天旱天涝，水都不退。井边有一块说明牌，说的是明永乐十七年（1419年），有个侗族人龙金海，从靖州流落此地，发现一眼清泉长流不止，遂定居于此，并依泉眼筑为水井，天井寨因此而名。

　　从水井处转过小弯，出现一块小平坝。坝子上矗立着一座高高的戏台，鼓楼式建筑，小青瓦盖面，十几根圆形鼓柱撑起五层瓦顶，四面斜坡，檐角翘起，在青山簇拥中，显出一种古老而神秘的氛围。这就是天井寨村民演傩戏的地方。每年春节期间，正月初一到十五，演傩戏祈求来年风调雨顺五谷丰登。每年农历六月初六祭祖先，或于其他民间节日，演傩戏驱魔避灾，保佑全寨人平安无事。天井寨傩戏主要是祭祀活动，祭开天辟地的盘古，祭带领侗族人避免灭族之灾的飞山公，祝愿傩神降福山寨，让天井寨人过上幸福生活。

　　我们去时，天井寨正在大兴土木。戏台对面的看台上，三个木匠正在做木柱子，打眼的打眼，刨光的刨光，不时响起电锯的声音。一群妇女坐在戏台门口看木匠干活，她们说这是准备修农家乐饭店，以后来这里旅游的人多了，就有了喝酒的地方。天井寨山洞多，山泉多，娃娃鱼多，城里人最喜欢这些东西。我问她们现在还演傩戏吗？她们七嘴八舌地说，傩戏传承人，政府一年给一万元补贴。为了傩戏不失传，他们就组织老人教那些寨子上的年轻人。有时人不够，妇女反串扮演角色，学会了又来教学生。可惜，今天看不成了。不过不要紧，明天他们在禾滩乡中心小学，开展侗族傩戏"咚咚推"进校园展演活动，到时候就可以看到了。

　　当天没看到傩戏，却看到了傩戏面具。我们在看台储藏室一个大木柜里，发现保存着一百多个形态各异的面具。侗语不叫面具，叫交梅。有傩公、傩母、雷公、雷婆、小鬼、女鬼、菩萨、土地、巫师、神童、牛、马、狗等，都是用楠木制作的，经匠人精心雕刻而成。色彩鲜艳，神态生动，造型夸张，充满神奇的想象力。你不得不佩服天井寨人的智慧和创造能力，对侗家人的审美心理、风俗民情以及欣赏习惯也有了粗浅的了解。我们把面具搬到小场坝上，一组一组地拍照。天井寨的乡亲们看着我们拍照，十几个唱傩戏的人，立即围拢来，摆好姿势和我们合影留念。

其实，据资料介绍，"咚咚推"流布不广，仅限于这个自然村寨，剧目也不多，本民族的传说故事、三国戏与少量传奇剧目，加起来不过二十余出。正因为它还没有大量传播到天井寨之外，所以也没有什么外来文化对其传承造成灭顶之灾。自从新晃"侗族傩戏咚咚推"申报国家非物质文化遗产成功以后，傩戏的抢救和挖掘得到了广泛的重视。为什么叫"咚咚推"呢？演傩戏时，不托管弦，只以锣鼓伴奏，两声鼓一声锣，以"咚、咚、推"为一个单元，因"锣鼓经"而得此名。

第二天下午，我们赶到禾滩乡中心小学，果然看见了独具特色的天井寨"咚咚推"傩戏。表演者戴着各种面具，唱着本土小调，随着锣鼓节奏，反复跳着脚走来走去。这种台步据说是从牛的形体动作演变而来，跳三步完成一个三角形，俗称跳戏。他们说的侗语，我一句也没听懂，但从小学生不时发出的轰笑声判断，戏文肯定是诙谐幽默的。动作那么土气，唱腔那么山气，还有位妇女装扮成狗，完全是原生态的生活场景，却表达了娱人娱神的心愿。侗族人的故事丰富多彩，而傩戏，正是与天井寨融为一体的真实存在的一种生命形态。

写这篇文章时，脑子里时时跑出来一处风景，那就是天井寨威风凛凛的寨门。在那高高的山上，天井寨挺拔着侗家人敬畏天地万物的信仰和一个民族文化传承延伸不息的生命境界。他们以山里人特有的坚韧和执着，坚守着属于他们的艺术梦。

伟大的句号

岁月的长河无法割断，多少往事风涛中……

从1931年算起，抗日战争历时14年。我们通常所说的八年抗战，始于宛平卢沟桥，终于芷江七里桥。有两句诗可以概括：八年烽火起卢沟，一纸降书出芷江。湖南怀化境内的芷江，原本是个僻处山丛的湘西小县城，尽管历史悠久风景秀美，人们却知之甚少。直到1945年8月21日，日军降使远来这里投降而惊动世界，于是在历史上留下了我国近代史上抵御外敌入侵取得完全胜利最光辉的一页。中国人民抗日战争在这里画上了一个伟大的句号。

时隔70年之后，我来到湖南芷江东郊七里桥，参观中国人民抗日战争胜利受降纪念馆。去的那天阳光灿烂，位于舞水之滨的纪念馆，阳光中金碧辉煌，奔流不息的舞水，有一种"日出江花红胜火"的壮美。站在远处，就能看见那座屹立在高台之上的和平塔，形似天坛，巍巍然，俯瞰山川大地。

在这里，曾经封存的记忆被打开了。

走进大门，迎面是一座大理石雕砌的"受降纪念坊"。这是华夏唯一纪念抗战胜利受降的标志性建筑，被誉为"中国凯旋门"。纪念坊为四柱三拱门式建筑，汉字的"血"字造型，让人看一眼就能想起浴血奋战的峥嵘岁月，回忆起中华抗日健儿血染神州的丰功伟绩。我站在纪念坊前留影，铭记着生命中这一刻的凝重与沉思。

虽然世事沧桑，但抗战烈士的生命还在不断延续。

穿过一条两旁柏树森森的平坦宽展的大路，就到了芷江受降会场。这是一栋黑色鱼鳞板双层结构西式平房，东西两头有出口处和休息室。会场布置按上下之间长方桌面对面的会场形式摆设的，严肃而简朴。会议专为日本降使准备了一支鼠须毛笔。日方代表今井武夫等四人进入受降会场后，脱帽，立正，向中方代表鞠躬，然后开始日本投降典礼。据《今井武夫回忆录》所载，降使一行"沉痛地陷于伤感之中"。今井抚然叹息："作为战败国使节，等于铐着双手来中国投降。"《中国人民抗战胜利受降纪念馆记》写道："八年血泪，换得地展眉头，天露笑脸。太阳旗下之武士道者，终俯首于七里桥下，接受投降备忘录，交出兵力部署图。雪民族之大耻，扬炎黄之天威。"

我们回望硝烟，守卫和平。活着，但要记住这一切。

抗战胜利纪念馆内容丰富，史料翔实，展出二战文物、文照、电函、图表等1500多件，还有中、美、英、苏、捷、法、比、日等八国二战兵器一批。展馆第一部分是"日寇侵华，罪行累累"，第二部分是"中国抗战，浴血疆场"，第三部分是"芷江收降，载入史册"，第四部分是"牢记历史，珍爱和平"。我边看边思索，清醒地意识到，抗日战争这段历史是值得我们全民族为之骄傲的。尤其是抗日将士在中华民族最危险的时候，毅然以血肉之躯作最后的抵抗，其感天动地的浩然之气，令人心血沸腾。我想起了张自忠将军在枣宜战役中牺牲后，身上不仅有枪伤还有刺刀伤，他与日寇死战的惨烈之状，令人潸然泪下；想起了太行山滚滚的硝烟，冀中平原茫茫的风雪，想起了台儿庄大战，想起了湘西会战，想起了陈纳德将军的飞虎队，想起了埋葬着十几万年轻战士的昆仑关，想起了八年抗战中有3500万中国军民伤亡，血流如河，染红了神州。我想这一篇又一篇并不遥远的史诗，只要读了就忘不了。谁能不为民族的苦难而热泪盈眶，谁能不为舍身抗敌的将士而血脉贲张？芷江抗战胜利纪念馆，就是一部全民族抗战的家谱实录。

如果忘记过去，那就意味着背叛。

从芷江回到怀化宾馆，湖南电视台正播放一首歌《芷兰花》。据说芷兰花产在芷江，高贵典雅，象征着中国将士抛生死为家国的民族爱国情怀。那歌声通透明亮，唱得人荡气回肠："……芷兰花，胜利果，英雄的丰碑我们用生命筑过。漫步在风雨桥头，回首历史长河，天佑中华永平安，神州同唱和平歌。"芷江受降纪念坊，既是一座抗日丰碑，又是我们获取民族记忆的一个平台。美丽的芷兰花，是我们心中永远绽放的和平花。

聆听岁月在这里吟唱，我坚信，往事并不如烟。

两度凤凰

我真的感动，我们若想读诗，除了到这里来别无再好的地方了。这全是诗！

——沈从文1934年《湘行书简》

1992年9月8日：凤凰秋雨

终于，我见到了我朝思暮想的凤凰。

为什么偏选择秋雨漫漫时节走一回凤凰？

巫师与侠客已经飘逝。艾草与龙船古风犹存。那些巴楚民族的后裔呢？依然风采吗？

那些既辛勤劳作又祭祀鬼神的苗民呢？

那些喝酒、唱歌、赛船的土家人呢？

那些吊脚楼上白脸长身的凤凰女人呢？

边城与长河眼下又是如何一番景象呢？

自读过美国人金介甫写的《沈从文传》后，我仿佛隔山隔水听见了凤凰城的铁匠铺仍然叮当不停，跟沈从文记得的情景一模一样。

在秋风秋雨中，熟透了凤凰这颗红豆。

这被漫漫秋雨融化了的凤凰，哪里是先生的故居，哪里有先生的故人？

连长长的桥，都淡成了一丝白线，隐约系着古城墙的根儿。恐怕只有土家苗家女子的红伞，如凤凰浮游空中，闪烁着鲜亮颜色。

都是些撩人心弦的精灵！她们任那雨珠儿从伞沿滚落，吻一样滴在白净净的脸上，任那细细雨丝儿，绣花绒般轻轻缠在乌黑辫梢上，显得好乖好俏。

那奇秀的南华山，清澈的沱江水，雄伟的古城墙，小巧的吊脚楼……汇成山地一片苍茫。仅仅两平方公里两万多人的湘西小县城，此刻坐落在画家黄永玉的水墨里，变成了一幅大写意。

街上，沈从文笔下那些磨针的、做伞的、钉鞋的、染布的、磨粉的、打铁的、织簟子的、编绳子的、卖糖菩萨的山民呢？河边，山上，那些曾与沈从文一起挖笋子，采蕨菜，放风筝，捉蟋蟀，逮螃蟹，度过纯真时光的娃娃们呢？

一切是这样清幽，这样素朴而又美丽。

记得一位被誉为流浪歌手的青年诗人，曾在边城寻找诗神踪迹。他撑着一柄荷盖为伞，大珠小珠嘀嗒玉盘，看山看水，边走边唱：

在雨中，静观一朵边城，于土家女的山歌里，悄然开放。两岸翠色的歌声，自城东的水门口码头，至城西的流水小桥，不断延伸。最是山里人家炊烟，千丝万缕，是剪不断的乡愁，理更乱。从何处飞来一滩白鹭，栖满渔翁的竹笠，吊脚楼的西窗，赶也赶不走。一眨眼，雨中边城，绿肥红瘦。

我从他的诗里读出李清照凄婉韵味，但又略有不同。不同在于他是6月走进凤凰的，和我一样，在雨中。没有发现街上忙碌生计的山民们和河边不识愁滋味的娃娃们，一颗诗心染上了红晕。是什么感动了我们呢？被雨水深深歌唱的，是那些凤凰城的花们。

一朵清丽脱俗的花开在眼前。她是沈从文故居管理员，她带我去拜访先生的老屋和书斋，中营街24号。沿着一条古色古香小巷。悠长悠长的，温馨而宁静，并没有多少人来打扰先生读书和写作。都是石板路，褐色居中，青石铺边，凹处积了水，如打碎的镜子，照着逝水的岁月。

黑漆大门之内是个木质结构的四合小院，院内天井墙角长着青苔，青苔周围种着花草，花草之上是木格子窗户，窗户裱着白纸。所有陈设都是那么简单、朴素、清淡、饱经沧桑，连同书房那张磨出木纹的桌子，还包括沈从文先生的照片和手稿。我想起金介甫说过，沈从文的母亲是土家族，他的祖母是苗族。沈家的确是寒素之家。又记得沈从文把当地人象征性地分为城里人与乡下人两类，他自称乡下人。

这个乡下人的故居在小巷里孤寂无声地度过漫漫日月、迎来漫漫秋雨。没有车水马龙，没有红尘黄金，没有豪华和奢侈，没有潮涌的游客，那些势利的文人也不肯屈尊来这个偏远的地方，甚至小城青年中也只有很少几个人知道沈从文的名字。只有后屋一幅先生的素描像静静地看着我，看着我的心灵。

我想，用不着给他荣衔和虚名。凤凰为他而在。湘西为他而在。中国文学为他而在。用诗人朔方的话说，即便是描绘外面的大千世界，那也一样：美总是使人忧伤。他走了，悄悄地不见了他的身影，等到没有人看懂他书中诉说的悲苦，他将微笑着享受他渴望的安息，人生活在乐土，鱼相忘于江湖。沈从文先生故居，本身就是一篇质朴的乡土散文。

我轻轻地走出故居，生怕打扰他的安宁。

寻找到北门老城墙，穿过门洞就是沱江。

沈从文会游水，会空手在水中抓鱼，逃学后跑到山上去偷人家园子里的李子、枇杷，在雨水泡软的田埂上尽情吃喝。我凝望江水想起了这些故事，心里是一片纯净的童声。渐渐地，又想远了，想起沈从文与水结下的情缘。他的文学作品是湘西的水泡出来的，包括沱江。

汪曾祺写道：高尔基沿着伏尔加河流浪过。马克·吐温在密西西比河上当过领港员。沈从文在一条长达千里的沅水上生活了一辈子。20岁以前生活在沅水边的土地上；20岁以后生活在对这片土地的印象里。他从一个偏僻闭塞的小城，怀着极其天真的幻想，跑进一个五方杂处、新旧荟萃的大城。想用手中一支笔打出一个天下。他的幻想居然实现了。他写了四十几本书，比很多人写得都好。……他的一生是一个离奇的故事。沱江的水润泽了其中的文字。

沱江不算宽，然而两岸青山倒映其中，把它染成一片碧绿。凤凰城的吊脚楼如长脚鹭鸶立在江边，经秋雨浸润，一派浪漫气质。蜿蜒沱江流动着一颗淡泊的文魂。

当我在街上吃着那碧玉色的米粉和黄灿灿的油炸灯盏窝时，有歌声自山上穿过雨丝飘然而至。我猜想那是凤凰城的花们唱的一支土家族或者苗族民歌，如山上火把籽红红地撩人：

> 阿姐下溪去洗澡，溪水清清洗细腰。
>
> 哪个舀得溪水喝，不害相思也害痨。

我眼前浮现湘西绵延峻峭的山峰和曲折悬湍的河流，以及苗家寨古树和土家女围着火堆歌舞构成的景观。9月，那被秋雨漫漫歌唱着的，是那沱江岸边的凤凰。

她们，是在风日里长养着，眸子清明如水晶的翠翠吗？或者，是将锋利刀子刺入自己洁白胸口，鲜血像梦境一样蔓延的媚金吗？往事已经遥远，唯有水的静美和情歌声声里的相思。然而凤凰毕竟是太受冷落了，清寂之中透出被人遗忘的苍凉之感，令我觉得深深的遗憾和忧伤。

2004年4月22日：沱江夜色

毕竟，又隔了12年了，岁月匆匆地走远了。

在吉首，小说家陈应松说，沈从文是个偶像，我们是来朝圣的。看沈从文的作品，就像是躺在春天的堤坡上看太阳。

但是，凤凰还是原来那个凤凰吗？

静穆、宁馨、温柔、美丽的凤凰飞到哪里去了？草鞋下的故乡还留下多少朴素的脚印？

现在的人，谁还有心情躺在春天的堤坡上看太阳？

滚滚商潮中我们还能依稀辨出沈从文的声音吗？时光早就乱了，你以为今昔是何年？

12年前，我为凤凰的冷清而忧伤。

12年后，我为凤凰的火爆而失望。

凤凰的花们，还能听到你们纯净的歌声吗？

阳光灿烂着，今天的凤凰老街在人文上仍然布置着古老的风韵。田家祠堂，杨家祠堂，北门城楼，东门城楼，熊希龄故居，都成了旅游热点。通往沈从文故居的中营街，现在是小商品一条街，被游人们挤得满满当当。

沱江两岸，吊脚楼都改成客栈、茶楼、酒店。翠翠客栈、潇潇客栈、画中居客栈、沱江人家，几乎家家爆满。那些来自郑州、苏州、武汉、长沙各个美术院校的学生们，在江边支起画板，描绘这个风景美丽的小城。

虹桥上，是旅游商品集中的摊位，一家接一家，从早忙到晚。有卖土家族扎染布和蜡染衣服，以及家织西兰卡普壁挂的；有卖苗族银项圈银手镯和长命锁的；还有卖腊肉、姜糖、牛肝菌的，以及根雕、石头和图书。

跳岩依然横卧在江上，水车依然在悠悠地转动，石板街道依然被行路人磨得溜光水滑。可是，那些五光十色的旅游商品沿青石板小街铺开了。店门上挂着老字号匾牌，店主们操着凤凰土话，正在与穿红挂绿的观光客讨价还价。这哪里看得出来还是那个民风淳朴、民俗浓厚、古意犹存的"中国最美丽的小城"呢？

观之听之，让人有种踏进闹市的疲惫。

这本是我们栖息的家园，文化的净土，朝圣的殿堂，而今却去哪里寻找到撞击心灵的梦境诗韵呢？我固执地相信，凤凰城的根还在，凤凰人的生命在持续，无论哪般，我都不会白来！

去过沈从文墓地吗？在那里就能寻到通往家园的路，就能寻到联结着时空的诗篇。

乘船顺沱江而下，行不远，有一座丹崖山，于是舍舟上岸，一人买一枝嫩黄的菊花，沿石磴小路爬上山腰。在这里，绿树掩映中，卧着一块状如牛头的山石，斑斑驳驳的，皱皱巴巴的，其实不过是当地极普通的铁褐色的岩头。这块硕大的岩头作为墓碑，就是沈从文墓地的唯一标志。面对沱江，先生在这儿安息。

碑面刻着沈从文的自白：照我思索，能理解"我"。照我思索，可认识"人"。

碑背后刻着沈从文至亲的献辞：不折不从，亦慈亦让。星斗其文，赤子其人。

用散文家卞毓方的话说：山是归根山，水是忘情水，石是三生石。沈从文妩媚得风流。

我们在那里静默片刻，然后，大家都把菊花一瓣一瓣地撒在碑脚草丛上。明亮的阳光透过树隙，照着散落一地的嫩黄，隐约闻到清新的花香。我们一个一个抢着在墓碑旁留影，似乎都想沾一点大师的仙气。

我抱着双臂靠在碑侧，锁眼沉想，努力想摆出照沈从文先生那样思索的样子，但无论怎样做都学不来他那妩媚的微笑。先生是先辈大家，在文学史上举足轻重，即使模仿了表相，又怎能学得了他骨子里的东西？

曾经在《散文散论》中说过："在我家乡的山那边，曾有位靠一支笔打天下的作家，他自称是乡下人。他的作品像湘水一样清秀、朗润、质朴、富有人性的诗韵。"这样说，绝不是敢攀附什么，只能说，对沈从文先生，我唯有仰慕的份儿。

想到这里，我朝石碑深深地鞠了一躬。

一天的热闹过去后，小城又变得安宁了。这是夜里，沱江静谧诱人，星光灯影铺洒在沱江上，叫人忍不住要去乘船夜游，看看沱江夜色之中传达出别样的宁静之美。这时我才发现，原来凤凰城之静、之美，是夜里在沱江开始的。老街的店铺大多关门了，高高低低的吊脚楼仿佛站在岸边沉思默想，夜风拂动树叶如恋人窃窃私语，沱江上也只有两三条夜游船，白天所有的喧哗与骚动此刻都烟消云散了。

我和同伴们包了一条木船，静夜里在沱江漫游。江水在夜色里黑黝黝的，江面一派宁馨。岸边，有几家吊脚楼的屋檐下或栏杆上，挂着几盏红灯笼或几幅霓虹灯招牌，红的黄的白的灯光投射下来，在河水中聚来散去，光影鱼鳞般碎碎地闪烁，织成一道一道网状波纹，给人带来几缕夜色朦胧的美。船过桥洞时，顿觉夜里河风的凉意，同时夹带着远处的歌声。

那歌声，像吹箫似的，细若游丝。

船头一位大嫂划桨，起落之间，听得见扑——扑的搅水声。她盘头梳髻，穿着蜡染蓝印花布上衣，唱歌嗓子沙沙的，唱的都是非常地道的民歌。船尾一位老汉撑篙,一竿子到底,喳啦——喳拉——传来铁篙尖与石头相碰撞的响声,看来水不太深。大嫂说,深的地方有两三米。老汉哼着歌,沉沉瓮瓮的,很耐听。

　　船又穿过虹桥,凉风袭人。我把手伸进水里,感觉沁凉沁凉。就在这时,夜风中传来少女清亮亮的歌声,如寂寥中一串喊山的鸟啼,真的是银子般动听悦耳。我们忙叫老汉和大嫂循着歌声把船靠拢码头。于是看见两个姑娘并排抱膝坐在码头台阶上。她们一个叫莉花,一个叫樱花,都是苗族人,十七八岁的样子。她们是虹桥茶楼的服务员,下夜班后,在这里歇歇凉,聊聊天,随便唱唱歌。她们的眉目在夜色中看不太清,只觉得脸部轮廓极美,是两个标标致致的苗家女子。

　　同伴们推举我与她们对歌。她们也不扭捏,说唱就唱。我唱一首龙船调,她们就唱一首姊妹歌:今夜姊妹陪伴我,明早花轿抬过堂;姊妹几时再相会,天高路远望断肠。我又唱一首砍柴歌,她们接着就又唱一首迷恋歌:生不丢来死不丢,同到江边望水流;扯根灯草丢下水,灯草沉底也不丢。她们的声音尖细清亮,曲调婉转缠绵,像月光下苗寨的琴声,唤起人几多幽情。记者小夏觉得不过瘾,还想多听几首歌,便对她们说,干脆你们上船来唱吧!只要半个小时,唱三首歌,每人50元小费,行不行?两个姑娘笑着连连摇头。小夏急了,大声说,每人100元,好不好?莉花说,唱歌就唱歌嘛,哪能收什么小费。不要不要,只要大哥对歌就行。樱花也说,你们对不出来歌,就算我们赢啦!看你们敢不敢?

　　这时,我听见我心里哐当一声铜锣般的震响。同伴们也都是哑口无言。不是不敢对歌,而是如此清纯质朴的女孩子,城里怕是早就绝迹了吧。也许,这对苗女为游客唱歌不要钱并不值得为人注意,然而此时此刻,此情此景,让人重新找到了凤凰的美的灵魂。是她们的歌声,化解了我心里的阴霾,撞出了灵感的火花。我们真诚地感谢她们,挥手向她们道别。她们站在沱江的码头上,继续唱着歌为我们送行。船走远了,还听得到她们缥缈的歌声,随风潜入夜,那么纯真,那么情意绵绵,像蚕儿吐丝,由不得你不为之感动。

　　　　　　打根花带送情哥,送给情哥绑裹脚;

　　　　　　莫嫌花带织得丑,花带虽丑情意多;

今晚送你一花带，明晚再来唱山歌。

　　船到沱江下游，前面拦了一道防洪坝，流水汨汨响，只好掉头送我们回吊脚楼客栈。夜深了，起雾了。大嫂说，下水罩子了，该歇了。河面上飘起淡淡的薄薄的柔曼的轻纱，远处传来鸡鸣狗叫，桨声竹篙声送我们上岸。在临江吊脚楼上，夜不能寐，我失眠了。隐隐地听见打更人边敲竹梆子边吆喝：各家各户，小心火烛！我想这才叫乡下人的凤凰呢。这样一想，柔情便像沱江悄然涌动。原来，凤凰小城拨人心弦的东西有很多很多。最让人牵挂的，就是沱江边上在夜色中唱歌的苗家女子。

JUANER CI'AN YU BI'AN

此岸与彼岸

只因为从小就向往远方，

我把梦铺在长长的海岸线上；

让梦想通向戴着雪冠的山冈，

沐浴太平洋微风清凉。

啊，美丽的温哥华，

我梦中的郁金香——

梦的起点，梦的归宿，梦的诗章。

只因为从小就渴望飞翔，

我的歌长了翅膀穿透时光；

让歌声缠绕在森林中的木屋上，

让爱情收获冬暖夏凉。

啊，我爱你温哥华，

我心中的幸福港——

爱的白帆，爱的月亮，爱的天堂。

——作者卷首题记《温哥华之恋》

温暖的木屋

  在加拿大温哥华，绵延的海岸线，广袤的森林，温暖的气候，美好的木屋，让人感受到这里是一个诗意栖居的地方。温哥华不像高楼林立、人流汹涌的北京和上海，而像一个田园牧歌式的乡村城市，甚至还有几分土气。但正是这朴素而又美丽的氛围，去除了浮躁喧嚣的时代病，让城市散发出生机勃勃的光芒。我对那些风采各异的木屋情有独钟，那亲切的人间烟火味，正是从这里悄悄地飘起来。

  女儿家住在西温，那是一幢坐北朝南的房子，国内叫别墅，北美叫独立屋。房子修在山坡上，背靠海湾，前面连接高速公路。这样的独立屋像茶园一样，一层一层，从山脚往山上蔓延。与海湾垂直的公路直通山脚小镇，从家里走到海湾，只要20多分钟。一幢幢独立屋与海湾平行，远看仿佛天上的街市，入夜灯火灿灿，犹如银河落人间。

  北美木结构住宅的房子，像随心所欲地搭积木似的，外观十分美丽。有城堡式的，也有楼房式的，还有平房庭院式的，坐落在绿树环绕之中，如同童话般的木屋，给人无穷遐想。女儿家的房子有三层，底层是出租房、车库和儿童游戏室，二层是客厅、书房和厨房，三层是三个卧室和洗衣房。两个露天阳台，三层坡式屋顶，前后都有草坪，松柏组成围墙。清晨，站在客厅就能看见大海；傍晚，坐在露台就能欣赏倦鸟归林；正所谓风景这边独好。不要以为女儿女婿是大款，他们只是普通劳动者，靠着在海外十几年的积攒和房贷，才修起这座房子。况且，这样的房子成千上万，在温哥华是算不上什么稀奇的。

温哥华到处都可以看到漂亮的木屋。我在机场候机楼、西温社区、山下小镇和城市街道两旁，看到了一个木屋世界。据说，加拿大居民90％的住宅是木结构房屋。那种造型独特、质朴厚重的木屋，带给人的不仅是赏心悦目，还有温暖舒适的感觉。这样的木屋冬暖夏凉，环保健康，而且抗震性能好。这让我联想起鄂西老家的吊脚楼，同是木结构，却没有温哥华木屋的精致和科学。特别是多雾和潮湿的冬季，温暖的木屋是与本地环境和谐相处的一处生命空间，更具有家的魅力和亲和力。

为什么此处遍地木屋？我想一是气候的需要，阴湿多雨，木屋可以调节冷暖；二是加拿大森林资源丰富，建筑材料因地制宜，木屋普及顺理成章。据资料记载，温哥华所在的不列颠哥伦比亚省位于北美西北部的经济圈，土地面积达9500万公顷，将近2/3为森林所覆盖，约占加拿大陆地面积的十分之一。不列颠哥伦比亚省是加拿大生态和生物多样性分布最广的省份，全省森林面积达6000万公顷，占陆地面积的63％。难怪有人会说，靠山吃山，靠水吃水，靠木吃木，加拿大木屋独步天下。

木屋的建筑用材主要是松树、雪松、柏树、冷杉、紫杉等。这些树种并非只长在树林里或公园里，而在人家的房前屋后和城市的草地路旁随处可见，温哥华整个城市就是一个森林公园。我常常坐在露台上看树、看草、看海，心里涌动着辽远的思绪。尤其雨天，那些树干上长着青苔、树梢上挂着珍珠般雨珠的树墙，让我构思着诗和远方的故事。美丽的木屋，温暖的木屋，是灵魂和身体的栖息地。这里，就连淅沥的小雨也变得年轻了。我想，如果没有木屋，旅游城市温哥华还能说风景如画吗？

亲爱的杰姆斯

　　都说温哥华是孩子的天堂，我从杰姆斯身上得到了应验，并且想起我们那一代人的不堪回首的童年。杰姆斯是大外孙的英文名字，今年8岁，小学三年级。我每天早上八点半钟送他去学校，他们九点上课，下午三点放学，中午自带便餐在学校吃饭。也就是说，他们每天在校时间不足六个小时。而且，三年级以前的学生，学校并不要求他们学到什么基础知识，只要求他们热爱学校、喜欢读书便足矣。因此，他们在学校没有负担，以玩为主；回家以后也没有家庭作业，仍然是玩，不过玩的类型和范围都有所扩大。如果你发现有的孩子上三年级了，还不会认钟，也不会背乘法口诀表，这一点也不稀奇，完全是正常的，大可不必杞人忧天。

　　这里孩子们的童年时光，就是让他们充分享受玩的乐趣。各种各样的游戏和户外运动，伴随他们健康而又快乐地成长。杰姆斯放学后，除了学中文和弹钢琴之外，大量时间是游泳、滑冰、踢足球、打网球、童子军活动等。我去看过他们踢足球，孩子们在绿茵场上玩得生龙活虎，甚至下小雨了，在夜晚的灯光下，头发和衣服淋湿了，他们依然兴致勃勃。比他们年龄小的一帮孩子，大概只有四五岁的样子，在足球俱乐部两个年轻女教练带领下，组成另一支队伍，东奔西跑，抢球射门，很像那么回事。童子军则是一种培养和训练孩子适宜社会交际和自然生存能力的活动。平常，组织孩子爬山、野营。有一次，杰姆斯和同伴们竟然在冰天雪地的山顶上露宿了一夜。游戏、玩乐、运动、锻炼，孩子们从童年走向少年、走向青春。

女儿告诉我，相对国内的繁华热闹和忙碌生活而言，温哥华不是大都市，只是一个海水环绕的美丽温暖的桃花源。其实在这里生活相对简单得多，家是轴心，上班外的所有时间和空间都是和家人在一起，因此有更多时间陪伴儿子学会成长和生活。所谓相夫教子，真是名副其实。当然，杰姆斯也有他的烦恼，比如不爱吃米饭、不爱学中文，但他的童年时光毕竟是快乐时光，父爱母爱无处不在。我觉得中西教育由于目的不同，方式和效果也有天壤之别。西方强调人性化的教育，把人当人来培养，让孩子们从小就健康快乐地生活，这其实是国民素质最根本的方面。而国内教育体制是一种应试体制，把人当作应试工具来培养，成名的工具，赚钱的工具，企业的工具，国家的工具，甚至是养家糊口的工具，因此让孩子们有负担很重的功课，结果是万人同过独木桥——考大学成了唯一出路。但是，那片童年的绿草地呢？那个明净的游泳池呢？那一阵阵欢乐的歌声和笑声呢？那强健的体魄、开朗的性格、挑战生活的能力呢？这一切，都到哪里去了？

12月9日，温哥华下了今年第一场雪。我送杰姆斯去学校时，看见孩子们仍然在游戏场上玩滑梯、打秋千。杰姆斯和他的同学们趁上课铃响起之前，还抓紧时间踢了一会儿球。我想起春寒料峭时节，在商场门口的喷水池边，有几个孩子在水里玩乐，鞋子裤子都湿了，他们的父母也毫不在意，依然笑着让孩子们打水仗。我想说，亲爱的杰姆斯，当你长大后回忆起童年的故事时，一定会觉得那是一个幸福的故事，那是一首快乐的童谣。

另一种笔会

　　这是一个星期六的下午，女儿开车送我到温哥华唐人街附近的华埠富大海鲜酒家，参加加拿大华裔作家协会举办的新春联欢晚会。"加华作协"是个民间团体，不像国内的官方机构，因此没有官方拨款经费，也没有自己的办会场所——会所，经费来源主要是个人或企业资助，再就是会费。临时性会员每月会费30加元，永久性会员每年会费300加元。他们举办各类活动也和国内不同，每次活动都有一个主题，这次是新春联欢，下次是作品评论等；而且，参会作家都是自掏餐费，本次活动会员28加元，非会员30加元。我看了看，来的人大约有70多个。墙上有会标，餐桌有名单，报到处有一张书桌上摆着会员新出的小说、散文、诗歌、访谈录和文艺理论等著作。活动气氛显得热烈郑重而又朴素简约。这是另一种笔会，另一种风景。

　　副会长陈浩泉很热情，把我带到座席，给我介绍同桌的朋友。很幸运，我与台湾著名诗人痖弦坐在一起。我听人们称他痖公，介绍他是作协的顾问，还有一个顾问洛夫也是诗人，坐在旁边一席。我把自己的散文集《这方水土》送给痖弦先生，并请他多多指教。我说，记得余光中散文集《记忆像铁轨一样长》中有篇文章专门提起您25岁时写的诗《一九八〇年》，诗的前两段是这样的："老太阳从蓖麻树上漏下来，/那将是一九八〇年。/我们将有一座/费一个春天造成的/小木屋，/而且有着童话般红色的顶/而且四周是草坡，牛儿在啮草/而且，在澳洲。"您没有去澳洲，却在北美的温哥华定居了，这真是一件有趣的事情。

痖弦先生八十高寿，满头银发，脸色红润，说话底气很足。他翻了翻我的书说，他去过三峡，去过屈原的故乡，拜过屈原祠，那是个美丽的地方。不过，对三峡一带的风土人情了解得不多，很遗憾。又说，你的书，正好写的是我不太熟悉的地方，我回去后一定好好读读。我问痖公最近有何诗作，他说年纪大了，很少写诗，主要写诗论，转向诗歌理论研究。他给我留下电话，希望以后多加联系。我后来跟他通过几次话，他很兴奋，围绕海外华人文学存在的意义和建设发展的问题，在电话里说了半个小时。这么大年纪了，还在操心文学，堪称老马识途，志在万里，诗人暮年，壮心不已。

联欢晚会开始了。梁会长致辞，作家们表演节目。有唱《西部放歌》的，有朗诵雷抒雁的诗的，也有表演快板《武松打虎》的，还有猜谜语的等。其中有个穿旗袍的年轻女子二胡表演，她是上海音乐学院毕业的，一曲《赛马》赢得阵阵掌声。作家们一边会餐一边自由交谈。他们谈到电影《一九四二》，褒贬不一。他们每月第一周星期六上午有一次聚会，我曾经参加过两个短篇小说的讨论。看来，文学的边缘化，大概是个世界性现象，然而，文学的灯火永不熄灭，照亮人类永恒的生命长河，大概也是毋庸争议的事实。

活动结束后，女婿开车接我回家。车过狮门大桥，万家灯火璀璨。

在温哥华逛书店

上海书展期间，东方卫视播出的新闻中，突然看见老朋友冯买书的镜头，心里觉得惊喜和亲切。读书、购书、藏书，是我们的共同爱好。于是，我立即拨通越洋电话，向冯询问书展的盛况。冯在通话中顺便要我将温哥华书市说一说，彼此多一些了解。我想到苏轼的诗："作诗火急追亡逋，清景一失后难摹。"看到就写，不然事后难摹，这对我是一个提醒。在温哥华逛书店和图书馆，虽是那么平常，却毕竟与国内有所区别，经冯一说，忽然涌上心头。

温哥华的中文书店规模较大的有三家，一家是唐人街的三联书店，一家是时代坊二楼的三联书店，还有一家是大统华超市的北京书店。北京书店的书都来自中国大陆，两家三联书店的书，除大陆外，香港、台湾的书居多。我在三联书店买到一本复旦大学教授潘旭澜先生的评论集《太平杂说》，就是香港天地图书出版的。这本书说的是150年前，太平军于广西揭竿造反，以"宗教"形式啸聚山林，起于青萍之末，迅速发展成一支以农民军为主体的军队，与清军攻战连年，成为中国近代史上最大的一次战争。洪秀全、李秀成、曾国藩、李鸿章等都与因之而成历史人物。竖排繁体，由右而左，读起来很有意思。我在北京书店买过几本打折的书，比如上海文艺出版的中国当代先锋诗歌第一辑《北回归线》，原价人民币40元，现价5加元，书中收有原在宜昌市的诗人南野的诗作，它使我想起南野在三峡大学教书的情景。又比如花城出版社冯唐的小说集《天下卵》，也只要5加元，我喜欢冯唐的文字，有着风骚腥鲜、自由挥洒、磅礴斑斓、肆无忌惮的气势。总的来说，这里的书店中纯文学类书不多，宗教类书、生活类书、时尚类书、娱乐类书等更加畅销。

温哥华是由多个社区组成的城市，除温哥华市图书馆外，每个社区都有自己的图书馆，我常去的是西温图书馆。图书馆的大门口挂着两个装满鲜花的花篮，过街对面就是一个小型的纪念公园。西温图书馆的底楼有一个中文、日文、韩文的书库，我就在那里寻找自己想要读的书。我基本上是每一个月去借一次书，一次借六本左右，20天后归还，如逾期不还，就要被罚款。加拿大人爱读书，每天上午10点图书馆开门后，许多人就像上班一样坐在图书馆里读书写作。书架之间有桌子，人们摊开书本和笔记本电脑，安静地享受着读书时光。我碰见过几个中国留学生在图书馆里跟人学外语，也看见菲律宾用人带着孩子来借书。图书馆顶楼有一个儿童图书库，不仅为儿童准备了丰富多彩的图书，还有孩子们玩的地方，我女儿就经常带着小外孙来这里消磨时间。她在顶楼，我在底楼，约好时间，借完书一起回家。可惜这里的中文藏书并不丰富，我一年时间差不多把这里的纯文学作品全读完了。其中，加拿大华裔女作家张翎的长篇小说《金山》给我印象极深，长达40万言，涵盖自鸦片战争以来中加两国的诸多历史事件，以小说形式撼动读者。著名文学评论家李敬泽说："每一个中国人都从这部小说中、从几代中国人在故乡和异域之间的颠沛奋斗中感到共同的悲怆、共同的血气和情怀。"

在温哥华逛书店和图书馆，其实是在倾听中国文学在海外的命运诉说，感受中国文学如此温馨明亮的光辉。对我旅居生活而言，会为获得精神抚慰而变得充实，而在感情上更加醇厚柔韧。

土插队洋插队

　　插队，对我们这一代人而言，永远是一个沉重的话题。没想到，跨过太平洋，在异国他乡，老知青又能够聚在一起回首往事。当然，过去是在本土插队，历尽艰难辛苦；现在是在海外聚会，苦尽甘来又有许多遗憾。土插队洋插队，怎一个插字了得！其中的欢乐与痛苦、求索与收获、绝望与希望等，使蹉跎岁月的青春故事，变成了亲切而又伤心的追忆。我和我妻子刘建华都是插队六年的老知青，所以当朋友邀请我们参加"温哥华知青联谊会"的活动时，我们既惊喜又好奇，牵动了心事便欣然前往。插队，是梦的起点，也是梦的归宿吧。

　　第一次活动在春天，在本拿比山上，山上有一大片樱花树，可惜前几天风雨未歇，樱花都谢了。我们下车后，一眼就看见高大笔直的松树下，"温哥华知青联谊会"的旗标在四月的风中轻轻拂动。一群当年的知青，有20多人，来自国内各地，聚集在山坡草坪上。大家见面后，自然有说不完的话。说当年土插队的苦难历程，说如今洋插队的幸福晚年。李蓓来自四川，性格开朗乐观，1974年下乡，已经出国20年了；昔日成都知青妹，独闯北美20年，嫁给老外，如今做跨国婚介，业余时间写点文章，活得有滋有味。张尚敏是66届宁波知青，当年下乡后在农村做过老师，1977年恢复高考后读大学，毕业后分在政府当公务员。庄意群走出国门后，在温哥华做房屋贷款经理。每个知青都有一个故事，都是一部小说，时空跨度之大，局外人难以想象。聊天中，大家说得最多的一句话是往事不堪回首，都是从社会底层挣扎出来的人，当然格外珍惜现在的生活。

大部分知青和我们一样都是跟随子女移民来到加拿大的，保留中国国籍，取得加国永久居住权。据我所知，国籍和永久居留权在法律上概念不同。国籍是指一个人属于一个国家的国民的法律资格，可以通过出生方式，也可以通过婚姻、收养、自愿申请等加入方式取得。永久居留权指个人被允许永久居留于某国的权利，但不享有公民权。绿卡是对美国永久居留权证件的俗称，加拿大叫枫叶卡。这些持有枫叶卡的老知青们在松树下集体照相留影。然后，女人们在草坪上合着录音机音乐翩翩起舞，跳的多是中国民族舞蹈。男人们挎着相机登山摄影，从山顶看海湾，如欣赏一幅油画，风景之美让人过目不忘。

第二次活动在夏天，在本拿比中央公园，参加的人数比上次多，表演的节目也比上次丰富多彩。森林围绕绿地，音乐伴随舞蹈，人们仿佛又回到了年轻的时候。中国古代有个诗人王勃说过："萍水相逢，尽是他乡之客。"现在的情景是："他乡之客，尽是插队知青。"有人朗诵诗，有人脱口秀，有人时装秀，有人小合唱，还有人独唱或独奏。我妻子刘建华情不自禁地表演了独舞《海派秧歌》，我为知青联谊会写了一首歌词《相聚温哥华》。我期望我们在夏天相遇，唱一首老歌，让夕阳的光辉直抵心灵深处。活动结束后，知青联谊会的曹小莉和我取得了联系。她是个热爱生命、热爱文学、热爱人生的才女，她的长诗《生命的咏叹》概括了她的大半辈子人生的经历，无论曲折坎坷，总是坚守理想，这，就是我们这一代人的气质高贵之处。曹小莉在加拿大和美国边境处的和平公园买了一座房子，她说那里的风景像月光，像大海深处的梦。我庆幸，经过土插队和洋插队的老知青们，终于可以看到更美丽壮观的风景了。如今，阳光在歌唱，照亮了风景和风景中的兄弟姐妹，美得叫人说不出话。

森林公园的秘密

  有朋自远方来，温哥华人总喜欢带着他们去游玩史丹利公园。很多年前，温哥华曾经被大森林所覆盖，现在史丹利公园就是这个大森林最后一个残余部分。它占地405公顷，位于英吉利海湾和伯诺德海湾之间。从1886年起，马车便带着游客纷至沓来。绅士淑女们在一棵巨杉的横卧树干边拍照留念，这棵巨杉至今还在那里。在这里可以眺望市中心的水滨风景，也可以欣赏西岸海滩的落日余晖。温哥华的气候由于西侧受太平洋海流的影响，东侧的高山有效地遮挡了大陆寒冷气流，因此一年四季气候温暖，适宜居住。即使夏天，阳光灿烂的日子，也是凉爽而舒适的，站在树下多待片刻，便感觉凉意袭人。因此，史丹利公园的游人们，最喜爱的休闲方式，就是躺在草地上晒太阳、看风景。

  看吧，仿古的马车载着游客环绕公园，仿佛穿越时光，回到从前。爱骑自行车的人们三五成群，飞驰而过。防波堤上随时可以看到散步者和跑步的人。穿着溜轮鞋的青年从身边滑向远处。摄影和绘画的人在这里寻找艺术的美景。喜欢运动的人在草地上掷飞盘和玩橄榄球。孩子们在游戏场荡秋千、玩滑梯和跷跷板。女儿陪着我穿过幽静森林中的小径，走到海岸边。

  这里，布拉克顿角的色彩鲜艳的图腾柱屹立在这里，有的柱顶上是展翅的鹰，有的是古怪的人头，还有大人抱着小孩蹲在柱头的形象，它们代表着原住民的土著艺术。防波堤上有一尊跑步者铜雕，女儿看着铭牌给我翻译：他是1964年奥运会短跑奖牌得主及世界纪录保持者海瑞·哲诺姆的形象，他永远在奔跑着。站在围绕史丹利公园9公里长的防波堤上看落日，海湾一派金碧辉煌。

温哥华的伊丽莎白女王公园虽然比史丹利公园小，占地仅22公顷，但它的森林、草坪和鲜花，是婚纱摄影的理想环境。公园中有一座小山，150公尺高，却是全城的制高点，站在这里俯瞰市景，是一幅现代城市画。我们去时是早春二月，杜鹃花开得烂漫如霞，上山的斜坡是成片的森林，宁静的小径穿插其中，使人有进入迷宫的感觉。

离女儿家较近的公园叫灯塔公园，位于西温的西南端，占地75公顷，有一种雄奇伟岸的美丽。岸边是被海水冲洗得发白的山岩和礁石，耸立在亚特金森角上的灯塔从1914年起就为过往船只导航。尤其值得称道的是，它至今还保留着一片长满巨大道格拉斯枞树的雄伟的原始森林。

其实温哥华几十个大小公园都是免费对外开放的，每个公园都有一片原始森林。为什么这里的森林资源保持得这样好？生态环境维护得这样好？它的秘诀是什么？有一天，我读到一本加拿大最好的风景摄影师之一道格拉斯·雷顿的画册，叫我一下子开了窍。倒不是雷顿的摄取风光的慧眼和独特传神的镜头，而是这本由加拿大海拔出版有限公司出版的画册的版权页上，明确写着一句话："海拔出版公司，将在加拿大种植相当于制作本书所用树木两倍的树苗。"出一本书，种一片树，这样庄严的承诺及其行动，给予我们多少启迪和教益。我终于明白，公园、森林、草地和人，是一种怎样相依相存的难以分割的关系。古人说天人合一，这就是了。

见证爱的传奇

　　从西温到北温的卡佩拉诺峡谷，开车只要半个小时。这里峡谷高耸、巨木擎天、水声轰鸣、云雾缭绕，卡佩拉诺河从中穿过，是加拿大卑诗省鲑鱼研究所的场地，也是如诗如画的风景区。鲑鱼俗称三文鱼，又叫鲑鳟鱼，还被加拿大人赞为爱情鱼。问爱为何物，直叫鱼生死相许？这其中的来龙去脉，就是一曲动人心魄的生命绝唱。

　　三文鱼养殖场我去过两次。一次是春天，从河边往山上走。一次是夏天，从山上往河边走。没想到，这条河的上游是一条大坝围起的湖，泄洪时形成雪白的巨瀑，沿着堤闸仿佛从天而降，飞珠泻玉，触目惊心。正因为是冰川融化的雪水，异常清洌，加之河流曲折，落差又大，离海极近，因此卡佩拉诺河谷非常适宜养殖三文鱼。据说养殖场还邀请了日本国北海道的研究人员，在这里一起研究和繁殖三文鱼。

　　站在峡谷河畔，一眼就看见那条水泥筑起的可能有一米来高的水墙，与养殖场通道直接相连，像梯子一样，走几步就升一格，最后到达养鱼的大池。河水哗哗落下，水声如歌声般不绝于耳，大小鱼们在分割的池子里自由自在地游来游去。尤其是进入通道的鱼们，受跌水冲击，扑腾跳跃，引起围观者一阵又一阵地欢笑和尖叫。

　　原来，三文鱼长大后，从海洋开始洄游，一直要回到它们出生的地方。逆流之旅如同万里长征，说不尽的艰难辛苦。三文鱼在与风浪礁石的搏击中血管开裂，银白的身体变成鲜红。它们回到曾经生活过的河床上产卵受精，然后慢慢地死去。三文鱼死后那些没有腐烂的肉粒，又成了喂养小鱼的食场。等到第二年春天，新一代三文鱼才游回大海去重新生活。这就是爱的传奇——在生命循环中谱写着奉献与牺牲的悲壮诗篇。

每年七月间，是鲑鱼洄游的旺季，成千上万的鲑鱼跋涉遥远的旅程，涌入温哥华的母亲河——菲沙河。这也让成千上万的观光客见证了生命循环中爱的传奇。那么险峻的峡谷，那么逼仄的河道，那么拥挤的鱼群，那么嶙峋的岩石，那么奔腾的激流，而它们毫不畏惧地冲撞、扑腾、翻转、挣扎，像冲锋陷阵的战士不断倒下又不断跃起勇往直前。为了新生命的诞生，这是它们的唯一信念。为了爱的承诺，这是它们永恒的责任。因此，不管死的死，伤的伤，它们都没有放弃和退缩。哪怕产完卵就咽下最后一口气，哪怕被尖锐的角石撞得头破血流。人们在古老的河边，读着这个古老的故事，心情格外深沉而虔敬，双手合十，苍天在上，默默地为爱者和被爱者祈福。

当我沿着森林步道的台阶上山时，沿途有许多倒下的树木横卧其中，令人和三文鱼产生联想。特别是回首卡佩拉诺河，七弯八拐，滩多流急，想象三文鱼在此洄游的过程，又不禁联想到长江的中华鲟鱼的命运。这情景既让人感慨又让人深思，真是一支爱情与生命的交响曲。诗云："生命诚可贵，爱情价更高。"人若不信，请以鲑鱼证之。

夏威夷风情

　　大外孙放暑假后，女儿陪着我们从温哥华乘飞机去美国夏威夷，全程6个小时。我们是傍晚走的，抵达目的地时，已是灯火灿烂的夜市。在机场候机厅，接站的旅行社人员给每个客人献上一份见面礼——那是用兰花扎成的花环。据她们说，夏威夷的州花是木槿花，当地人叫作彩虹花。凡是来到夏威夷的观光客，脖子上都挂着一串美丽的花环。

　　大约在1000年前，太平洋波利尼西亚岛上的土著人，一次次划着独木舟航海探险，寻找到一个个绿色的岛屿，于是最早在这里定居生活。"夏威夷"就是波利尼西亚语"原始之家"的意思。火奴鲁鲁即欧湖岛，中国人俗称檀香山，它是夏威夷州府所在地，孙中山先生曾在此地意奥兰尼学校接受过西式教育。

　　欧湖岛是夏威夷政治、经济、文化及观光中心，也是美国在太平洋的重要航空、军事基地。珍珠港就在这里。我们第二天就去参观珍珠港，阳光灿烂得刺眼，天气很热。孩子们登上舰艇参观，我们沿着一个一个陈列室看当年的资料图片。那是震惊世界的1941年11月26日，日军飞机偷袭珍珠港，炸沉了美国军舰亚历山大号。如今，那艘军舰的烟囱，还在火奴鲁鲁强烈阳光的照射下，散发出灼灼如火的光芒。

　　恐龙湾是潜水的好地方，它因围绕海湾的山形而得名。游客慕名而来，纷纷在草地上、树荫下铺好布单休息。大外孙在浅水区游泳，小外孙和他妈妈在沙滩玩沙。我们坐在山脚下一处有阴凉的凹地，边吃零食边看风景。在我们左前方，坐着一对黑白男女，男人的一只黑手在女人雪白的后背上来回游走，可以说每一次都出手不凡。右边是一群穿着比基尼的金发白人女郎，她们毫无顾忌地躺在那里晒太阳，丰满的体形在阳光下耀人眼目，仿佛有灿烂响亮的声音从那里升起来。人们在恐龙湾的海水里扑腾着，所有细节都十分绚丽。

印象最深刻的是波利尼西亚艺术村。它由萨摩王、纽西兰、斐济、东加、大溪地、玛基瑟斯和夏威夷七座村落组成。每个村落展现各族建筑、雕刻、编织、服饰、舞蹈艺术和不同的生活习俗。游船在河上飘过，船上的人表演草裙舞和土风舞。特别是晚间的舞台表演千万不能错过，舞台以热带丛林和瀑布山景为背景，讲述波利尼西亚人茁壮成长的故事，音乐神奇浪漫，动作铿锵有力，场面波澜壮阔，从头至尾看得人热血沸腾。

从火奴鲁鲁岛乘坐一小时飞机到达大岛，那里是夏威夷著名的火山岛。登上火山岛山顶，一望无边的火山熔岩固体像焦炭一样铺向天际，看不见一棵树，犹如新疆茫茫戈壁。有些地方的火山熔岩遮断公路，远处活火山正在喷发热汽，山下是著名的黑沙滩，它是由火山熔岩流入海里，再经过长时间的冲刷而形成的。这种地老天荒的景象确实叫人心灵震撼，原来世界上还有这样残酷惨烈的风景，人在大自然的威慑面前，渺小如一粒尘埃，谁敢妄自称大？天地人和，这才是人间正道。

我最喜欢火奴鲁鲁路的威基基海滩（又译外奇奇），蓝天碧海，绵绵沙滩，冲浪健儿在波涛起伏中踏浪飞舞，正如中国古人所说，弄潮儿向潮头立，天然一幅动人的图画。世界各国青年男女纷纷来这里拍摄婚纱照片，也有许多作家选择来这里度假读书，日本作家川端康成就喜欢坐在希尔顿饭店的阳台上用餐和观景。在威基基海滩漫步，看那些男人宽衫短袖，女人穿着旗袍似的裙子——当地人叫穆穆装，色彩那么鲜亮，神情那么阳光，一颗心顿时被照亮了，觉察到时光的丰满和万物花开的生命情怀。临走那天，旅行社司机送我们去机场时，他指着街边一处高楼，得意地告诉我们："那是奥巴马读书的地方！"啊，奥巴马，再见！夏威夷，再见！

洛杉矶故事

　　离开温哥华机场时，雪花飞扬。两小时后，到达洛杉矶，阳光普照。这里的气候，跟国内初夏时节一样，温暖略热。洛杉矶有很多好玩的地方，我们选择环球影城和星光大道。女婿租来一辆车，载着全家开始洛杉矶之旅。高速公路很宽，六车道，但美国车多，下午5点仍然堵车，10分钟车程竟然走了一个小时。预订的宾馆离城市中心较远，但干净舒适，价格相对便宜，还有免费早餐。宾馆的抽水马桶和游轮上的一样，美国人的风格，水压特别大，咣的一声，来得猛，去得快，瞬间便把事情搞定。早餐有面包、牛奶、咖啡、水果，房间里还有微波炉、冰箱，一切跟居家过日子似的，让你确实有宾至如归的感觉。

　　如果要把环球影城看完，一天时间肯定不够。它太大，游玩的项目太多，游人之多跟国内春运期间没有区别，只能择其要者而观之。按照规定时间，我们去看好莱坞电影特技制作。你看见一把明晃晃的钢刀将人的手臂切断，鲜血顿时喷涌而出，不禁脱口惊叫。原来，刀里藏有红色液体，一按开关就流出来，刀口根据手臂的粗细自然弯曲成弧形，一点也看不出是假的。还有，人站在高楼大厦的屋顶上，人在空中像宇航员一样漂浮行走等，通过制作者的现场表演和解释，使你对电影特技制作有了一点皮毛的了解。水上世界的场景布置和演员表演，基本上是一部电影的片断。在海盗与保卫者的战斗中，炮火、激情、硝烟、呐喊、水上摩托穿梭其间，甚至还有一架飞机（道具）冲进现场，被枪弹击中的人从高塔上坠入海中，看得人惊心动魄，从而也体会到好莱坞枪战片的特殊魅力。

我觉得最有趣的是坐着敞窗式旅游车进行环城游的活动。车上放着电视片，对应着一路上所看到的景观和所拍过的电影。你可以感觉到雷鸣电闪后，大雨倾盆而至，小镇街边的屋檐下雨水流淌，突然，街坡上洪水席卷而来，顷刻间屋倒桥断，灾难降临人间。旅游车过隧道时，人们戴上3D眼镜，发现回到了史前时代，恐龙从森林中冲出来，不仅互相撕咬，而且将旅游车拖得摇晃不止，把游人一把抓起来甩进深渊，身体随之下沉、下沉，吓出你一身冷汗。旅游车开进一处火车站，突然发生了地震，眼看着灯柱折断，火车翻倒，房屋变成一片废墟，旅游车剧烈颠簸，好像面临世界末日，使人觉得无比恐怖。除了体验灾难片和恐怖片之外，也有商业片和爱情片穿插其中，环城之游，大开眼界，有惊有喜，其乐无穷。我联想到国内许多旅游景区，如四川的鬼城，湖北的赤壁、三峡的石牌保卫战等，对照环球影城，不是有很多可资借鉴之处吗？

　　星光大道是另一种旅游。人行道的水磨石地面上，刻有五角星图案，其中刻着某个电影明星的名字。我们一家人挨个寻找，终于找到中国影星李小龙和成龙的名字，于是蹲在五角星旁留影纪念。街上是商店和影剧院组成的风景，是各种肤色的人来人往融合而成的节日般气氛。中国影院的大门上方墙面，镌刻着一条龙。柯达影院是奥斯卡颁奖的地方，我们在影星们走红地毯的楼梯口照了相。街头巷尾有很多当地人扮演成蝙蝠侠、机器人、米老鼠、唐老鸭、卓别林等影视人物，只要你给他付点小费，你就可以跟他照相。告诉你，我在这里有了艳遇！一个装扮成玛丽莲·梦露的女人与我合影，她酷似梦露，银发大眼，丰乳肥臀，有一种性感之美。照完相后，女婿给她5美元小费。我转身正要走，她却拉住我不放手，非要和我拥抱接吻不可。我在她脸上啄了一下，她笑得乳房颤动，频频挥手与我道别。

　　傍晚，我们来到洛杉矶海边长长的沙滩上，海天连接处，一轮落日正徐徐降落，一会儿就看不见了。海潮一波一波涌来退去，许多散步者在夜色四合时变成了一个个剪影，生动而又美丽。难怪这长滩也是许多电影的外景拍摄处。晚上在一家福星川菜馆吃饭，墙上有一副对联，让我过目难忘：四季平安原是福，一堂和煦便成春。是的，在洛杉矶的圣诞之旅，是在冬天里的春天，给人惊喜和永远的回忆。

西雅图一小镇

　　加拿大的温哥华与美国的西雅图是邻居，有许多人家住温哥华，却在西雅图上班，进进出出的，像走亲串戚一样，频繁而又平常。每逢周末，许多温哥华人驾车去西雅图游玩或购物，如同去公园休闲，十分方便。我们早就在美国驻温市领事馆办了十年签证，因此选择在五月的一个星期天，驾车去逛西雅图。车行高速路上，路边的植被茂盛丰厚，如穿过原始森林，我们就像坐着小船在峡谷中漂过。山地，平原，山地，平原，仿佛波涛起伏，移步换景，令人心旷神怡。远远地，看见和平门了。和平门是加美边境的标志性建筑，原以为像法国巴黎凯旋门一样，可以开车穿门而过。其实和平门是一座仿门雕塑，纯白的大门竖立在一片绿色草坪上，醒目大气而又庄严伟岸。和平是人类永恒的追求，和平门则是和平友好的象征。和平门，我们向你致敬！

　　去美国的车队排成长龙，通过边境站需要经过严格的检查，但检查官面带笑容很和气。轮到我们时，一位女检查官看我们证件是第一次入境，便笑着对我们说："欢迎你们踏上美国的土地！"我们对她挥手再见，抬头看天，风吹着边境站旗杆上的星条旗和枫叶旗，正在高高地飘扬。入境后，先去看郁金香。可惜季节已过，宽阔的平原上正在翻整土地。这里像江汉平原，几乎没种庄稼，大片土地种植郁金香。开花时，鲜花铺天盖地，让人身陷花的海洋。这种情景很像我们在春天里去江南看油菜花，"遍地黄金摇倩影，十分春色女儿家"，美得叫人赏心悦目，是摄影爱好者百拍不厌的景色。

开车来到西雅图一个小镇，据说是美国二十个最美丽的小镇之一。它的英文名字翻译过来叫"角落"，我就把它叫作"角镇"。角镇横竖有好几条街道，街两边都是精巧美丽的老房子，墙上有1805、1908等数字，算起来也不过百多年历史。这在中国，称不上古老，可在美国，却是历经沧桑。角镇有手工艺木器商店，毛线编织商店，陶器瓷器商店，服装店，餐饮店等，招揽世界各地游客。街边高坡上有一处房屋与众不同，造型奇特，完全是一艘船的样子，它吸引路人的眼球。街角空地上，靠墙而立的巨大原木截面比我人还高，有人说300年，有人说500年，树的年轮细密紧凑，怎么也数不清楚。这样的大树，我在神农架也没见过，真是小镇的一道招牌。还有个人家的院子里，摆着两尊铜铸的黄鹤。我想荆楚大地上的黄鹤悠悠、一去不返，原来是飞到美国西雅图来了。角镇的美丽和古朴，由此可见一斑。

我们在一家泰国餐馆吃午饭。白藤花架下，花香袭人。饭店壁橱里，供着泰国菩萨。孩子们在店外小花园跑来跑去，看金鱼，喂猫食，吃冰激凌，玩得自在快乐。不远处，沿街的咖啡馆、酒吧中，那些胳膊上刺着青色花纹的男人和丰乳肥臀的金发女人，悠闲地坐在街边喝咖啡或啤酒，晒着太阳聊着天，尽情享受角镇的春天。虽然北美的阳光温而不燠，但站在树荫下，一会儿就凉气浸身。看着眼前的情景，我想要是有几个文朋诗友在这里把酒论文，该是多么令人神往的事情啊！这个小镇一下子激活了我的乡思，乡愁，虽然转瞬即逝，却是才下眉头又上心头，不知为什么，忽然就有些想家了。

墨西哥的港城

　　圣诞渐近，我们一家人乘坐游轮旅行。这座游船叫"激情"号，有12层舱房，重约7万吨，船上的服务员工多达900多人，可搭载乘客2000多人。油轮上有商店、酒吧、舞厅、棋牌室、游泳池、赌场、剧场等，吃喝玩乐一条龙服务，吸引着来自世界各地的游客。每次到餐厅吃饭，看见那些白人、黑人和黄皮肤的亚裔们共聚一堂，我就想起了天安门前的标语："全世界人民大团结万岁！"船行太平洋上，茫茫大海，无边无际，又使人念天地之悠悠、叹人生之短暂，纵横万里、思接千载。遥想当年徐志摩、林徽因们去欧洲留学，一次海上行程都有十天半月之久，生活单调而又寂寞，于是乡愁涌动、诗情牵挂不绝。如今这游轮上纯粹是休闲旅游的超级宾馆，什么都不缺，我们晚上还到小剧场看了一场歌舞秀，黑人演员强健的生命力，引得我们啧啧称奇。

　　"激情号"游轮停靠的港口，是墨西哥的小城安撒娜塔。安撒娜塔这个港城相当于我们在国内看见的偏远的小县城。井字形街道两边，多是二三层的房屋，几乎都是商店或饮食店。这里出售的商品大同小异，主要是陶器、毛线编织的衣服或背包、儿童玩具、大沿草帽等。我们给两个外孙买了木头做的小鸡啄米和树杈做的橡皮弹弓——我们小时玩过的儿戏，然后，坐在街边一个玻璃屋晒太阳、吃油炸玉米片。据说玉米是墨西哥主要农产品。街上兜售商品的人跟国内景区一样，追着游人要你买这买那，而且许多棕色皮肤的小孩提着篮子在街上卖货、缠着游人不肯走。也有乞丐在街头伸手要钱，母亲抱着孩子盘腿坐在路边乞讨。看来这世界上哪里都有穷人、都有饥寒交迫的时候，人类要实现大同社会还需要相当长的历史时期。港城街头的卖艺人，一拨接一拨，弹吉他、吹号、拉手风琴，为客人唱歌，当然是有偿服务，要收费的。商店门口的人行道上，一个接一个流动推车组成的售货摊，主妇们站在摊边招揽顾客。这情景似曾相识，好像我们昨天或前天刚经历过的。

街头公园竖着方尖碑和巨大金色人头雕像，不知纪念谁。女婿说，他们说西班牙语，曾是西班牙的殖民地。公园边有个搭着帐篷的跳蚤市场，卖各种各样的小东西，如耳环、戒指、手镯、风景明信片等，人来人往，显得十分热闹。阳光很好，照得人身上热烘烘的。我们在下午四点半钟前必须回到游轮上，因此告别安撒娜塔，赶到预定的地点搭车回去。回到游轮小屋里，从舷窗望出去，还能看见港城的山坡、棕榈树、港口停泊的船和在游轮附近照相的人群。墨西哥小城，全靠几艘游轮带来生意，并不繁荣兴旺。

入夜，游轮入海，各层舱房灯火明亮。我躺在床上，听见海浪拍打船板发出的嘭嘭巨响，辗转难眠，想得很多很多。古人说，读万卷书，行万里路，此言不虚。只有多读多看、多想多走，才能积淀知识、开阔视野、获得智慧。记得诗人余光中说过："中国人热爱乡井，安土重迁，由来已久，但男儿志在四方，像宗悫的'愿乘长风破浪万里浪'，却也美名长播，而张骞，班超，玄奘，郑和，不畏长征的勇敢，也昭昭长照史册。"又说："一株树，植根当然求其深入，但抽条发叶却求其广布，否则一切守在根旁，只成其为一丛矮灌木了。"我们当然愿意做一株树，一株开花结果的树，面朝大海，放眼世界。

秋天在维多利亚

正是满城红叶时，我们乘坐大型汽车渡轮前往维多利亚市。渡轮下层的停车舱，大约可停两百多辆汽车。海上航程需要90分钟，沿途可欣赏乔治亚海峡的岛屿风光。位于温哥华岛上的维多利亚市，与温哥华市一水之隔，是不列颠哥伦比亚省首府所在地，被人称为花园城市。维多利亚不是那种车水马龙的繁华都市，但充满前殖民宗主国大不列颠的民俗风情和历史气息，这也正是它独具特色的地方。

渡轮到港后，我们开车直奔壁画镇。这个小镇曾经是繁华一时的工业区，衰败之后无人光顾，他们就请来一批艺术家，把小镇改造成一个具有旅游价值的壁画镇。走进小镇处处是壁画，街道两边的房屋墙壁上，随处可见各类风景人物。休闲的小广场树荫下，流水、水车、雕塑，和谐而有趣。有一面大墙上画着中国人形象，给我印象深刻。在小镇午餐后，我们继续开车去看一处古堡。

这座四层楼的古堡，名叫橡树林石堡，占地28英亩，落成于1890年，原是一个煤炭大王的住所。艳艳秋阳照射下，巍巍城堡金碧辉煌。我分不清建筑风格属于哪种类型，只记得原来读外国小说有个印象，圆拱结构是罗马式建筑，尖顶高耸是哥特式建筑，前者如意大利比萨大教堂，后者如德国科隆大教堂和法国巴黎圣母院。眼前的橡树林石堡，尖顶和烟囱非常突出，莫非也是哥特式？古城堡门廊的地板瓷砖来自英国，大厅的白橡木嵌板来自美国，图书馆的房间是由来自西班牙的桃花心木所打造，早餐室是由彩色玻璃和樱桃木装饰的房间，绘画室有一架1898年份的史坦威钢琴，大厅壁炉上写着文豪莎士比亚的名言："欢迎是永远含着微笑，告别总是带着叹息。"据统计，古堡共有七千多件古物，仅仅是2128片橡木嵌板，当年就动用了五台车厢从芝加哥运到这里。我倒不是惊叹这种奢侈豪华的贵族物件，而是感叹古宅之中还有读书、弹琴、绘画的专用房间，对比国内某些只知灯红酒绿的煤老板，看来贵族和土豪确实有天壤之别。

离开古堡，抵达不列颠哥伦比亚省议会大厦。我看议会大厦就是气势宏伟的一座城堡。夕阳西下，议会大厦在门前草坪上留下一片巨大的倒影。大厦附近的皇后酒店，是维多利亚市标志性建筑，酒店外墙上爬满红叶，像燃烧的红墙，格外美丽。这座由加拿大太平洋铁路公司于1908年建造的酒店，经历百年沧桑，仍旧气派非凡。这里的英式茶点最有名，据说来喝下午茶的客人每年超过十万。我们在皇后酒店下面的海湾步道散步观景，有一位街头艺人弹着电吉他演唱歌曲，他一往情深地自顾弹唱，眯着眼睛，望着远方。我问女婿他是卖唱的艺人吗？女婿说不是，他摊位前有张广告，他是个作曲家，在街头推销自己的歌碟。我突然想到今年获得诺贝尔文学奖的加拿大女作家门罗，这些日子就住在维多利亚市她女儿家里，门罗书店也照常营业。可惜时近傍晚，来不及逛书店了。我们要驾车去赶渡轮，重返温哥华。回家后回忆，这个秋天在维多利亚，在壁画、古城堡、红叶、街头艺术家交织而成的风景中，我获得一种秋天般的宁静，一片红叶应和着阳光的歌唱，在我心里轻轻地响起了一段美丽的旋律。

在海湾漫步遐想

　　北边雪山巍峨，南边平原广阔，温哥华就在山海之间展示出一种不同寻常的美丽。大海与陆地构成许多海湾，每个海湾都有防波堤，防波堤边都有供游人行走的步道。太平洋送来微风清凉，人们在海湾漫步遐想，成为一件赏心悦目的事情。我们住的地方离山下的伯若德海湾很近，步行只要25分钟就到了。站在海边极目远望，胸襟为之敞亮而宽阔。东面是狮门大桥和史丹利公园，西面遥远的海角是灯塔公园，北面是对岸的哥伦比亚大学校园，南面则是我们背靠的山地。沿着伯若德海湾的步道边走边看边想，便有了一种"心事浩茫连广宇"的感觉，也有了"生活在别处"的美好与遗憾。回头看，生活仍进行着，而一切都不同了。

　　在海湾的儿童游戏场，许多中国母亲和白人黑人母亲在一起，带着孩子玩游戏。这些母亲大多是怀里兜着一个、推车推着一个、手边牵着一个的二三个孩子的妈妈。生三个孩子在温哥华移民中不是什么稀罕的事情，你可以看见很多年轻的太太，大肚子此起彼伏，你方唱罢我登场，三胎四胎也寻常。然而，孩子多了负担重，养得活吗？别担心，这是得益于加拿大的公费医疗制度、儿童福利制度和义务教育制度。在加拿大生孩子看医生一分钱都不需要花。孩子出生后，每个小孩每月还有牛奶金等的几百元补助。连孩子大学教育基金政府都保证，如果父母每年为小孩买了教育基金，政府每年同样追加补贴，直到小孩长到18岁。难怪这里的移民对于生儿育女乐此不疲，况且温哥华的温暖气候天然适于生产繁殖活动。

夏天，这里海风清爽，沙滩细腻，到处都有穿沙滩裤的男孩儿和穿比基尼的姑娘，人们都喜欢躺在沙滩上晒太阳。但是西人居多，亚裔特别是中国人还是显得不太合群。尤其中国老人，总是觉得孤单和寂寞，只好躲在树荫下打瞌睡。我想这和中国人普遍缺乏一种独立的精神有关。我们长期依靠社会、依靠组织、依靠单位、依靠亲戚、依靠各种人脉资源关系，从小生活在一种群体之中。一旦失去这些条件，我们就感到无依无靠，孤独和寂寞便应运而生。独立之精神，自由之生命，这才是最可宝贵的东西。在国外生活的年轻人，就没有找关系、开后门一说。而老年人，虽说丰衣足食、自然环境也好，但仍然忧郁惘然。张爱玲的散文《洋人看京戏及其它》写道："中国人是在一大群人之间呱呱坠地的，也在一大群人之间死去。……就因为缺少私生活，中国人的个性里有一点粗俗……群居生活影响到中国人的心理。……他们从人堆里跳出来，又加入了另一个人堆。"这很可能就是新移民感到孤寂的一个重要原因吧。

沿着海湾漫步，中途常常听到钢琴声和歌唱声，这是一处艺术中心的人正在演奏。在转弯的草坪上，本地画家们把自己的油画作品摆在木架上供游人参观或选购。有人在帆船俱乐部租船，工作人员帮助租客用机器把帆船顺着坡道推下海去。远处，海鸥在飞翔。近处，坐在水滨处的露天酒吧，喝一杯咖啡或啤酒的人，悠然享受着休闲时光。更多的人，躺在草地上或沙滩上晒太阳，仿佛这就是他们生活乐趣之所在。比起国内的喧嚣忙碌，这里的生活反而变得简单清静；比起呼朋唤友灯红酒绿，这里的生活反而都是以家庭为主与家人相处。温哥华好在哪里？我想除了它美丽的自然环境和温和的气候之外，更重要的是温哥华可以提供一种独特的生活素质。生活在靠海又靠山的地方，那是万物有灵的自然本身在缓缓歌唱。

远方的风景细节

上午，阴天多云，我们开车去盖士镇。如果从温哥华市中心步行，大约只要5分钟脚程。盖士镇得名于一个叫戴顿的人。1867年，戴顿只带着老婆、六块钱和一条狗来温哥华闯天下，为锯木工人建造了一家酒吧，成为那个时代一夜致富的典型。戴顿特别爱说话，是个喋喋不休的话匣子，当地人便戏称他为"盖仙"，酒吧周围的地方被冠上盖士镇的绰号。现在的枫树广场上，竖立着神气活现的戴顿的塑像，到此一游的客人们都喜欢和他一起聊天合影。

这里还有一个蒸气钟值得看一看。指针移动以1875年古典设计为本，镀金钟摆重19公斤。钟面焦点有四朵闪亮的黄铜山茱萸花，四周镶着镀纯金的外框，在阴云暗色中闪闪发光。它依靠附近地下室的一台蒸汽机带动，每隔15分钟，就吹出五种悠扬动听的电子汽笛声。遗憾的是，我们只看到蒸汽钟而没有听到汽笛声，据说是那台机器出了故障。

于是我们漫步街头，迎面吹来清冷的风。街上有数十家商店，从纪念性文化汗衫到艺术性钢木家具，商品丰富多样。最吸引人的是一家艺廊，收藏了西北部原住民工艺品和各种木雕，还有图腾柱、装饰鱼、石雕等，二楼木地板上，铺着一整块黑色的熊皮。走进艺廊，如入原始部落，顿时使人兴起古老而又新鲜的感动。原始部落当然想不到，会有中国人不远万里来欣赏他们的富有文化积淀的诗意和梦境。

下午，积云飘散，阳光灿烂，我们在市中心附近的格兰维尔岛。其实，它只能算个半岛。格兰维尔岛占地15公顷，最早是沼泽地，后来是工业区，现在是都市绿洲。它让我想起湖南长沙的橘子洲。在这个由沙碛石滩堆砌而成的小岛上，20世纪初建成各种各样的工厂车间，如今改造成两百多家商业购物中心和文化艺术休闲中心。游人络绎不绝、热闹非凡。

我们一家接一家地看过去，参观美术画廊和工艺品商店，即使不购物也是一种美好的享受。转到西北角，可以看到游艇和汽船出海的风景。游客们坐在露天酒吧中，或喝咖啡、啤酒，或享受沙拉面包、意大利面，对着伦敦式铁桥凝目畅想，生活的愉悦尽在其中。那些紧靠水边平台上唱歌跳舞的民间艺人，神情快乐，动作洒脱，引来围观者一阵阵喝彩和鼓掌。听人说他们其中很多人是失业工人，可是为什么依然如此身心快乐呢？我不由自主地想起南非前总统纳尔逊·曼德拉的名言："生命最伟大的光辉不在于永不坠落，而是坠落后再度升起。"在他们对待生活的态度上，曼德拉的话得到了印证。

我们坐在一张长条木椅上休息。这种安装在铁架子上的木椅在公园里、在休闲处、在海湾步道边随处可见。女儿说这种木椅都是别人捐献的，靠背中间钉着一块铜牌，上面刻着捐赠者的姓名和寄语。她给我翻译我们这把椅子上的铜牌文字："诗和梦在你留下的背影里。永远怀念你的爱。迈克尔·乔丹。2010年9月。"很显然，这是一位丈夫对已故妻子的纪念。我以为这种纪念方式独特而又平民化，并且富有公益性意义。远方的风景看不尽，尤其是风景中的细节，更具有人性化的启迪心灵的力量。

门罗和她的书

　　枫叶之国加拿大的秋天十分美丽，无论山地还是海岸，随处可以看到金黄的、火红的、深紫的树叶，与巨大的松柏常青树交相辉映，构成秋色斑斓的风景。今年秋天更是锦上添花，这是因为诺贝尔文学奖结果揭晓，加拿大女作家爱丽丝·门罗夺得殊荣，成为历来第一百一十名诺贝尔文学奖得主，亦是首名加国女性及历来第13名女性获奖。评委会赞扬门罗为"当代短篇小说大师"，形容其叙事手法细腻，脉络清晰，真实描绘角色的心理状态。

　　据有关资料介绍，爱丽丝·门罗1931年出生于安大略省休伦湖畔一个名叫温厄姆的乡村小镇。父亲经营着一家饲养狐和貂的牧场，母亲是位小学教师。她在那里生活，直到18岁考上西安大略大学才离开。她在大学攻读的是新闻与英语专业；但在20岁与同学门罗结婚后两人双双辍学，一起移居到丈夫的家乡——太平洋海岸外的温哥华岛上的维多利亚市。两人育有三女，并在市中心开了一家"门罗书店"。两人于1972年离异后，爱丽丝·门罗又回到了久别的故乡，并在那里与一位地理学家再婚。她的现任丈夫于今年4月病逝。82岁的门罗是一个多月前才来到维多利亚市的，她打算在大女儿家过冬。门罗书店至今仍由其前夫经营着。就在诺贝尔奖宣布的前一天，门罗先生还约她在外面共同进餐，并谈论过文学呢。她在接受采访时说，她知道自己已被提名，但从未想到真会获奖，后来就将此事完全忘掉了，直到女儿于凌晨叫醒她。而门罗先生听到这一消息后，马上将她的书移到了最抢眼的位置，并立即向出版商增加订购。

其实，门罗是一个很低调的女人，被人称为一颗柔和的明星，从不发出耀眼的光芒。尽管她曾经三次摘得加拿大最高的总督文学奖，两获吉勒文学奖，也获得过美国国家图书奖和英联邦作家奖等诸多奖项。门罗年少时已开始写作，作品背景多设定为安省的小镇，擅长以简单平静的笔触，描绘在日常琐事中脆弱的人际关系，小说角色往往为了得到社会接受，引致关系紧张甚至道德冲突，反映出世代隔阂与生存目标的碰撞。门罗曾称："我希望用古老的方法说故事——就是某个人发生了什么事——不过我希望发生的事情能够随着不少阻碍、转折与诡谲而展现出来，我希望读者觉得有些东西令人惊讶：不是发生的事情，而是一切发生的方式。对我来说，短篇小说最能胜任。"今年6月门罗表明自己"大概不会再写作"，去年出版的《亲爱的生命》或成其封笔之作。门罗的主要著作有短篇小说集《快乐阴影之舞》《爱的进程》《一个善良女人的爱》《你以为你是谁》《逃离》《感情游戏》等。北京十月文艺出版社曾出版过她的一部小说集。她的一个短篇小说被改编为电影《柳暗花明》，获奥斯卡金像奖最佳改编剧本提名。

有学者认为，门罗的获奖是对短篇小说的最高褒奖与巨大鼓励。长期以来，短篇小说往往得不到人们的足够重视，也被诺贝尔奖所一再忽略。幸运的是，现在，人们终于看到，在契诃夫、莫泊桑和欧·亨利之后，又一颗明星升起来了。在这个秋天，在加拿大红叶灿灿的风景如画的秋天。

桥园芳斋访痖弦

那是一个幽雅的去处，一个老诗人晚年的居所。

我们去的那天是2013年11月18日上午，温哥华阴天有雨。公路上的汽车都开着灯光，车轮旋起一片片的水雾。我和我太太、女儿带着小外孙，从西温到三角洲，去拜访居住在那里的台湾著名诗人痖弦先生。头天电话与痖弦先生有约，他会在家里等候我们。车行45分钟后，抵达三角洲110街。按照门牌号码，一眼就看见那幢棕色墙面的独立屋，踏上短坡，叩响门环，老诗人应声而出。

这是我们第二次见面。痖弦先生鹤发童颜，声音亮堂，他笑着说："京剧中说，昨夜灯花开放，必有贵人来到。你看，我把屋里的灯都打开了，欢迎你们一家光临寒舍。"他把我们让进客厅坐下，圆桌上早准备了水果和点心。趁他给我们倒茶的时候，我把带来的礼物放在桌上。一盒三峡特产五峰毛尖茶，一把折扇，折扇正面是竹石图，背面是一首郑板桥"咬定青山不放松"的诗。痖弦先生一边道谢一边打开折扇，把郑板桥的诗读了两遍。他说："宁可食无肉，不可居无竹。中国人喜欢竹子，我就种了竹子。但竹子根四处乱窜，对建筑物破坏很大，在加拿大庭院中不是很受欢迎的。"又问我："三峡也出茶？"我说："三峡自古出好茶，陆羽《茶经》中有记载。"我们便围绕三峡聊起来。

痖弦先生对老三峡十分怀念。他说："三峡有些风景淹没了，看不见了，再读杜甫的诗，也就没有原来那么有味了。"我理解一个诗人对三峡的深沉的感情。

他问我:"白帝城还在吗?石宝寨还在吗?"我说都还在,不过白帝城变成了一个岛。他又说:"宜昌很美丽,大江宽阔。我记得有个张飞像,在那里看峡口风光,非常壮观。"我知道他指的是三游洞的张飞擂鼓台,81岁的老人,居然还记得这么清楚。痖弦先生边说话边招呼小外孙吃花生、香蕉、苹果,神态亲和慈祥。我们谈到长江流域生态环境保护的问题,痖弦先生语重心长地说:"一棵树就是一个生命。我们说百年树人,树就是人,人就是树。汉字中有很多带木旁的字,那就是一种树,可惜现在有很多树都见不到了。"

痖弦先生站起来去给我拿书,他要送给我和我在国内的诗人朋友各两本书。我看他走路不很稳当,便扶他一起来到小客厅兼书房。正面墙上挂着一联朋友送他的书法作品:"从来名士皆耽酒,唯有神仙不读书。"右侧墙上是一幅水墨山水画,题款是:"江上景如画,山中人似仙。"中堂是四副木雕条屏,春赏牡丹,夏看荷花,秋闻菊香,冬寻蜡梅。痖弦先生给我解释道:"你看这花比人大几倍,这是超现实主义的艺术。"他指着旁边的书柜说:"我喜欢买词典书,大陆的词典书是第一流的。"我看书柜里有佛教词典、铜镜词典、植物词典、艺术词典,以及唐诗宋词鉴赏词典等。他把我带到古董柜前看他的收藏品,有铜烟袋、铜手炉、铜香炉、铜镜、青花瓷坛、瓷花瓶等,其中有一件是明代艺人署名的紫铜手炉极具收藏价值。他告诉我:"我的名字中有个麟字,因此麒麟送子的瓷器,我很收藏了几件。"仔细看那几个瓷坛上的画,果然如此。

我这才想起来,痖弦是他的笔名,他本名王庆麟,是河南南阳人。记得痖弦先生是1932年的,青年时当兵,随军辗转到了台湾。他曾应邀参加艾奥瓦大学国际创作中心,嗣后入威斯康星大学获硕士学位。曾任《联合报》副总编辑兼副刊主编20余年,以民谣写实与心灵探索的风格写诗,蔚为现代诗大家。他送我的《痖弦诗集》,收诗人创作以来所有诗作于一帙,现代诗之巅峰谷壑,尽在于斯。他翻开书的扉页,一笔一画地写道:"茂华先生教正,痖弦敬赠。2013年11月18日,温哥华桥园芳斋。"盖章时,他用力按住印章,手在微微颤抖。我问他:"这里是桥园?"他答道:"我夫人张桥桥是重庆人,母亲肖芳生是南阳人,我从她们名字中各取一字,做这幢房子和书房的名字,桥园芳斋,作为纪念。"我感知到痖弦先生对夫人和母亲的挚爱之情，已化作虚拟的地名和诗歌的韵味，那么深又那么真，伴随着他的人生暮境，直到永远。

临走时，他把我们一家人送到车边。雨还在下，我们劝他回去，他不肯走，直到我们开车后，他才缓缓转身回家。望着他的背影，想起他的《给桥》中的诗句："常喜欢你这样子／坐着，散起头发，弹一些些的杜步西／……"

哦，桥园芳斋，诗和远方，于无声处，爱的痖弦！

卷三

JUANSAN DUSHU YU DUREN

读书与读人

没有一条路能像一本书，

带我们感受八面来风，走向远方。

在那书海中穿云破雾，

寻找一座灯盏又一座灯盏。

不管走到哪里，我们

都会朗读家园的诗篇。

听一听花开的声音，

在灯光下晾晒漂泊的情怀。

从书中拾起岁月的线头，织啊织，

织一首尘世中清洁的歌。

——作者卷首题记《灯光下书怀》

沐浴书香又一日

　　周晓枫的散文我爱读，从她的《你的身体是个仙境》开始，就被她真诚的书写所吸引。没想到今年3月出版的《宿命》，写孤独张艺谋，更展现了无所顾忌的罕见勇气，还原了一个真实的张艺谋。18万字，一口气读完。张艺谋与张伟平从联手到分手，其中有许多久已遮蔽的复杂真相。张艺谋与巩俐的关系，与陈婷和三个孩子的关系，也有许多外人难以知道的另一面生活。周晓枫不仅文笔好，而且思想锋利如刀，把人性的善恶美丑解剖得一清二楚。她写的不是传记，而是一篇篇另一类散文。我认为，周晓枫这本书，就是人性的证言。

　　阎真的长篇小说有一个贯穿始终的命题，就是知识分子的命运，关注他们在现代社会价值观转型中的境遇。读过他的《曾在天涯》《沧浪之水》《因为女人》，并向许多文学朋友作过推荐。读完《活着之上》，感慨尤深。高校中的潜规则和学术腐败现象，读来发人深省。主人公聂致远不为世俗绑架，努力超越平庸的形象，令人钦佩。它警醒我们，在喧闹而又欲望鼎沸的世俗生活中，该怎样生存进取。活着之上有什么？有精神的标杆。

　　萧功秦先生是上海师范大学历史系教授、博士生导师，被认为是中国新权威主义现代化理论的主要代表学者。近日读他的《家书中的百年史》，感触颇深。他没有上过大学，高中毕业当工人，直接从工人考上研究生。这本书是他的私人叙事，通过尘封的秘密家书，勾勒一个家族五代人的命运图景，展现了时代变迁中的知识分子群像。读完后我想，这不是一本家族史，而是中国百年沧桑史。作者深情忆旧，揭开了内心深处最柔软的一角；回顾历史的选择，让我们对来路和去向有了比较和考量。

天阴下雨，独拥书房，读完薛原编的《如此书房》。书中记述了许多人的书房生活，配有书房照片，图文并茂，赏心悦目。读着读着，好像不是雨天，而是阳光灿烂的日子。林少华说，读书使他在滚滚红尘中得以保持一份心灵的宁静和纯净的遐思，保持一份中国读书人不屑于趋炎附势的孤高情怀和激浊扬清的勇气。高维生说，书房是孤独的岛屿，是壮美的山野。我想我的书房格子寨，应该是一处诗意的空间，梦想的天堂，乡愁的庄园。虽然很小，却是天高地厚。

散文家刘亮程的毛笔字也写得好，他把自己一首诗里的话，给很多朋友写过："无论谁种的麦子熟了，谷香都会弥漫在空气里。"这话说得好，所有生命，所有创造，各有芬芳。一本好书就是一穗熟了的麦子，麦香弥漫书房，直叫人沉醉其中。不知不觉，沐浴书香又一日。

等闲读得几卷书

二月四日立春，阳光明媚，春立住了。汉口银行宜昌分行为我的散文集《这方水土》举办签售会。求书者大多是该行客户，也有为其家老人或孩子要书的，并嘱我写几句励志之言。书是人类共同的朋友，读书使人明世理知人情，在平凡的世俗中获得人生的雅趣，生命便有了星星点点浪花般的光彩。特别是青少年时代，读书多多益善。古人有言在先：免使年少，光阴虚过。人生有限，等闲读得几卷书？

年前买了几本书，德国作家本哈德·施林克《朗读者》，捷克作家雅诺施《卡夫卡谈话录》，薛原编的《如此书房》，华明玥的《封存时间》，在春节期间静心读书。没有任何人打扰，独坐书房，品尝异国他乡的文学美食，呼吸本乡本土的文学空气，悠游世界，浮想联翩，这样过年是多么心旷神怡的享受啊！尤其在晚上，在灯下，半窗明月，一片树影，让人心灵获得一份安宁和清静，这便是我理解的真正的诗意栖居。

读完毕飞宇与张莉的对话录《牙齿是检验真理的第二标准》，对毕飞宇这个作家的认识更深入和全面了。这本书通过作家与学者之间的对话，对毕飞宇的小说创作进行了深层次的梳理和探讨。书中，毕飞宇讲述了自己的人生经历、阅读积累和思考，以及他对作品的构思过程。不仅对文学写作者大有启示，而且对一般爱读书的人也大有益处。我特别喜欢这本书的口语化风格，读来亲切，如见其人，而且全书细节丰富，鲜活生动，好像在听说书人讲故事。

湖北钟祥作家刘琛琛，写了一本历史人物传记《文苑奇葩——历史文人那些事儿》，所写人物囊括了司马迁、苏轼、柳永、米芾、贾岛、陆游、唐寅、李贺等古代文艺界大腕。在世俗人眼里，他们是一批怀才不遇的形象代言人，但是，他们却在历史文化领域大放异彩。例如惨遭宫刑之后而写出"史家之绝唱，无韵之离骚"的司马迁，就是一位大师级人物。诚如古训所言，失之桑榆亦可收之东隅。有志者，事竟成，必能于磨难中创造精彩人生。

贾平凹是我一直都很喜欢的作家，先是小说，后是散文，再是文论。生活·读书·新知三联书店编印了一套贾平凹文论集，共三本，分别是《关于小说》《关于散文》《访谈》。贾平凹的文论不是那种理论家的高头文章，基本上还是属于"作家文论"，说他自己的创作经验。贾平凹有个习惯，每部新作大多有前言或后记，记录自己写作中的经历、思考和体悟，许多想法极有见地。这套文论集各卷文章的排列，均以写作时间为序，不仅查阅便利，而且可以循序渐进地了解贾平凹文学观念的演变。

"许多时间，一个写作者应该有勇气让自己懒下来、闲下来、给自己一点闲暇才好。衡量一个生命是否足够优秀，还有一个标准可以使用，就是看他能否寂寞自己。"这是著名作家张炜在《大天才总有大寂寞》中说的一段话。照我理解，一个写作者不仅要甘于寂寞，耐得住寂寞，还要"寂寞自己"——自找寂寞，不要和别人在写作数量上争一日之短长，而要在质量上发出惊人的长啸；不要时时处处张口闭口去炫耀自己的作品，而要让作品经受时间长河的磨洗后自然闪光；不要以高产自居，而要做一个高素质的人。只有学会"寂寞自己"，才会产生灵感，孕育才华，在寂寞中绽放出思想的火花。闲下来干什么？唯读书而已。

慢读慢想慢生活

　　春分前一天还在下雨，春分这天阳光灿烂，叫人心生欢喜。《三峡商报》在春分时节正式推出《慢读》专栏，讲述宜昌读书人的书香故事和阅读感悟。如一缕金色春光，暖人心怀。现代人追求物质享受，浮躁，功利，爱读书的人越来越少了，因此提倡全民阅读。我特别奢望，所有报纸副刊都能开辟"读书版"，让更多普通读者与书本对话，分享一份书香。撷一本好书，品味生活；看一片书景，眺望世界；还有比这更具有封存时间的慢生活方式吗？其中的美好幸福，多么令人心驰神往！

　　文化对于人的文明素质的培养是潜移默化的，也是功不可没的。民国时期，大批青年出国读书留学，除了少数纨绔子弟浪荡异域之外，大量中国留学生善良、正直、勤奋、刻苦、聪明、能干，涌现了胡适、鲁迅等大师级人物，令洋人敬佩和夸奖。外国人想不到，在那么腐朽落后的中国，竟然有那么多知书识礼有修养的年轻人。什么原因？学书养志。而现在有些在国外旅游的中国观光客，做出很多不文明举动，又令世界讶异。因此，通过读书学习优秀文化，重塑国民心性，我们应该清醒并做得更好。

　　那么，现在，文学还受人尊重吗？文学作品在生产过剩的市场中，作家的劳动还有价值吗？王安忆认为，也许我们的工作不是直接地体现功能，但是，让人们珍惜生命、热爱生活，就是我们写作人的职责，大约也是我们虚构存在的意义。

她举例，2010年世界杯足球赛上，葡萄牙队出场的一幕，每个球员的臂上都佩戴黑纱，哀悼他们的作家萨拉马戈逝世。对于写作的人，在这个时代已经很幸运了。人就是人，这种价值是天然赋予的。我们还有什么值得埋怨的吗？

余秀华是一位脑瘫患者，又是一位优秀女诗人。她是湖北钟祥市石牌镇横店村村民。农民，残疾人，诗人，三种标签引爆了公众对她的热议。我读她的诗集《月光落在左手上》时，边读边感到心疼。她就是那种珍惜生命、热爱生活、尊重文学的人。她的诗写得那么纯粹，语言质朴而又灿烂，感情那么真诚，完全是用生命血液写成的诗章。我看她比许多号称当代诗人的人写得还好。有报刊称她是脑瘫诗人，我觉得太不应该，太不尊重人了。诗人就是诗人。难道还有什么乳腺癌诗人、白血病诗人？她的生命是自由的，因诗而茁壮成长，而光彩照人。

诗人臧棣在读张执浩诗集《宽阔》后所写的一篇文章中开篇便说："怎么读诗，不一定和生活有关。但怎么写诗，却必定和生活有关。确切地说，写什么样的诗，必然涉及怎么生活。诗的意图可以是多样的，但面向生活时，诗更像是一份建议。诗是关于生活的建议。它的要点，不是建议应该是怎样的，而是建议我们应该如何看待生活。"我以为这段话是解读现代诗的一把钥匙。余秀华的诗就是这样，在她心目中，生活，"如一棵朴素的水杉，落满喜鹊和阳光"，她就像"一个没有故乡的人，怀揣下一个春天"。

前几天，给几位朋友推荐文学读本，他们读了都说好，有人还写了读后感用手机短信发给我，而他们，并不是文化圈中人。这证明，吵吵嚷嚷多年的"文学死亡论"只不过是虚妄之说。在这个欲望泛滥成灾、拜金主义至上的时代，人们为什么还是需要文学呢？麦家在《文学和现实的关系》中是这样说的："因为有了文学的滋养，我们的情感世界变得细腻、饱满、敏感；因为有了文学的照耀，我们有了在苦难中仍然热爱生活和信念的梦。"对此，我深以为然。我也想对我的朋友说，不要急着赚钱，急着赶路，还是要多读些书好，慢读慢想慢生活，灵魂就有了安妥的地方。

阅不尽的大千世界

开始读《朗诵者》。德国作家施林克著，钱定平译，译林出版社。翻开书页，翻出一片风景。15岁的中学生米夏恋上36岁的女人汉娜，汉娜在八年后作为被告出现在审判纳粹战犯的法庭上。为了隐藏自己的秘密，汉娜宁愿被判终身监禁。读书中，心灵受到震撼。汉娜为什么在刑满释放那天选择自杀？为什么隐瞒文盲的身份？是因为老来爱情无望，还是因为陷入道德问题而无力自拔，抑或是因为终其一生都在维护人的自尊和自爱？这些话题，引人思索。想起安徒生写过海的女儿，本是古老而永生，但爱上王子后却无法永生，那个童话也是一个无言之谜。为了守护秘密，我们会走多远？这部小说细节十分考究，叙述庄重，语言质朴。就像人们常说的：精微之处，深藏大义。关于存在，关于命运，关于人性，等等。记得卡夫卡说过："书必须是凿破我们心中冰封的海洋的一把斧子。"《朗诵者》就是这样一把斧子。

我手头有一本文汇出版社的《伍尔芙读书随笔》。这个英国小说家、散文家和文学评论家，出身名门，虽从未上过正规学校，但才华出众。她的风格独特的长篇"意识流小说"《达洛威夫人》《到灯塔去》和《海浪》等，被誉为"20世纪最佳女作家"。此外，伍尔芙还是一位杰出的女权主义思想家，以其富有启发性的思想，对西方女权运动产生了深远影响。这些，在她的读书随笔中，处处可见思想的锋芒。令人痛惜的是,伍尔芙用石头装满口袋,自沉于她家附近的乌斯河,死时才59岁。伍尔芙患有难以治愈的精神病，与伦纳德结婚后，伦纳德因欣赏她的才华而坦然接受妻子的一切，心甘情愿地陪伴她，忍受了29年无性婚姻生活，并放弃生养孩子，直到伍尔芙结束生命。常听人说，一个伟大的男人背后必有一个伟大的女人。可你知道吗？一个伟大的女人后面也必有一个伟大的男人。伍尔芙在留给伦纳德的遗书中说："我生活中的全部幸福都归功于你。"

《卡夫卡谈话录》是本有益而又有趣的书。说的是奥地利德语小说家卡夫卡的事情，雅诺施记述，赵登荣译，漓江出版社。这位"现代主义文学之父"，生前比较寂寞，逝后才为世界所惊觉，从而赢得盛名。卡夫卡是"富二代"，但作为"相当富有的父母的唯一的儿子"和布拉格劳工工伤保险公司法律处处长，一辈子生活在威压当中，小职员生涯过得万般无奈。卡夫卡这个不幸的犹太人，由于自己的血统而深深感觉着是被排斥于人类世界之外的"无家可归的异乡人"。于是他发出喊叫，反抗传统，写出杰作，成为20世纪国际文坛爆出的最大冷门。这本书是卡夫卡同事的儿子，比他小二十岁的雅诺施写的，记录了两年多时间里卡夫卡的谈话，见证了晚年卡夫卡的世界观、人生观和艺术观。卡夫卡说："人不是从下往上生长，而是从里向外生长。这是一切生命自由的根本条件。"照我理解，心灵的成长比身体的成长更为重要，精神自由是生命自由的前提和根基。他的话如此坚实，安之若素又振翅飞翔。在我们生活的大千世界，有阅不尽的人间春色。慢慢地走，欣赏啊！

库切和他的《耻》

有评论家说，南非作家约翰·马克斯韦尔·库切是一个天生的诺贝尔桂冠作家。这样说的理由是，库切在荣获2003年度诺贝尔文学奖之前，已经获得多种国际大奖，其中包括两次获得标志当代小说创作成就的英国布克奖。用中国流行话说，他是个得奖专业户。

其实，库切并不是一个高产作家，他创作的小说不到10部。但是，几乎每一部都是精品。以其1999年出版的《耻》来说，就是一部具有现实主义风格的层次丰富的小说，一曲殖民主义的哀歌。

《耻》描写了一个52岁的大学教授戴维·卢里，先与应召女郎索拉娅苟且，接着勾引自己的大二女学生梅拉妮；事发之后，他名誉扫地，被逐出教育界，来到女儿露茜的乡下农场。在目睹露茜遭受了农场附近三个黑人的抢劫和蹂躏后，对自己的生活做了一番反省，感到了耻辱与负罪感。

我用了两个晚上睡觉前的时间读完这本书，结果是怎么也无法入眠，脑海里翻腾着《耻》中各个人物的形象，耳畔回响着他们的声音，心里反复揣摩着这本书对一个人一生良心会产生怎样的影响。我承认这部小说有强烈的社会意义，它对殖民主义在南非对殖民地人民和殖民者本人及其后代所造成的后果，表现出深切的忧思和相当的无奈（译者评语）。我也承认译者所作的哲理分析，如果随意超越政治、社会、道德等为个人所规定的界限的话，为此受到处罚完全是咎由自取。这就是所谓的"越界的代价"。

但是，就我个人的阅读感受而言，我最看重的是库切在《耻》中深刻地揭露了人性。人的本能和欲望，爱和恨，善和恶，索取和给予等，在人身上交叉融合在一起，在生活每个阶段潜移默化地影响着人。一半天使，一半野兽，一半海水，一半火焰。卢里的激情是怎样燃烧的消退的，索拉娅为什么愿意卖身但不愿意家人知道，露茜为什么不让父亲闯进自己的生活和内心，为什么施暴的三个黑人中居然还有个孩子？这些问题都是人性的话题，永恒的话题，岁月漫漫也湮没不了人性的阳光。

《耻》的译文不过16万多字，我们约定俗成叫作"小长篇"。而它的分量，它的价值，它的文学品质，却不以字数而论。字数少，正说明小说语言近乎《圣经》式的简洁。那些构思精巧的情节，精辟入微的心理分析，含蓄巧妙的人物对话，足以证明这本书是一桩了不起的成就。它启示我们——特别是那些以多产自欺欺人的作家，以动辄百万字数堆砌所谓"史诗"的作家，以粉饰太平而放弃严峻的社会问题并拒绝从流血的严酷事实中提炼主题的作家，应该在反思社会时，深刻地揭示人性，创造出属于我们生命的真的文学。

马尔克斯的封笔之作

　　马尔克斯的代表作《百年孤独》以魔幻现实主义独步天下，而《苦妓回忆录》则是他的小说封笔之作，是他给行将消逝的时光写的一封情书。厄普代克说这本书与马尔克斯以前写的东西都不一样，读起来有种天鹅绒般的快感。单看书名，以为香艳，其实它是无性有爱的自恋故事。马尔克斯开篇就说："活到九十岁这年，我想找个年少的处女，送自己一个充满疯狂爱欲的夜晚。"结尾写道："我的心安然无恙，注定会在百岁之后的某日，在幸福的弥留之际死于美好的爱情。"语言依然精彩，句子依然耐读，但创造力已经枯竭，不过是老马借这个故事来重温自己的青春期的伤痛罢了。我还是喜欢他过去那种上天入地的想象力，喜欢由他引入文学的那种荒诞之美。由此想到我们常说某某老作家越老写得越好，什么炉火纯青返璞归真之类，完全是睁着眼睛说瞎话，错把枯窘当功力了。客观地说，马尔克斯毕竟大家，虽然想象力弱了，但笔力雄风犹在，作为封笔之作的《苦妓回忆录》仍然是值得一读几近完美的作品。

你要读一读董立勃

　　沈从文先生、孙犁先生和汪曾祺先生辞世之后，我们再难见到超凡脱俗的乡土美丽。生长在新疆生产建设兵团，毕业于新疆师范大学，现为乌鲁木齐市作协主席的董立勃，努力用自身才气将西部风景和边地传奇融为脍炙人口的好故事，再叙乡土凄美。我读他的《白豆》《清白》《烈日》三部长篇小说，心灵受到震撼，文思受到启迪，唤起乡土诗情。

　　《白豆》（人民文学出版社）是个好故事，所谓好看小说，大概就是这个样子，立志要嫁鸡随鸡嫁狗随狗的姑娘白豆，历累劫难之后，非劳改犯老胡不嫁，地道的一曲西部边塞的爱情绝唱。

　　它吸引人，我一口气就读完了。人物不用说，男女主人公胡铁和白豆，皆为有血有肉的形象。我最欣赏小说的叙事语言，朴素而又充满韵味。比如小说开头："这一年的夏天，在下野地，先是有两个男人想娶白豆当老婆，后来又有一个男人也想娶白豆当老婆。这并不是说，白豆是个漂亮女人。"仔细咀嚼，其潜台词，丰富内涵令人深长思之。董立勃文笔之清新，故事之美妙，风景之苍凉，这些年来的确难得见到。可以说，凭此一颗《白豆》，董立勃就能超然于文坛之浑浊景象。

　　《清白》（春风文艺出版社）是《白豆》的姊妹篇，仍然是演绎感人至深的西部传奇。流言绞杀了清白，爱情典当给权力，人与自然的对抗，给予读者种种新奇的感受。谷子和黑脸汉居桩逃到远方去了，穗子在苗子帮扶下生下女儿菇子回到莫索湾来了，故事结束了，清白的还是清白。值得注意的是董立勃的叙事方式。他把人物和故事的环境安排得那么特殊又那么合理，小说结构与电影剧本极其相似，小说语言朴素的诗意自然流露。我想正是这些因素结合起来小说才那么耐读，而不仅仅是传奇。

《烈日》（漓江出版社）是20世纪50年代新疆古尔图开荒人生存状态的实录。在爱与恨中挣扎，在欲念与良知中煎熬，不曾动摇的尊严与真爱。先写兰子和梅子，兰子和队长结婚而梅子失踪后，再写雪儿。待雪儿和队长偷情而吴克爱上雪儿后，又回头来写梅子的回归和吴克与雪儿殉情。整个故事如Y形发展，凄美的爱情带给读者惊涛拍岸的阅读震撼。在那个年代，由于社会的政治的原因，中国人的生存状态实在悲惨。那不可抗拒的命运悲苦，那爱情的荒原，引发我们对人生的深切思索，读董立勃的小说，没有哪个读者会不感动，没有哪个读者会得不到陶醉其中的艺术享受。

所以我劝你，你要读一读董立勃。

阎真的两本书

很久没有读到这样震撼灵魂的小说了。阎真的长篇小说《沧浪之水》（人民文学出版社）写得真好啊！医药学研究生池大为从无职无权的苦到有名有利的难，其人生旅程如沧浪之水，清可濯缨，浊可濯足。

池大为的成长史，实际上就我们社会的当代史，生存的残酷，社会的黑幕，人生的真实，形而上的终极和形而下的生命，对中国一代知识分子都具有一种把真理撕开了公之于众的意味。既有很深刻的思想性，又有很吸引人的故事性，还有人物塑造的典型性。

文学评论家雷达说，在它面前，诸多同类题材的小说都会显得轻飘。我认为这确是一部人生的大书。因此，我记住了作者阎真这个名字，记住了为人生的艺术才叫大艺术。

由于喜欢《沧浪之水》，便又去书店买了作者另一部长篇小说《曾在天涯》（人民文学出版社）。真是佩服阎真的才能，把北美留学生活题材写得这样逼真，这样细腻，这样感人至深。在遥远的北美异国，高力伟度过了一段难忘的人生旅程，灵魂的漂泊比躯体的漂泊更令他刻骨铭心，人的一生都在漂泊之中。

读此书，始终有一种悲凉之气，拂之不去，萦绕心怀。常常想到生存竞争的残酷，想到所谓爱情的不可靠。因为女儿甘露也在加拿大留学，心里便又为她多了一层担忧。

书中两个女人林思文和张小禾都写得活灵活现，而主人公高力伟的心路历程则具有相当的精神深度。要说纯文学，我看阎真的小说，确实称得上是纯文学作品，称得上有文化品位，有艺术气质。

　　《中华读书报》评论此书："小说触及了生命无可逃遁的悲剧性，这种悲剧性对知识份子来说尤为痛切，只有人才能意识到时空，而对时空无限性的意识，是人的幸运，又是人的悲哀。"

　　作为人，我们的一生都在生命、情感、价值的三岔路口，不断选择又不断挣扎。

陈应松的神农架小说

　　陈应松是我始终跟踪阅读的作家。他早些年写过诗，写过黑艄楼之类的水手小说，写过故乡小镇如水而逝的散文，给读者留下了较深印象。但我要说，在很长一个时期，陈应松是一个被埋没了的作家，从来没有停止过写作，也从来没有大红大紫过，直到近三年来，即从2001年至2003年，陈应松连续发表了一批以神农架为背景而又超越神农架、直逼社会良心和人性深处的中篇小说后，他才引起文坛和读者的关注。人们才知道竟然有这样一个优秀作家，写出了这么多不同凡响的文字。陈应松的神农架小说，用著名作家莫言的话说，是中国文学版图上的一个亮点。

　　2004年1月，春风文艺出版社将陈应松的神农架小说结集出版，这本书就叫《豹子最后的舞蹈》，收有五部中篇，依次是：《豹子最后的舞蹈》《松鸦为什么鸣叫》《云彩擦过悬崖》《狂犬事件》《到天边收割》。书中附有陈应松神农架小说的有关评论，对我们了解作家本人和认识这批作品很有帮助。我们城市的各家书店，这本书正在热销之中。其实，这批作品结集之前，在《钟山》《上海文学》等刊首发后，立即震动文坛，被《小说选刊》《小说月报》等刊转载，并被收入多种年度小说选本。许多著名作家和评论家纷纷撰文给予评说，神农架成了一个最有魅力的、充满神奇、魔幻的文学空间和建构独特的小说世界。这不能不说是陈应松的功劳。当然，陈应松一贯很谦虚，他只说了四个字：感恩大地。

这全是大地的恩赐。这是我们唯一向大地母亲俯首称臣和回馈的途径。我说陈应松就是中国当代文坛的最后一只豹子，带着粗野狂荡的山林气息，在通往中国当代文学高峰的山路上，奔跑、呐喊、歌唱、舞蹈。

这么说是有根据的，你读读他的小说就明白了。《豹子最后的舞蹈》模仿一只濒死豹子的漫长内心的回忆，直到它被人打死为止，那种巨大的孤独感和冲击力，令人震撼共鸣。在《松鸦为什么鸣叫》中，一个人在荒无人迹的山道上背着一具死尸，不停地同死尸说话，那种对死亡的理性叙述又让人惊叹不已。《云彩擦过悬崖》也是在孤寂哀伤中的回忆，那种充满激情的诗意使人心灵激荡。《到天边收割》中不仅人物鲜活，而且语言鲜活，开篇便说："这年春上的天气骚怪"，读者便会联想到事情就这么古怪无情。特别是《狂犬事件》，它被评为第六届上海长中篇小说大奖，写得真是意味深长。一个祸起疯狗的农村故事，造成贻害无穷的狂犬事件。用评委的话说，"在某种程度上成为农村生存情况的缺陷和病灶的一种隐示，它融入了作者深深的精神忧患"。而且，整部作品想象力特丰富，奇异、惨烈、生冷，具有荒诞怪异的色彩。陈应松的神农架小说，"故事和人物完全不同于这个时代那些似曾相识的套路和面目"（著名作家张炜语）。因此，读他的书有一种陌生化的效果，有让人向往和战栗的神秘感，也有原始质朴的诗意，撞击心灵的感动和对人性深层的思索。

陈应松的小说语言，既有文人的诗意，也有民间的幽默。"阳光真是很明媚，但风很冷，这个地方，花倒是都偷偷地开了，还有油菜花，与山外的世界一样的黄，还有野丁香和秃疮花，有的在石头上开着，有的在牛粪上开着。"他的诗意和悲悯其实就充盈在这样的文字中。再看："汪爹爹年轻时可是个花爹爹，老了总得在晚上握着自己久经沙场的那东西想点往事，这一下不是断了他的活路嘛。"山里人的幽默和生活情趣于此跃然纸上。

这篇短文不可能对陈应松小说做什么评论，我也没有这份能力，只想向读者推介陈应松的小说，以免读者错过了与真正好看的优秀作品擦肩而过的机会。陈应松是颇具艺术功力的实力派作家，我一直把他当作一个领路的榜样。

小说李修文

在中国当代文学中，一批生于20世纪70年代的作家群，已经形成浩浩荡荡的写作声势。比如戴来、棉棉、魏微、巴桥、李修文等青年作家，其作品影响广泛，他们的存在显示了文学创作中不可漠视的变革力量。湖北作家李修文，便是其中的佼佼者。

论年龄，我和李修文是两代人。但我像许多青年读者一样，很喜欢他的小说。他的两部长篇小说《捆绑上天堂》（人民文学出版社）和《滴泪痣》（中国青年出版社）都让我爱不释手。这两部小说都是催人泪下的爱情悲剧，情节设计和人物性格的合理合情导致了必然的结果，与日本作家村上春树有不谋而合之处。

先说《捆绑上天堂》，那个等待死神光临的都市隐士，与一位霞光般明媚的女孩儿囡囡不期相遇。从此，两个人走上了爱与死紧紧捆绑的不归之途。这是爱情的颂歌，也是死亡的赞歌。沈囡囡这个人物刻画得逼真而又深刻，整部小说语言朴素而又干净，耐人咀嚼的地方很多很多。"哪怕住在地窖里，也要和你一起上天堂！"弥天大雪就像在举办一场葬礼，凄绝而又纯净。永恒的女人引导着我们上升，我们走进属于自己的天堂。人，到终了，也不过是：东风吹碧草，行客老沧州。

再说《滴泪痣》。翻译家林少华说："这里边既有爱的刻骨铭心，又有爱的无可救药；既可称为爱的极致又不妨说是爱的扭曲。这种极端在中国小说中大约是不易觅得的。"故事发生在沦落日本的一对中国人身上，女主人公蓝扣子千里寻母又没有护照，因此成为非法滞留异域的"黑人"，迫于生计当过应召女郎。当她爱上语言学校就读的男主人公"我"后，在不允许纯洁的命运和环境的威逼下，导致了生命的毁灭和爱情的毁灭。"在这一过程中我们看到灵与肉的剧烈碰撞，听到了抗议命运不公的嘶哑呐喊，感受到了爱与死的人生况味。"（林少华语）格外对一个苦命而美丽的中国女孩在异域的凄惨遭遇和滴泪之爱唏嘘不已。

　　毫无疑问，这两部小说的题材、故事和流畅的叙事节奏，与时下市场流行的某些畅销书有某些相通的元素，但它又不是一般意义的畅销书，这正是我佩服李修文的地方。我看李修文走的是纯文学与市场相融合的路子，他的小说的文学品质是值得信任的，小说的文学语言是不同流俗的，小说的文化内涵是深刻丰富的，而且，读起来相当的美。我们许多走市场路子的作家恰恰忘记了这一点，难怪批评家李敬泽指出，李修文在此表现了一个小说家训练有素的技艺和才能。凭这两部书，可以说，李修文已经登堂入室，并给我们做出了榜样。

推荐徐鲁

　　博尔赫斯说："我的一生都是在书籍中旅行。"这样的一生真令人神往和羡慕。如果没有书，我们会在哪里？很可能会窒息在黑暗中或徘徊在歧路上。作为诗人、散文家和儿童文学作家的徐鲁，他的读书和创作同样是令人羡慕的。且不说他读过厚厚的16卷《鲁迅全集》，连一条注释也没放过。——现在的读书人还会这样从头至尾认认真真的读书吗？就说他写的读书随笔，已经出版了5本集子，分别是《剑桥的书香》《恋曲与挽歌》《同有一个月亮》《黄叶村读书记》和《书房斜阳》，算起来，这5本书就有100多万字了。徐鲁还出了好几部散文集，他的散文充满了诗意，带有博识睿智的书卷气，笔调相当优美。评论家涂怀章说徐鲁这样的散文，将超越时光的磨蚀而永葆青春。我理解，徐鲁的快乐时光和幸福滋味，是在日复一日的读书和写作中体味到的。人生有这样的旅行是多么幸福啊！

　　然而，出生在山东胶东半岛的徐鲁，童年和少年时代是比较孤寂的。这种孤寂使他产生了对爱和美好人性的不懈追求。他的诗中，有不少是追忆童年和少年的诗篇，诗里常常流淌着一些忧郁。儿童文学作家董宏猷说："与其说他在写中学生的生活，不如说他更渴望与中学生们进行心灵的对话，在对自己童年和少年的追忆和咀嚼中品味人生的况味。于是他的诗便常常超越了对中学生生活的平面的描述，而进入了少年们的心中。"许多年后，徐鲁发出感叹："可怜我那短暂和寂寞的童年与少年时代，早已离我而去，迷失在遥远的烟雾中的故乡了……是的，有一些书，一个人如果不在童年时读到它，不曾在童年时代为它动过真情，那对这个人的性格和精神来说，都将是一处缺憾。"我们是否有过这种缺憾呢？

现在我要向朋友们——包括大朋友和小朋友，特别是爱好文学的青少年们——推荐徐鲁的一本书《普希金是怎样读书写作的》。如果你与它失之交臂，真的将是一处缺憾。这本书是由长江文艺出版社出版的，属于金蔷薇外国名人成功揭秘丛书之一种。它有22万多字，不仅文字像叙事诗一般真挚纯净而又美丽，而且还附有普希金画像、手迹、作品插图和普希金年表，便于读者了解普希金的生平事迹和他在文学上的杰出贡献。本书共分十章，目录依次是：金色的皇村，从圣彼得堡到高加索，南方的长夜，幽居岁月（上），幽居岁月（下），莫斯科的玫瑰，波尔金诺之秋，重返皇村，家庭与宫廷，诗人之死。从目录可以看出，这本书实际上是普希金传略，从诗人之生写到诗人之死，但它略去了许多生活琐事，紧紧围绕"读书与写作"这个大主题来展现诗人绚烂多姿的生命。

徐鲁开篇便说："已经没有谁能够说清楚，亚历山大·谢尔盖耶维奇·普希金在童年时代所读到的第一本书是什么了。"不是像一般传记从传主的出生、家族、环境、童稚趣事讲起，而是开门见山、直切宗旨，讲的是读书与写作的故事。即使是写到普希金为了捍卫诗人的尊严而与情敌丹特士决斗，被卑鄙而又狡猾的丹特士这个流氓开枪致命后，作者也没有在决斗起因和场景上耗费笔墨，而是突出了"诗人之死"所产生的巨大影响，被诗人的歌声和死亡唤醒的民众对普希金的哀悼深情。那时还是青年诗人的莱蒙托夫，喊出来响亮而有力的声音，使沙皇尼古拉一世万分惊恐。他说："那鬼蜮伎俩再不会帮助你们，而你们即使用你们那所有的乌黑的血，也洗涤不净诗人正义的血痕！"

当然，普希金也不仅仅是一位诗人，他是伟大的俄罗斯的一部丰富的百科全书。他属于俄罗斯，也属于全人类。徐鲁在这本书里还穿插引用了普希金的许多诗歌精品，这对于普希金诗歌爱好者来说，对照诗人生平读作品，更是一种如临其境的艺术享受。普希金说："不，我不会完全死亡——我的灵魂在遗留下的诗歌中，将比我的骨灰活得更久长和逃避了腐朽灭亡——我将永远光荣不朽，直到还只有一个诗人活在这月光下的世界上。"感谢徐鲁为我们写了一本好书，使我们在滚滚红尘中，能常常听到普希金的月光般的声音。

毕飞宇种了一棵好玉米

毕飞宇以写《青衣》名噪文坛，这部小说后来改编成电视剧，让他又火了一把。不过，我说毕飞宇种了一棵好玉米，指的是他继《青衣》之后创作的另一部长篇小说《玉米》（江苏文艺出版社）。在《玉米》的汁液中流动着三个女人的眼泪和血，和星光般的梦。这话不是我说的，是评论家李敬泽说的。

李敬泽还说，在这本书名为"玉米"的书中，姐姐玉米像鹰，大妹玉秀像火红的狐狸，小妹玉秧有田鼠般的敏感和警觉。三个人，三个女人，她们生长于田野，她们都梦想远方。莫言的红高粱，毕飞宇的玉米，都是一片好庄稼。《玉米》实际上是由三个相对独立而又互相有所关联的中篇小说构成的。换言之，它是由玉米、玉秀、玉秧三姊妹各为主角的故事组合的。这部小说给予我的激动，首先是这三个乡村女性的真实性。作为来自乡村的人，特别是女人，她们活着的尊严和价值，往往伴随着残酷的挣扎和身心的流血。人活着多么艰难！

其次，社会某些角落隐蔽的黑暗和肮脏。比如，"玉米"中王连方一辈子不断地以权力乱搞女人，"玉秀"中的郭家兴父子和小唐暴露出来的人性险恶，"玉秧"中的魏向东的卑鄙无耻等。它使我们明白无误地看到人类身上贪婪的欲望是如何导致了人性的堕落。

再次，小说的叙述语言很有意思，沉着从容而又富有幽默感。就像"恋爱是个体力活儿"之类的话，真让人会心地一笑。"在毕飞宇的作品中，人物、命运、细节等小说艺术的基本价值得到雄辩的确证和肯定，人的独特性格，人在生活中充满激情的梦想和斗争，构成了他的小说世界的基本功力。由此，毕飞宇准确地、富于历史深度地探讨和表现了处于现代化转型压力下的中国社会中生活的内在戏剧性和人的复杂的精神境遇。他的写作在现代艺术经验的基础上接续了小说艺术的经典传统，体现了20世纪90年代以来中国小说艺术发展的主要趋向。"（第九届"庄重文文学奖"获奖评语）

作为全国最有权威的青年文学奖之一，"庄重文文学奖"的这段评语，基本上概括了毕飞宇包括《玉米》在内的小说创作的现实品格和艺术风格。就《玉米》而言，像南方北方普遍生长的玉米（我的家乡鄂西山区叫苞谷），毕飞宇这部小说讲述了朴素的生存和生存极限的真理。一种贫贱的农作物，一种乡土中国的生存状态和基本景观。

读《玉米》吧！"如果你想身体好，就要多吃老玉米。"臧天朔的歌就是这样唱的。

李锐必读

　　在中国当代文坛，李锐与莫言、余华、韩少功等一样，属于第一流的小说家。当年，李锐的系列小说《厚土》，曾获全国优秀短篇小说奖，在国内外产生巨大影响。有评论指出，他以冷峻的笔调揭示西北贫瘠山区农民僵滞粗粝的现实生存状态，在探讨根植于这块土壤上的民族素质和国民性格方面，达到了令人瞩目的深度。后来，李锐又写了长篇小说《旧址》《无风之树》《万里无云》等，出版了散文集《谁的人类》《拒绝合唱》《不是因为自信》《网络时代的"方言"》等。他的散文随笔具有小说家的思想风度，始终不渝地保持着汉语写作的尊严，朴素真诚的文字和深邃的见解，使人读后获得精神愉悦。可惜他在散文随笔方面的独具魅力的风采，被他小说的名气湮没了。这是另一个话题，暂且不说。

　　我这里要说的是李锐的长篇小说《银城故事》。它完成于2001年，发表于《收获》2002年第一期，同年5月加盟"九头鸟长篇小说文库"，并由长江文艺出版社出版。又过了一年，《银城故事》被第六届上海长中篇小说优秀作品大奖评为长篇小说二等奖。陈思和教授在终评发言时说："这是一部新历史小说，小说里各色人物都刻画得比较成功。李锐小说的文体一向是那样严谨、澄明，人物刻画相当见功力，对早期知识分子革命志向的描述和对他们的脆弱盲目弱点的批判那是相当精彩的。……小说篇幅不大，但包含的社会信息与历史容量相当的大，可以从多方面来研究这本小说。"

论篇幅，《银城故事》只有14万字，和那些百万言的所谓"史诗性"作品相比，它只能算个中篇或者小长篇。但衡量一部作品质量优劣的标准是不以字数多少而论的，这是常识。《银城故事》的"容量"远远超过了以往同类题材的作品，它令我着迷的主要有以下几个特点：一是血肉丰满的人物，二是节制精约的叙事，三是冷峻精辟的文字，四是富有传奇的色彩，五是具有历史感的深远意境。当然，什么东西一经概括，就显得只剩干巴巴的几条筋了。《银城故事》的优秀显然不止三条五条，它带给读者的还有古老的战争、古城的风情、家族的故事、底层的百姓、涨满银溪的"性感的河水"等，给予读者诸多兴味和想象空间。这些，确实非我这篇短文能一言道尽。

有好看的故事吗？爱读故事的读者会提出这样的问题。我告诉你，虽然作者的本意不在于故事，但这部小说不仅有故事，而且还有较强烈的戏剧性冲突，情节曲折，悬念环扣，高潮迭起，可读性强。简而言之，它"表现了晚清末世的一个大家庭的分化瓦解和辛亥革命前期革命者的悲剧命运"（评论家徐俊西语）那个父亲，因两个儿子与革命牵连，急得白发雪冠。甚至那个牛屎客，笔墨不多，却颇有深意和寓意。小说的故事性就潜流在小说的文学性之中。这也就是《银城故事》区别于一般平庸小说而值得称道的地方。

很多年前，文学圈子里传说李锐是少数几个可能问鼎诺贝尔文学奖的中国作家。后来，莫言获得诺奖。李锐说："咱们不要觉得只有诺贝尔奖才可以评价中国的文学。……说到我自己我觉得差得很远，而且我觉得已经有一个用汉字写作的得了诺贝尔文学奖，可以二十年之内不用再吵吵这件事儿。想想怎么把自己的小说写得更棒，那是第一要紧的事儿。"（《国际视野中的中国文学》）我觉得李锐这话说得非常诚实、非常坦率、也非常耐人寻味。这体现了一个小说大家的风骨，中国作家的气派。即使从这一点出发，我说李锐必读也不是信口胡言。何况，他的小说是那么独特，叙事是那么炉火纯青，凝练的语言是那么经得起咀嚼而生出严峻的诗意，如果我们错过了李锐，那么，很可能就会留下一个遗憾。

书斋即岸

  中国文人将书斋奉为心灵诗意栖居之所，可以说是一种久远的传统，也可以说是一种现实的选择。外面的世界灯红酒绿、喧嚣浮华，能静下心来倾听内心声音的地方几乎无处可寻，而文人需要思索和想象、梦幻和漫游、积累和创造，于是书斋便成了文化人的岸——桃花源。我把书斋看作自己心灵散步的后花园，并给它取了个很土气的名字：格子寨。

  所谓格子寨，一是爬格子的地方，二是土家人习惯把村庄叫做寨子，表明我对民族文学的热爱与尊重。窃以为书斋的"斋"字，就含有朴素、虔诚、尊重、敬畏的意思。我的格子寨面积不算大，十来个平方米，靠墙而立有十来个书柜，藏书约五千册，也算不上多或丰富。但其中有我最喜欢的两类书，一类是古今中外的散文，一类是关于鄂西土家族的乡邦文献。只要一脚踏进书斋，无论在外面多忙多累多烦多忧，心立即安顿下来，即便从书架上取下一本书，翻一翻，所有忧烦便烟消云散矣。

  记得茅盾文学奖得主、小说家麦家对书的爱和敬非同一般。他听他母亲的话：不能拿有字的纸张当草纸擦屁股，否则就会瞎眼。他从不用没有洗净的手去碰书，买书，还不买那些卷了角或有斑迹的书。他每天都用一只造型像松鼠的吸尘器给书打扫卫生。他是一个嗜书如命的人。麦家说："书是人类的岸，你若丢了岸，又哪里去找你呢？"

胡适先生理想的书斋不在家里，而是在离家不远的一个单独的书房——相当于一个私人图书馆或写作间。这当然要有经济做支撑，一般人也只是想想而已。在那样一个私人图书馆或者写作间，连家人的打扰也谢绝了，独来独往，天马行空，潜心读写，其乐无穷，只怕是连上帝也要嫉妒得翻白眼的。如果没有书斋，大名鼎鼎的胡适先生还叫胡适吗？

我的书房当然不能与他们相提并论，"但我是个作家——也许该确切地说是个一般的作家，并不优秀。优秀与否，终归是个作家，靠阅读和写作文学作品为业，为生，为苦，为乐。"（麦家语）所以我的格子寨自有格子寨的特色和乐趣。我因此很满足，回到书斋就是幸福——那里有阅不尽的人间春色，让我内心充盈和感动。

说吧，莫言

日本作家大江健三郎简直是个神机妙算的预言家。2002年中国社会科学院外国文学研究所到日本访问，大江健三郎与到访学者交流时明确表示，中国作家莫言终将获得诺贝尔文学奖，不过只是因为他过于年轻，估计会等上十年左右。果然，十年之后，2012年10月，诺奖花落莫家。这是一个历史性时刻。中国文学的天空阳光格外灿烂。

莫言的名字本义是不说话或少说话。有一年莫言去西安，贾平凹高举着题写着"莫言"两字的牌子，在西安火车站广场上迎接他，周围的人看到牌子后吓得不敢说话。但是莫言不仅文字好，而且口才好，天生是个爱说话的人，是个会讲故事的人。他小时候是个放牛娃，童年过得非常孤独。在那样的环境中，他学会了想入非非，学会了自言自语。

他在演讲中回忆："那时候，我真是才华横溢，出口成章，滔滔不绝，而且合辙押韵。有一次我对着一棵树在自言自语，我的母亲听到后大吃一惊，她对我的父亲说：'他爹，咱这孩子是不是有毛病？'我当时被母亲的表情感动得鼻酸眼热，发誓再也不说话，但一到了人前，肚子里的话就像是一窝老鼠似的奔突而出。"

莫言岂能无言。当他读到李文俊翻译的《喧哗与骚动》，刚看完前面2万字的序言，他就说好，这个老头太好了。他说我也要建立文学的共和国，我要当我的文学共和国的国王。又说，读了福克纳之后，我感到如梦初醒，原来小说可以这样地胡说八道。而且莫言还说："我必须坦率地承认，至今我也没把福克纳那本书读完。"

在生活中，莫言是个低调、快乐、幽默的人，豁达、大度、善良的人，善待他人、替别人想得多的人。莫言在北京鲁迅文学院学习时，有天放映内部电影《查泰莱夫人的情人》，他看见女作家迟子建走进来，立即非常严肃地对同学说，迟子建还是儿童团的，不能让她看！同学们都笑了。1991年夏，莫言在山东作家李贯通家里吃午饭，他和李贯通、李延国三个人喝下了三斤白酒。后来才知道，莫言其实并无酒量，只是为了气氛和感情而喝，不喝感觉对不住家乡人。

李贯通说："莫言做事总要考虑他人，他每每从首都机场搭出租，唯恐跑短途对不住师傅，就先远至他家，再坐公交返回机场附近的女儿家。"他有一颗金子般的心。莫言的《蛙》获得茅盾文学奖后，他说了一番与众不同的话。他说，原来我们是批判社会，分析别人，现在我们能不能把我们的笔锋对着我们自己。难怪德国法兰克福大学汉学系教授多罗特娅·维佩曼指出："阅读他的文字，就像看一场富含创意的文字焰火。"

莫言哪能莫言。说吧，莫言！

追忆鄢国培

　　那是1989年夏天，鄢国培先生到鄂西山区采风。我当时在恩施土家族苗族自治州文联做编辑工作，因此有机会陪鄢国培先生上山下乡。我开始喊他鄢主席，他说不好。我就喊他鄢老师，他说还是不好。我说那怎么喊呢？他说就喊鄢国培，老鄢。我这人一向不懂官场规矩，养成了散淡的文人习气，鄢国培先生说喊他老鄢，我就真的没大没小地喊他老鄢了。

　　虽然我和鄢国培先生是初次见面，但对他的仰慕可以说是心仪已久。他那时已经完成了《长江三部曲》，包括《漩流》《巴山月》《沧海浮云》三部长篇小说，长达180万字，在全国引起热烈反响，由此奠定了在我国新时期文学史上的地位。没想到这么赫赫有名的一位大作家，竟是一个黑瘦精干的小老头！他当时也不过55岁吧，看起来却好像是饱经了沧桑。那个夏天很热，他穿着短袖白衬衣和西装短裤，脚上一双凉鞋，光光的，没穿袜子。鄢国培先生给我的印象很深刻，我在心里把他比作一棵我们老家常见的茶树，又质朴又结实。

　　作为见面礼，鄢国培先生将他的由中国文联出版公司出版的长篇小说《沧海浮云》上下两本书送给我做纪念。他在书的扉页上写道："茂华同志惠存：追求美，将美的种子撒遍人间。鄢国培题1989年7月31日于恩施。"我因为从山西调回恩施才一年时间，知道鄢国培先生对我不大了解，便把我以前发表的小说和散文复印了几篇请他指教。他边看边说："你还是蛮能写的嘛。感觉不错，写得有灵气，要坚持写下去，从小家写成个大家。"他又问了问我个人的一些经历，我说到从江西到山西、从山西回鄂西的情况。他听着听着眼睛亮起来，大声说："好哇，把它写出来，这就是一部好长篇嘛！"可惜，我至今还没有把鄢国培先生的鼓励和鞭策化为写作长篇小说的实际行动。但每次想起他的话，心里总觉得特别感动。

我陪他去建始县。建始县委宣传部、县文联、县林业局等单位，组织县内部分专业和业余作者，在穿洞子林场举办了一次规模较大的文学创作笔会。鄢国培先生结合他创作《长江三部曲》的亲身体会，围绕小说创作与生活的关系，在笔会上和作者们一起座谈。他说话没有大套的理论，也没有居高临下地教训人的腔调，说的都是在写作中遇到的实际问题，作者们感到很亲切也很得益。休息时，我陪他在林场附近散步，他不仅认识很多树，而且还认识很多草药，这叫我感到十分惊讶。他说："这是香樟，冷杉，山毛榉，鹅掌楸。你看它的叶子，是不是很像鹅的脚板？"走到远处山坡上，他蹲下身子四处寻找，边指点边告诉我："益母，紫花地丁，香附，死不了，王不留，都是草药，挖起来晒干了，卖给药材公司就能换回来钱。"我原来以为一个作家只要能写出漂亮的文字就行了，鄢国培先生的经验告诉我作家的知识储备是非常重要的。他正是凭借多年的生活和艺术积累，才能笔力纵横，在小说中塑造众多人物，描绘出色彩斑斓的历史画卷。

后来，我又和建始县文联的陈步松，陪同鄢国培先生，来到地处川鄂两省三县交界海拔为1800米的大界山采风。山高路陡，没有车，全靠步行，可鄢国培先生爬起山来比我还带劲。到了一个寨子，他发现一种粗糙的黑陶碗，欢喜得连连叫好，立即掏钱找老乡买了一个。我们走到另一个村子，有几条黄狗看见我们不声不响地就跑了。鄢国培先生说："这地方实在太荒僻，连狗见了生人都不习惯，还没有学会咬人。"我们就这样在深山老林里转了三天，吃睡都在当地的老乡家里。鄢国培先生向老乡问长问短，说天说地，农业林业，打猎种地，娶媳妇嫁姑娘，无所不谈。但他从不做笔记，事后说起来又记得清清楚楚。我佩服他惊人的记忆力，尤其感慨他对老百姓的生活爱的是那么真、那么深。

现在，离那个夏天陪鄢国培先生在鄂西山区采风已经15年了。鄢国培先生不幸去世也有好几年了。风沙吹老了岁月，吹老了，真的，但往事并非如烟。每次想起他来，眼前就会出现一个穿白衬衣、西装短裤、光脚凉鞋、黑瘦精干的小老头。今年清明节，正好是鄢国培先生诞辰70周年纪念日。谨以这篇短文，缅怀他的为人，寄托我的哀思，祈愿滴滴清明雨，滋润所有作家的心灵。

与葛水平的邂逅

活着，好书一定要读，好女人一定要读。这是我的人生信条。如果赶上一个好女人又写了好书呢？那就要一读再读。否则，白来人世走一遭，冤哉枉也。我说的是山西女作家葛水平，她和她的书，可读，可思，亦深，亦美，值得你反复咀嚼、品味再三。现在想起来，我与葛水平的邂逅，完全是文学的缘分。

我在山西长治市曾经工作和生活过15年，初涉文坛，也是从长治起步。当年，作为文学青年的我，喜欢把报纸上的好文章剪贴成册，以供自己学习和参考。有一天，我在《长治日报》文艺副刊上，看见一篇散文诗《三月韵》，写得真是好，精短而又富有诗韵，文字美得像一颗颗相思的红豆，于是记住了作者的名字，葛水平。1988年，我从山西调回湖北老家，这本剪报资料跟随我辗转千里，一直陪伴在我的身边。算起来，那时候葛水平才20来岁吧？真是出手不俗，叫人一见惊艳。哪怕时光流逝20多年，现在再读《三月韵》，依然美丽如初。我估计，很少有人读到她的童稚之作，便把这篇千字文抄录如下：

霞凝重时，我是潮。在花事已浓的三月，熟落的蒂窈窈窕窕。我踏着歌走来走去，于无声处听秀逸的花事抄袭一片夸父追日时遗落下的桃色之梦，挂上星星散散的树梢，一瓣一瓣的挑亮旺盛的三月话题。我站在三月的末梢，俏兮兮的望月亮尚未长满的希冀。心，是三月之声……

三月歌者寻找着一块诗人的圣地。我的梦境的清晰度站着雾状的人儿。那赤、橙、黄、绿、青、蓝、紫的人儿，错过了踏歌的日子。我站在那里很久了，三月瑟瑟溪水中，时间流走了脑海之畔那一爿生命的葱茏，代而替之的是七月忧郁而瘖哑的歌。梦也系不住蓄满的风声……那风吹放一树桃花，那花覆盖着一颗心形的红豆，是一种三月不幸的柔情……

　　横亘在新生与死亡的界河中，三月圆着一年一度金黄色的梦，我站在污秽之外，我站在虚伪之外，情切切的渴盼，走向凝结着困惑和痛感的明天。呵，无意识的流动意识……三月，说它是情人节。

　　玲珑剔透的三月哟，舒展了十倍的遗憾于我心之上茁壮新生的憧憬跋涉过三月相应的回声，于翠绿枝头风摇相思的钟乳。我再生一个永恒的情胆。三月，无憾事的三月哟……

　　这就是我与葛水平的第一次邂逅。《三月韵》今天读来，虽然有些青涩，有些矫情，文字有些秾丽纤巧，但葛水平的诗性语言和文学品味以及充满挚爱的情怀，给人留下了深刻印象。读时我就想，这是怎样的一个人呢？为什么我在长治时就不认识她呢？道是云山万重，无阻寸心千里，从自己的心灵出发，总有一天，错过的阳光照样会铺洒下来，照亮我的身心和文学之路。

　　2003年，葛水平中篇小说《甩鞭》发表，接着，《喊山》《地气》《守望》《陷入大漠的月亮》等中篇小说在文坛集束爆炸。2004年全国的中篇小说有了"葛水平年"的说法。我读了她的后来获得第四届鲁迅文学奖的中篇小说集《喊山》，一下子就让我觉得震惊，拍案叫绝。这哪里还是那个写散文诗的小女子呢？她从沁水县山神凹的山地里走出来，已经走向了中国文学的大舞台。这应了一句老话：女大十八变，越变越好看。不过，我读她的中篇也有遗憾，总觉得故事中偶然的情节因素而构成戏剧性冲突，怕是和她做过编剧有关。我期盼她的突围。

　　2011年10月，葛水平的长篇小说《裸地》由作家出版社出版。我在宜昌市大禹书店一看见它，就毫不犹豫地买了书，33万字，捧回家一周读完。厚重的内涵，真实的细节，鲜活的语言，生动的人物，读得我热血沸腾，读得我风情激荡。我自言自语：葛水平终于杀出来了。恰好，宜昌市组织作家荐书，正好成全了我与葛水平的第二次邂逅。我为这部小说写了300字的推荐语，发表在2014年4月10日《三峡日报》文艺副刊版：

> 读过葛水平的几部中篇小说，感觉她的想象力和虚构故事的能力极强，文字很讲究，语言鲜活，一派才女气象。《裸地》是她的一部大气厚重的长篇小说，写了三个本地家族（盖家、原家、柴家）和一个外来户（聂广庆和他的女人）的兴衰起伏的命运。小说背景是清末民初直到抗日、土改，以盖运昌之死结局。无处不在的浓郁的生活细节，太行山地独有的民俗风情，再加上看似漫不经心实则精美的文学语言，盖运昌和几个女人有血有肉的性格，都凸显了本书雄浑苍茫的史诗般的品格，对太行山子民艰难生存的逼真故事，以及人性中七情六欲的深层次透析。葛水平真的是有水平，她写了一部有质量的书，值得读者"温故而知新"。

长篇小说《裸地》是葛水平文学生涯中一部标杆式的作品，一个重要的里程碑。陈忠实认为，它为乡土小说提供了新的经验。李敬泽说葛水平是太行女子，这书有太行气象。诗经中有黍离麦秀之叹：悠悠苍天，此何人哉！正是《裸地》之意。我愈加佩服葛水平的才华，一连串作品后浪追前浪，铺展出波澜壮阔的风景。心想，什么时候，找个机会，一定要回太行山去，拜会拜会这个作家。

机会说来就来了！2014年5月，我的散文集《这方水土》获得全国第六届冰心散文奖，颁奖会在山东济南举行。报到时得知，葛水平的散文集《河水带走两岸》排在本届获奖作品榜首，她本人也来参加颁奖会了。我当然是"漫卷诗书喜欲狂"，虽然不是在太行，而是在泉城，但这个意外相逢的机会了却了我多年来的一个心愿。

她是那种质朴而有慧心的人，小个子，妹妹头，黑发把整个额头都覆盖了，两只眼睛不大却聚着神，穿一件深黄色的宽松上衣，腕上戴着手链，素颜对人，若有所思，像是一个少数民族乡村来的朴实而又透出了优雅气质的女人。她很低调，我跟她说话时，她总是微笑着倾听，偶尔插上一两句。她代表获奖作家上台讲话，讲得也很短，大意是讲她走过无数的村庄，感恩故乡的山水、泥土和空气，那条沁河给了她天籁的声音，太行山是她的精神和灵魂的归属之地。我们在一起合影留念，交换电话号码和联系地址，随和而亲切，就像是多年未见的老朋友一样。她因为要去内蒙古参加一个文学活动，会未开完就提前走了。就这样来去匆匆，就这样风雨兼程，葛水平越走越远了。

过了两个月，我收到她寄赠的散文集《河水带走两岸》。我没想到她的散文也写得这样精彩、这样动人心弦、这样叫人爱不释手。这是一本主题散文集，沿着一条河边走边看、边唱边叹、边摄边写。田野的风景，村庄的变迁，沁河两岸的人物，历史文化的积淀，曾经美好的衰败，细碎的叹息如流苏扶摇。我每天晚上坐在床头读几篇，耳边总是响起葛水平的话："爱和坚守都与山河有关。"陈世旭说，这是一种生活姿态，也是一种文学姿态。但对于葛水平，北方的乡村和土地都有着决定性的意义。她在书中，对于人和岁月的思考，对于地和村庄的思考，那种刻骨铭心的生命体验，拨动人的心弦而久久难以停息。

后来，她又给我寄来了长治市文联主办的《漳河文学》，这是我26年后重新读到第二故乡的文学杂志。翻开杂志，如见故人，许多老朋友的面孔浮现眼前。厚道而又精干的兄长刘潞生，他写的《长治当代文学记忆》，唤起我往事如昨。美丽而又聪明的小妹孙喜玲，她写的音乐家的故事，让我想起她当年在报社唱"花儿与少年"的情景。难得葛水平有这份细心，让我又回到了太行山上。

遥望太行，天远地远，我只能通过文学作品与葛水平保持交流。我不上网，也不喜欢网上读书，并不为此遗憾。我在文学中邂逅葛水平，也相信在文学中可以永远和她成为朋友。爱文学的人，心是相通的。我对此深信不疑。我看见她在继续行走，而且"我走我在"，用月光把心灵上的尘埃擦洗得干干净净。借用陈世旭的话说，葛水平以她特有的沉静和从容，一如既往地行走在北方。

与四作家书

致刘富道

富道兄：

你好！

收到赠阅的大著《阅读感悟》很有一段时间了，陆续读完全书才给你回信，请谅解。一是非常感谢你，出了新书也让我分享到一份快乐；二是这本书确实让我受益，重新阅读刘富道、感悟刘富道，并从中对文学创作有了更深一层的理解。

就我个人的偏爱而言，最喜欢"小说解读"、"我当编辑"这两辑的文字和内容，还有附在书后的王石的文章《刘富道的过去与以后》。这样说，并不是说"序与跋"、"读画品书听诗"、"作家之死探秘"这三辑有什么阅读障碍。不，恰恰这三辑都是高头文章，袒露了你的文学立场和小说观念，也包括艺术观念和知人论世的一些道理，值得细读和研究。但我前面说的那两辑的文字和内容就不一样了，讲的都是小道理，具体作品具体分析，渗透了你自己的创作经验，文章又短，语言又俏皮，读来就格外亲切有味，有一种解惑的快感。

我感觉，读这本书就好比听老师讲课，有观点，有例子，有闲而不闲的发挥，有重点问题的提示，更有随处可见的机智和幽默。不仅对作家有启发，而且对初学写作的文学青年更有教科书之功效，是一碗绿豆汤色、板栗香味的清明茶。哪怕是《讲讲文法》和《最后一校》这样的谈做编辑体会的"豆腐块",也让人学到正确使用标点符号和电脑操作、认真校对纠错的许多知识。我要再次感谢你。

王石的文章写得比较客观,字里行间也起伏着对你的一番真情。其实,你的小说曾经在中国文坛辉煌过,过去也就过去了,也没有什么值得遗憾的。我倒更看重你写汉正街的那本书。你的小说未必能传诸后世,但你写汉正街的书必定能成为乡邦文献,供后人学习、借鉴、查阅、引用。我对映泉的作品也有这个看法,他写了那么多小说,但最有历史文化价值的,还是他那本《沮出荆山远安说》。韩石山也是这样,他的小说、散文、评论都曾经火过,可他安身立命的作品也就是《徐志摩传》。我琢磨不透的是,这里面是不是有某种规律性的东西呢?是不是跟中国历朝历代重史轻文有什么关系呢?抑或小说真的是小说家言、寻个乐子而已,虚构的世界不值得信任呢?那么,人间喜剧、莎翁托翁、红楼水浒,为什么又流传至今不衰呢?你是大家,很想听听你的意见。

我是个没出息的人,出道之初在山西写过小说,还得过奖,后来回湖北后就放弃了,这些年来只能写些土里土气的散文,聊以打发时光。受你和映泉的影响,搜集了不少资料,做了实地考察,也想写一本关于我老家恩施的书。今年夏天,埋头在家写了十几万字关于三峡的散文,另外是创作大量歌词,也帮企业写"报告文学",挣几两碎银子打酒喝。向你汇报的情况就是这些,"甘茂华的过去与以后"怎么办,还盼富道兄指一条明路。

专此,即颂著祺!

甘茂华
2004年9月2日

致梁必文

必文先生:

你好!

收到《梁必文诗选》后,不仅是高兴,而且拜读以后又撩起我满腔激情,禁不住捧而诵之……一本《诗选》就是一个人的世界，精神的世界；对我来说就是一面镜子，文学镜子。我会好好珍藏它的，也会一读再读的。

过去我对你和你的诗都不了解，读了叶文福的序文《收割自己的光芒》和熊召政的《爱与宽容》后，才知道自己的孤陋寡闻。后来，又读了两篇评论，邹建军的《梁必文前后期诗歌的对读》和陈应松的《穿过江南烟雨的梁必文》，我才对你和你的诗有了一个大略的认识。陈应松说得好：诗穿过了我们的年龄，我们也穿过了诗的梦境。这些诗以他的真切的体验，为我们提供了一种洞悉。

我不会写诗，但我爱读诗，从诗里汲取养分，滋润我的散文创作。我的文学观念是从来就有一种唯美的趋向，所以我喜欢川端康成、喜欢沈从文。读到你的诗歌，我并不赞成评论家们的前后分期，你的诗骨子里是唯美的，忧伤的美，前后是一致的，不可分的，只不过后写的诗加重加深了忧伤——饱含了忧患意识而已。忧患是忧伤的积淀和结晶。怎么能像切蛋糕一样把它分成两块呢？陈应松过分强调了你后写的诗，他认为比起那江南烟雨中那些飘忽不定的意象，这些诗中凸显的社会生活的经验，将更能让读者受益。我觉得写诗就是播撒美的种子。让诗成为解剖刀，让诗人成为智者，是误区、盲区。我不赞成诗以载道，应该是诗以载情，载美。"如同一匹牲口，合适的负载，它健步如飞，过重的负载，固然能增加它的声誉，最终却会使它倒毙。"（借用韩石山谈散文语）谁愿意看见本来很美的诗却在注入更多的社会功效后，变成夕阳下一头不堪重负的羸弱的驴呢？我倒是觉得那些江南烟雨诗更符合诗的本质和具有美的特色。我这样说是门外谈诗，说错了请批评。但，我是真心喜欢那些江南烟雨诗的啊！

那是记忆的船，划向青草萋萋的彼岸；那是彩色的风筝，飘在河的那边；那是母亲的圆圆的墨褐的竹笠，给了我一片温暖，一片宁静，一片豁然晴朗的天空；那是故乡的古井青苔滑出的乡村，湿漉的小径，清亮的红薯汤，思念莽撞地叩打的山崖；那是犁之歌、溪之歌、竹之歌、月之歌、禾场之歌、乡野之歌、江南烟雨之歌……多么好呵，多么美啊！读你的诗——从青春的河流里打捞上来的水灵灵的感情，从生命的田野里收割回来的鲜润润的心绪，从祖母的针眼和母亲的竹笠中采集到的悠长悠长的时光，从回乡的脚步和二泉映月的琴弦中倾听到的细长细长的忧伤；这一切，都是属于诗人的浪漫的情调和挚爱的人生。能把人生的情和爱写得这样美的诗人，是有境界的，是幸福的。像我这样的读者有机会读到这样的诗，也是幸运的。原想为《诗选》写一篇短评的，读叶（文福）、熊（召政）、邹（建军）、陈（应松）之后，便放弃了。他们是大家，写得实在好。我人微言轻，写与不写对你都不能增减什么，就算是以信代评吧，请你多多包涵。

专此，顺颂著祺！

甘茂华

2004年11月13日

致周翼南

翼南兄：

你好！

承赐大著，衷心感谢！《文与画》作品集真是一本值得珍藏的好书，不仅文好画好，而且更因它包含着一份终生值得纪念的友情。书中所收作品，我以前大多读过，印象深刻，这次又从头到尾通读了一遍，愈发觉得亲切，实在是感佩不已。你写妻子，写冰心，写曾卓，写黄永玉兄弟，写姚雪垠，写王振武，写名人高行健等；你画山水，画门神，画猫，画戏剧人物等；都是不俗之笔，性灵之作，是为人生而艺术的真货。哪怕是画展前言那样几百字的短文，也写得真诚而动情。我个人在写作中比较偏爱那种真实而有个性的文章。我们的湖北老乡、公安派的主要人物"三袁"，就无视古文的正统，以流露性灵作一切文章，所以他们的散文就有了真气和活气。虽然后代批评家说过他们一些怪话，但他们的主张实际上和胡适一样。我读你那些随笔式小品，就感觉到一种情感深潜而又个性毕现的特点。这类短文，确实比你的小说更多韵味更耐读。反正，我是没有本事写出这样传神的文章的。画呢，我更是画盲，只剩下羡慕的份了。你送我的"猫"，至今仍是我挂在书房"格子寨"中唯一的一幅画，画上题诗是："学诗学画两未成，夜读闲书一身轻。奈何友人遍天下，无意得此涂猫名。"这只"猫"在我家养了十几年了，竟无鼠，神了！

你比我大六岁，按十年一代的惯例，我们是同时代人。我们这一代人的命运都不好，但都有求真向善之心、进取向上之心，都保持了做人的尊严。几经沉浮，行路艰难，虽说在文学艺术上没有取得多大成就，但毕竟做了自己想做的事，圆了自己的梦，对得起家人和自己的生命。仅此，就该感恩，就知足了。我远不如你，始终是个业余作家，始终写那些被人看作雕虫小技的散文，并且是不入流的乡土散文。我不自卑，亦不狂妄，觉得写这样的散文有真情实感（艺术水平且不论），远比那些欺世盗名、装神弄鬼、赶时髦、甚至卖身的所谓文学作品要高得多，其生命力也会长得多。跟你一样，当然不指望流芳百世，但指望不同流俗，不污染环境，不败坏读者胃口，这是最低愿望，不算奢求吧。

你在作人作文上，一直是我的榜样。我把你引为知己，私心是想沾一点你的光，沾一点你的性灵之气，借此冲冲我的晦气。我退休后，跟省城文学界基本没有来往，一是自己没有叫得响的作品，怕看人白眼；二是文坛也是个很势利的地方。我也不给大报大刊投稿了，"柴火妞"，羞于见人。画地为牢，主要活动都在宜昌。我和你虽然十几年没有再见一面，但自我感觉心是相通的。这大概缘于性情相近、经历相似吧。我写妻子的文章《水杉树》和《一个人的三峡》，与你写妻子的文章，都是一个时代的缩影，一个沉重的话题。

我过完蛇年春节就去加拿大，女儿在温哥华，她为我和老婆申请获准了永久性居住权。对我而言，只是找了个养老的好地方，在那里照样是看书或写点东西。女儿在武汉读大学时，我曾和老婆带着她去过你家"顶天楼"，她如今是两个儿子的母亲了。想起来就感叹：桃花开着开着就谢了，山坡绿着绿着就黄了，孩子长着长着就大了，我们活着活着就老了。我去那边不会"永久居住"的，保留中国国籍，每半年或一年回宜昌一次。做一只候鸟，冬夏迁徙，直到飞不动为止。你写黄永厚，引钱锺书的话歌咏大雁，正对我的心思。在鸟的世界中，我最爱大雁，它们能在天空中飞出大写的"人"字。在文学中，我最爱散文，我认为散文的最终价值是温暖人心。我是一只老雁，争取下次飞回来再去拜望你。你在电话里说最近身体有些不适，请千万要多多保重，饮食起居多加注意，名利缰绳一刀斩断，"重心转移"，养生为宜。为了对得起饱经磨难的青春，我们要活得更好！

专此。顺颂冬安！问嫂夫人好并祝新春快乐！

甘茂华

2013年1月31日

致毛正天

正天兄：

你好！

湖南民委主办的《民族论坛》2004年第8期所载你和小柳合撰的评论《还乡——甘茂华散文的母题》，我现在才读到。读一篇好文章是人生的一大享受。何况这篇好文章又关系到我的创作，更是高级享受。在此，感谢你们的辛勤劳动，感谢你们的鼓励鞭策！

不是我说是篇好文章就是好文章，而是行家里手也认同。因为这篇文章曾寄给北京，中国作协主办的《民族文学》杂志。该刊青年评论家、评论编辑杨玉梅今年9月10日给我写信说："真对不起毛老师，写得那么好的文章，都未能在《民族文学》刊发。《还乡》这一篇非常好，当初负责终审的人竟然没有看好。后来给彭学明看了，他觉得应该发。可是当我告诉毛老师时，才得知已在湖南《民族论坛》刊出了。这实际上是《民族文学》的一个损失。"彭学明是该刊新上任的副主编，杨玉梅的最后一句话很有分量。所以，我绝不是老王卖瓜；而是借此证实你们文章的品格和质地不同流俗，自有高人之处。

高在哪里？好在何处？我认为它道出了人人心中所有、而人人笔下所无的乡土散文的母题就是还乡。许多作家、诗人、教授、评论家在论及我的散文时，几乎都是从民族风情出发，陷在这个圈子里难以自拔。出发点和归宿都在风情二字。还乡，第一次点穿了这层窗户纸，让人看到更深层次的东西。还乡，"它象征着中国文人们在人生与精神的双重漂泊的命运中强烈的回归意识"。这样评论，才具备抵达人生深处的意义。同时，它又不局限在以文论文，而是联系作者的人生经历加以评论。所谓知人论世，正是中国文学评论的优良传统。可以引导读者进入现场，了解作品背景、作者性情，从而把握到作品的筋脉和精魂。现在这样用心写评论的人越来越少了，令人感叹亦令人忧虑。

这篇文章还有一个好处，对于从事鄂西地域文学创作的人来说，无疑是一把开启心智的钥匙。本地特别是少数民族聚居地的作者，很容易搜集到别处没有而唯我独有的风俗民情。如果把这些生活素材略作整理就搬进文章中，以为这就叫散文，那就走进了一个误区。资源的占有并不等于资源的利用和开发。风情和还乡是表与里的关系，也是标与本的关系。说到底，风情不过是载体而已。我始终认为，作家不仅要有生活，而且更重要的是要有对生活的认识。独特的认识和语言的诗意，充满智慧而又符合艺术真实的想象力，这才是散文创造的精髓。你们的文章是一盏灯，它将照亮一大片山林。

正天兄现在是湖北民族学院文学院的院长，铁肩担道义，妙手著文章，在培养人才和繁荣文学两方面都有着较重的责任和义务。记得你原来是研究古典文学的，能不能腾出一些时间，多研究现当代文学，尤其是鄂西地区的作家与作品、现状与发展呢？这或许是更有现实紧迫感和极富意趣的一个课题。鄂西地区的文学评论，不仅是薄弱，甚至是苍白！多么希望你能带动一大批人把鄂西地区的文学评论繁荣起来啊！那是功在当代、利在千秋的一份事业啊！

以上所谈，琐琐不检言辞，请谅。

专此布达，敬颂文祉！

甘茂华
2005 年 2 月 26 日

门里与门外

时间从门里铺向门外，

月光的尾音唤醒了太阳出山。

光头书生坐在书房里，

笔尖上晃动着朋友的身影。

或者是桥边的风景，

或者是装饰窗子的梦，

或者是一片孤帆，

或者是像海子一样——

给每一条河每一座山

取一个温暖的名字。

过了河还有山，山那边就是海。

——作者卷首题记《像海子一样》

回首向来萧瑟处

——《在梦境和黎明的交界》序

二十七年前，我告别太行山，跟所有朋友都没打招呼，独自踏上回故乡之路。倪步云去家里送我，建华告诉他，我已经去了车站，一个人，还有一只空空的行囊。步云又跑到车站，站在长治北站的空荡荡的月台上，托着两听水果罐头，痴呆呆地望着远方。远方，是瘦骨嶙峋的孤零零的铁轨。

二十七年后，我在长江三峡，收到步云从美国寄来的书稿，托我联系一家出版社，并要我写一篇序。我关在家里，躲进"格子寨"，用两天的时间，边读诗边作笔记，读得眼睛潮潮的，心里悲喜交集。他对自身历史的经验性记忆，对人性的犀利观察，以及对命运的深切探寻，其感受和思考之深令我折服，可是，如此揪心，又让人疼痛不已。

这是一部关于时代和命运的诗，更是一部追求历史真实的诗。品读步云的诗，不知不觉就会唤醒记忆，进入到"回首向来萧瑟处"的苍凉境界。当苦难的岁月飘逝后，一颗灵魂不得不在诗里安妥时，其中的人生况味，步云比我理解得更透。他使我懂得了一个道理，诗就是诗人的粮食，就是诗人的一条命。步云曾经说过，我要用一生写一首好诗。他做到了，这部诗集就是承诺。

记不清是哪个外国哲人说过，每一个人的生命都值得仔细审视，都有属于自己的秘密与梦想。因此，"当人们感觉自己的生命若有若无时，当一个人觉得自己的生活变得破碎不堪时，当我们的生活想象遭到挫伤时，叙事让人重新找回自己的生命感觉，重返自己的生活想象的空间，甚至重新拾回被生活中的无常抹去的自我。"（刘小枫《沉重的肉身》）步云没有忘记过去，他在诗里重新找回了自我。

可以说，在《在梦境和黎明的交界》是一部自传体长篇叙事诗。除序曲和尾声外，诗共七章，长达两万多行。他从无忧的孩提时写起，写到饥饿的青春期，严寒的日子和噩梦醒来之后，以黎明来临之前和送女儿出国留学结束。结构上以纵向的时间为序，内容上以横向的天津和长治的空间为坐标，经纬编织绵密，亲情、爱情与乡情融为一体，众多小人物如浮雕般凸显，对历史沉浮和人生命运进行了散点式的扫描和诗性钩沉。

在情感共鸣的阅读中，我联想到高尔泰的《寻找家园》，野夫的《乡关何处》，从维熙的《走向混沌》，杨显惠的《夹边沟记事》；而远在异乡的倪步云，则是为了母亲眼角那揩不干的泪痕，以愿做刑余史臣的勇气，呕心沥血地苦苦经营，筑起了一个时代的风雨留痕的诗碑。他在后记中说：所有的日子都转瞬即逝，无论善恶美丑浪漫平庸；几行蹩脚的文字权当一张黑白照片，给世界留一个"苟活者"的历史写真。在我看来，步云不是苟活者，而是正气凛然的时代歌者。

风雪苦寒的时代过去之后，活着的人们，尤其是健忘的人们，已经很难感受到刀光剑影和风雪弥漫的严冬气息。步云撕开了一道口子，于是，北风那个吹，雪花那个飘，让我们看见了人像狗一样活着的生存状态。时间如指尖沙，总在不断流失。他变得沉静与成熟，他的诗再也没有羁绊。他用叙事诗的形式状写历史和人物，不仅是开扩了一种艺术形式的表现空间，而且更是特定时代特定生活的真实写照。关于"反右"、"大跃进"、"四清"、"大饥荒"、"文革"、知青等灾难性政治运动，诗中都没有逃避，反而是直面人生。他笔下的人物真名实姓，绝大多数都健在，所写地点也没有虚构，风土人情蕴涵其中。从总体看，这部长诗完全做到了历史的真实，细节的真实，灵魂的真实。诗人有诗人的良知，铁肩担道义，刀丛觅小诗，真切触摸到了那个时代的脉搏。

读诗时，我想起很多工厂的事情。那些熟悉的天津话，又在耳边回响。我在长治市大辛庄公社化家庄大队插过队，作为知青进工厂，曾与步云在同一车间做工，后来，又同在宣传部共事。在带锯车间做学徒时，就听老师傅夸过步云，夸他是个腹有诗书的秀才，读中学时就在天津的报纸上发过诗歌。很可能是同病相怜，下班后，互相串门，靠文学体温去暖和自己，渐渐成了好朋友。他的父母和弟妹我都熟悉，那么知书识礼的一家人，怎么看也不像穷凶极恶的资本家。每次进门，他母亲都笑着打招呼，给我装烟倒茶。他父亲去广州开辟销售业务时，一身布衣，一把宝剑，若有仙风道骨。他的妻子佳荣也是知青出身，北京知青，能吃苦，很坚韧，在生活磨难中把一双儿女养大成人。步云在生活上比我能干多了，做饭烧菜的水平，相当于中级厨师。我们在一起朗诵过诗歌，也一起在太原说过相声。谁发表了豆腐块文章，总要互相鸡蛋里挑骨头。在我们周围，又聚拢了长治市的文朋诗友，禹晓元和刘潞生两位良师益友，公安局写诗的刘金山，写戏剧的赵彭城，工业局的刘重阳，长钢的王进兴，配件厂的张红，水泥厂的焦保红等，常常在周末骑着自行车去某家喝酒，步云成了当仁不让的掌勺子的大掌柜。趁着月色，摇摇晃晃回家，嘴里还哼着诗唱着歌。20世纪80年代，文学的黄金时期。现在想来，昨晚的月亮那么年轻，这班人怎么说老就老了呢？不管怎么说，一切都那么真实的存在过。我想这也是步云这部诗集存在的理由。

其实，"从某种意义上说，追求历史的真实就是追求真理。如果不能直面1949年以来的真实历史，我们又从何去寻找戏剧的真理？如果不能正视我们犯下的历史错误，又如何匡正前行的道路？思想的自由和精神的独立永远是学术致思的主导方向，只有让真理的阳光点亮我们心中的道德良知、智慧勇气，才能脚踏实地耕耘学术土壤，献身于价值理想的追求。"（文史家董健访谈录）诗作为文学样式之一种，是在社会生活语境中孕育生成的，凝结了丰富多彩的历史内容，字里行间渗透着诗人的精神和情感，追求历史真实理所当然是题中应有之义。在诗开辟的路径中，朝着真理奋然前行，没有彷徨，只有呐喊。倪步云说得好："伟大的诗人屈原死于铄金的谗言，却在人民的粽子与龙舟里得到永生！"路漫漫其修远兮，吾将上下而求索。

有一句老话说，文学的源泉来自生活，文学不能脱离生活。这话不错。可进一步想，生活的主体是什么？是人，作为社会的人，才是生活的内容。因此，又有文学就是人学的命题。步云这部诗集大概写了几十个生活在社会底层的小人物，为他们歌吟，为他们造像。步云是个高明的画家，擅长写意，寥寥数笔，人物便活灵活现，这得益于他厚实的生活积累。写堂姐，他只用了两句话："我总躲着堂姐的目光，却又放不下，她那双盈盈秋水般大而弯长的眼睛……"写父亲好友吴永财，他抓住人物特点："他的左眼上眼皮耷的很长，似乎只给眼睛留了条缝儿，他要是想看人看物，须把头斜着扬起才能看清。"写梦花的母亲，三伏天在胡同口纳凉时敞怀露胸的情景，有这个女人泼辣爽朗的性格垫底："两只雪白雪白的乳房圆圆翘翘，拉直了男人们的目光，吸引了过往的眼睛；泼泼辣辣的美少妇说说笑笑毫不介意，任凭胸前一对沁出香汗的丰乳欢天喜地地颤动……"泼辣得毫不介意，其实是一种自然而然的真，一种本色，一种纯净。描述生活场景，步云更是得心应手。江苏义地枪毙"反革命"的场面，天津的市井风情，长治赶庙会等，使人有亲临其境之感。如果没有亲历亲为，恐怕是难以如此生动的。它让我相信，不单单是才气，更可贵的是，步云是一个接地气的人。他的根永远扎在故土。诗中，天津话、北京话和山西生活元素几乎是随手拈来，从诗歌写作角度看，这样做无疑充实并拓展了他的语言内涵和叙事版图。

也许在一些先锋前卫的现代派诗人眼中，这样写诗太传统太老套了。我不这样看，我认为诗的流派和形式并不重要。重要的是诗人有一种忧国忧民的情怀。他歌颂真善美，抨击假丑恶，对人民苦难忧心如焚，对光明美好的生活充满热忱，对人性沦丧无比激愤，对故土家园涌泉相报，这样的诗，难道不具有时代的审美意味，不具有诗歌的美学价值吗？况且，步云作诗，十分讲究艺术之道。在我们这个时代，在经济实用主义与文化市侩主义的潮流中，诗人汲取了古典诗词资源，坚持白话诗传统，吸纳民歌和童谣的艺术营养，这样写诗，不正好表达了生命的荒芜和充沛，生活的鬼魅和意义吗？我们现在读到的"口水诗"太多了，以至于蒙蔽了我们的眼睛。我认为，这部诗集的风格，是悲情格调。这部诗集的语言，是遒劲笔调。这部诗集的情感，如瀑布倾泻。这部诗集的思想，是潜藏在冰山下的冷峻反思。它有着鲜明的历史烙印，它就是那个时代的"遗腹子"。读到这样的诗，我们又怎能不陶醉其中而受到启迪和教益呢？

著名诗人洛夫获得首届李白诗歌奖，在发表获奖感言时说："在这个时代，诗人必须保持足够的清醒和自觉，否则就无法坚守写作的信念。所以，写诗不只是一种写作行为，而是一种创造，一种价值的创造。"我为步云庆幸，他明白这个道理。遗憾的是二十七年未曾谋面，如今隔了个太平洋，相见更难。想当年，恍如隔世。在我印象中，他并不是一个性格热烈的人，善良而懦弱，在混沌生活面前，说话唯唯诺诺，走路磕磕绊绊，少了些男人的阳刚之气。即使与我肝胆相照，也保持着一种谨慎的善意。人啊人，都被那个时代扭曲了。在梦境和黎明的交界之间，暗藏着多少阴郁痛苦，积蓄了多少顶凌下种的力量，既有否定又有肯定，正是诗人必须面对的时刻。为这一刻，我足足等了二十七年。步云终于走出来了，他的诗让我刮目相看，重新认识了一个新生的步云。从猿到人是一个漫长的过程。二十七年后，倪步云终于从猴子变成了一个人，一个称得上诗人的人！帕乌斯托夫斯基在他的创作札记《金蔷薇》前有一句题词："应当永远追求美"，我把它送给步云。愿他在遥遥的美国小城，听涛声依旧，感受"夜半钟声到客船"的恬淡平和的晚境，以诗温暖身心和远方的风景。是为序。

沧浪之水生命书

——《遭遇无常》序

　　据说人的一生是被一只"看不见的手"早就安排好了的，我们通常把这只"手"叫作命运。有人服命，任其捉弄，甚至于堕落自弃。也有人扼住命运的咽喉，挣扎着逃生，几经沉浮，终于灵魂上岸。卢显亚属于后者，命不好，却敢于直面惨淡的人生，从荒山野岭围困之中杀开一条血路，以沧浪之水书写着自己的生命。

　　其实，我们这一代人的命运都不好，大同小异，只不过归宿各不相同而已。卢显亚的老家在恩施山区的咸丰县，和我是老乡，又是小学同学，而且他和我老婆在初中也做过半年同学，后来我们又都在宜昌地区讨生活，彼此不仅有缘，而且有兄弟般的情谊。走过的路也几乎同样，下乡当知青，进厂做工人，政治上受过歧视，事业上受过挫折，生活中遭遇过艰难绝望，人情中领受过白眼鄙视。到如今追寻已远，只留下万千感慨。虽然夕阳无限好，但怎么也无法抹去命运曾经投下的浓重阴影。有首诗正好表达了这种心情：别来沧海事，语罢暮天钟。明日巴陵道，秋山又几重……

　　因此，现在捧读卢显亚的这本书，心情并不轻松。尽管他写工厂小人物的故事，写俗世奇人的生活不乏诙谐幽默的语言，但我最看重的是他写他大哥自杀的悲剧和知青生活的小说。尤其是《那个年代》，知青的坎坷艰辛，引起我共鸣。

显然，每个知青都有自己独特的个体生活经历，然而社会的时代的烙印无处可逃，生存的艰难中充满了悲欢苦乐的滋味。知青就是那个时代的贱民，是我们这一代人生命中刻骨铭心的创伤，什么时候想起来，什么时候都不得安宁。我曾经在一篇散文中说过：插队永远是一个沉重的话题，至少对我们这一代人来说。作为一名老知青，卢显亚下乡的小河，在他的灵魂深处刻下了足以左右他整个生涯的痕迹。于是他提起笔，蓦然回首中，唤回往事如昨。

可以想见，那些年里，他曾躺在吊脚楼的稻草上，躺在粮食仓库的床板上，夜深时听小河淌水，冷梦中与亲人短聚，醒来时看群山如牢而自己孤独无助，其思绪茫然如草，深陷于绝望之中。虽然小说的主人公叫黎凡，但我觉得卢显亚是在写他自己，写他失落的青春。因为，他写得真实，写得质朴，写得动情，写得文字的潜流中隐含着忧伤的诗意，还有对前途的迷惘和黯然，所以读他的小说是一种追寻的过程，是一种反思的回忆，更是一种艺术对生活的审判。读之不唯可了解知青生活的种种故事，对那个时代的"阶级和阶级斗争"灭绝人性的残酷现象，亦多有深思。

他那时想得最多的，体力劳动的肉身之苦和流落底层的卑贱之感倒在其次，最主要的是背负着沉重如山的"成分包袱"——"家庭出身"就意味着被人歧视，就意味着叫你永世不得翻身。这种思绪流露在他的笔端，无论小说还是散文，卢显亚的文字多有一种小河静流的沉吟，在惆怅中有悲凉之气缓缓升起，在温暖弥漫中有寥落之火光明灭闪烁，这就构成了他文学作品的底蕴和张力，其基本色调是一种无边落木萧萧下的苍凉秋色。我喜欢他的叙述语言，亲切与朴素如围炉夜话，情趣与意境似小河淌水，加之方言土语的灵活运用，地域特色跃然纸上，读来十分感人。特别是他对人生的理解与感悟，对同路人和读者而言，亦大有裨益。

卢显亚中学未读完就流落到深山老林中谋生，一个偶然的机遇才漂泊到位于江汉平原的枝江百里洲立足，好不容易进入湖北省化肥厂养家糊口，又遭前妻病故儿女拖累，磕磕绊绊才走到今天。他是个多才多艺的人，琴棋书画皆优秀，动手能力特强，曾经在最困难的日子里，做过绣花绷子在恩施十字街头叫卖。我退休后被三峡环坝旅游集团聘为文化总监时，曾邀请他到三峡人家风景区做琴师。

他在月照峡江的山寨里拉二胡，一曲《良宵》，幽幽咽咽地，催人泪下。我深知，他并不是效仿瞎子阿炳的悲凉心态，而是情不自禁地融入了自己的身世。可喜的是他老来有福，后妻及其儿女待他极好，老伴开朗挚爱，家庭和谐温暖，他不仅开办画室培养艺童，而且整理书稿联系出版，鸡冠花——老来红，活得有滋有味。《遭遇无常》就是一个证明，就是几度夕阳红的一幅油画。

写到这里，忽然搁笔无言语，面对峡江长叹息。眨眼之间，岁过花甲，傲霜残菊还剩几枝？孩子长着长着就大了，我们活着活着就老了。岁月不再，而文学永远。我们只有珍惜现在并继续创造着，才能有宁静清澈的小河滋润心灵，才能让自己的灵魂在命运安排的最后岁月里，清醒而又丰足地活着。诗人说，这是神的声音。我说，卢显亚，我们结伴而行吧。

往事并不如烟

——《笑看人生》序

近几年，宜昌老年人群中，出现一种新气象。许多退休老人退而不休，纷纷拿起笔来写自传或回忆录，然后掏钱自费出版，形成了一道"笑看几度夕阳红，落花时节读华章"的风景线。他们为什么这样做？回答是："打块碑留下的是石头，写本书留下的是人生。好家风要代代传下去，经验教训让子孙少走弯路。"这是社会文明进步的结果，也是老一辈人开开阔阔看人生的肺腑之言。正如曹操《步出夏门行》诗云："老骥伏枥，志在千里；烈士暮年，壮心不已。"

今年85岁高龄的刘凡高先生，就是一位耄耋年华、壮心不已的老秀才。他用了整整一年时间，写成了20个章节、6万多字的、自传体式的回忆录《笑看人生》。他说虽然这是本小书，却是他一生精神上最大的宽慰和满足。《笑看人生》从书名到内容，都展示了刘凡高先生豁达大度的胸襟、泰然处世的情怀、乐观进取的人生状态，以及饱含真情挚爱的绵绵延伸的生命力。他不仅是笑看人生，而且是笑傲江湖。他是一匹识途的老马，是《韩非子·说林上》中管仲所说的："老马之智可用也。"其所作所为，令人敬重。

回首岁月深处，往事并不如烟。刘凡高先生命运坎坷，曾经走过苦难的历程。读书时赶上战争年代，兵慌马乱，血雨腥风；工作时陷入政治漩涡，在劫难逃，扫地出门。我读到他在1957年整风反右运动中被"革命派"打成"极右分子"和"章罗联盟在咸丰县的总代理"的惨景时，真有一种欲哭无泪、义愤填膺的感觉。他遭到开除公职、劳动教养、回家务农、管制生产的非人待遇，被发配到边远高寒地区二仙岩"改造"，种过黄连和糖萝卜，做过挑运粮油的挑夫，也当过烧石灰的烧窑师傅。在那里，他亲眼看到，两年不到，就有3人被折磨致死，还有1人失踪。解除劳教回家后，他又学会犁田耙田，为生产队搞副业制造黄樟油，开办瓦厂烧青瓦，在水库工地为伙食团砍岩柴、烧石灰等。一个教书先生，就这样被打入"十八层地狱"，肉体上和精神上受尽摧残，在磨难中踏出一条风雪驿路。

面对政治迫害带来的苦难生活，刘凡高先生没有卖友求荣、没有屈膝称臣、没有自杀自残、没有万念俱灰，而是直面惨淡的人生，坚强乐观地活了下来。他采取的逃避方式，是以黑色幽默"说假话"来"以毒攻毒"。他在繁重的体力劳动中苦中求乐，以此减轻生理和心理的负担。他在烧瓦烧石灰的匠人技艺中，摸索做人的道理和生存的诀窍。这是任何书本都无法学到的生活经验，也是一个人的生命历程中最可珍贵的精神资源。活着，但要记住，笑看人生。无论暴风雨来临，还是冰封雪锁的寒夜，心中都要有一盏走出混沌的灯火，哪怕一灯如豆，也是一线光明、一丝温暖。

余生也晚，"反右"时我还在恩施老城柿子坝小学读书。小学教体育的李老师和校长王群先后被打成"右派"，特别是王校长被逼致疯、自杀而死。我的大姑妈两口子在巴东税务局划成了"右派分子"，开除公职，遣返回家，带着一双儿女，下放偏远荒凉的恩施新塘农村劳动改造，至今回忆起那段牛马不如的生活，还有一种喘不过气要被噎死的感觉。改革开放以后，我读过很多这方面的文学作品，从维熙的《走向混沌》，野夫的《乡关何处》，杨显惠的《夹边沟记事》和《定西孤儿院纪事》等，连同刘凡高先生这本《笑看人生》。读这些书时，抑制不住心灵的震颤，因为这些事情的确是不该遗忘的。杨显惠说："我想告诉那些不了解历史或者忘掉了这段历史的读者：我们的社会发生了巨大的变革和进步，我们过上了前所未有的温饱生活，为了这温饱的生活，我们的前辈付出了极大的代价——无数人的生命和眼泪。我们不该忘记他们！"我想刘凡高先生的《笑看人生》也有这层心意吧。这是一种真实而又虔诚的唯物史观。

刘凡高先生在《笑看人生》中还表露了一种心迹，那就是再苦再累再受折磨，也要把儿女培养成人。不管经济条件多么困窘，也要送他们读书求学，以便将来走向社会有立身之本。不指望他们成龙成凤，但要有一技之长，尤其要学会做人。其实，这也是大多数中国家庭的普遍愿望。在刘凡高先生身上，闪烁着为人之父的人格光彩。当然，刘凡高先生度过劫难，柳暗花明又一村，后来的生活越来越好、越来越幸福。他的家庭和子女们没有辜负他的厚爱，都是学有所成、茁壮成长、在各自的岗位上担当重任而又充满感恩之心和孝敬之情的好儿女。这是值得欣慰的事情，更是值得提倡的建设和谐家庭的必由之路。

应该强调的是，尽管《笑看人生》不是一部文学作品；而且，也许作者年事过高，精力有限，也许年代久远，记忆力减弱，这本书呈现出粗线条的历史轮廓——如果更细腻一些、更具象一些、更多一些生活细节，就更丰满更好看了。但是，不管怎么说，《笑看人生》的写作，仍然具有自己的艺术特色。它的一个鲜明特点就是诗文互证。每写完一个章节，作者都要总结式地用一两首或多首诗词来抒发感情、寄托心声。好像中国古典小说，最后总要"有诗为证"，让人读完故事和诗词后，有一种值得称道的双重的审美愉悦。

著名作家从维熙说过："始自屈原在群奸的诬陷中溺水汨罗，司马迁遭宫刑后著《史记》，直到鲁迅先生的'横眉冷对千夫指，俯首甘为孺子牛'，中国文化人留下了多少可歌可泣的往事。……我们回首我们曲折历史的时候，内心是十分沉重的；正是为了不再重叠历史的喋血，我们才应该对明天奉献出真诚。如果，当未来梳理并审视昨天或前天的历史时，发现这是一部无法取代的文史著作，那将归功于一代知识分子的付出。"我读《笑看人生》，正是抱着这样一种学习的态度和尊重历史的信念。

正是人间四月天，刘凡高先生托他儿子刘玢，携书稿登门拜访，希望我为这本书作序。对于一位德高望重的85岁的老人，我没有理由推辞。况且，都是恩施老乡，也正好借这个机会为父辈尽一点孝心。虽然我人微言轻，作序也不能给老人增添多少光彩，但我还是一口答应下来。如我的老乡野夫所说，因为这样的回忆录，总是沉浸在往事的泥淖中，让人常常站成了一段乡愁。反过来，我倒要感激刘凡高先生的这本书，它使我在这个喧哗与骚动的时代里，在充满污染的生活中，清洁了精神，睁开了眼睛，用笑看人生的视野去经营老境，直到落叶归根。是为序。

沿着一条河上下求索

——《这条河流》序

散文的根基和命脉在于真情实感。黄荣久的散文集《这条河流》，正是乡土、家园、心灵、情感的彰显。从自然物语、旅途漫语、生活闲语、城市絮语中，一个人对一条河身心相许，沿着这条河上下求索，于是便有了属于这个人的记忆与游走、歌吟与思考、洞察与抒写。捧起这本散文集，眼前有一片秋收时金黄的成色，朴素而美丽，简单而丰富，伴随着依旧的涛声，田野清香扑面而来，叫你不得不感慨万端。

黄荣久为什么爱这条河流、写这条河流？他说："一条小小的黄柏河，虽没有黄河的恢弘伟岸，没有长江的磅礴气势，可她流淌的是母体深处的乳液，是慈父脊髓里的精气，我们都是她卵巢里孵化出来的一颗太阳、一轮月亮。"所以，"黄柏河已不只是一个纯粹的地理水域的概念，而是注入我情感的汩汩血液。"（《黄柏河，我的河流》）正因为作者爱得如此深沉，他写起这条河流来就体贴入微。他"追溯着它潜沉古今风尘的杳远声音和古老历史足迹"，从中体悟到这条母亲河，"它奔流的时候，它沉默的时候，它干涸的时候，它悄悄逝去的时候，也可能会有一个像人类一样，微微叹息的灵魂。"（《黄柏河探源》）黄荣久写得真好！世上有多少人能听见一条河流灵魂的叹息声？又有多少人听见叹息声后把内心的触动用文字表达出来？黄荣久写出了这条河流的自由成长的生命，沿着黄柏河形成的自然而然的流域，写出了沉浮其中的人生感慨，也揭示了现代人所共同面临的生态危机和精神困境。我想，这就是黄荣久《这条河流》的价值所在。

在文学领域中，散文是最见性情的文字，它可以真实而又自由地表现人物的思想和情感。黄荣久笔下，柳树林的周医生，蒙冤受屈大半辈子却依然坚强地活着。（《故乡那片柳树林》）他对周医生的记忆，是被时间之河磨洗过的记忆，岁月沧桑，永难忘怀。他写自己的父亲，被人政治陷害，经常挨整带来一身的病，但父亲仍然以德报怨、以善待人。（《怀念父亲》）毫无疑问，这样的人物形象来自一种独特而真实的生活，承载着已经逝去的历史的复杂的人生体验和沉重的生命话题。这显示出作者在观察生活和散文写作上的趋于成熟，也体现了作者进取人生的自信。

好散文需要好细节，这和小说创作是一个道理。没有典型细节，散文就活不起来，就无法带领读者身临其境。黄荣久懂得这个道理，并在散文写作中运用自如。你看他写老屋开门的声音："随着门轴的转动，声音悠长，深远浑厚，圆润而富于韵律，'吱'——的一声，由低到高，又由高到低，如同几十年的声音叠加压缩在一起，随门扇的打开的速度而释放。"写老屋的苍凉景象："屋檐下的燕子窝完好无损。看地面的燕粪，今年住过，和我一样，有点依恋老屋。……一只稍大一点的蚊蝇，领导着四五十个体态轻盈的蚊蝇在空中一动不动地做着平衡，极像武当山上得道的太极高手的入静。"（《谁是老屋的房客》）就这么几个细节，老屋的影子便在梦里梦外徘徊，始终挥之不去。作者回忆小时候练毛笔字的情景，细节凸显，让人感受极深。"我的字秉承父亲和老师的教诲，那时穷，买不起纸，每当作业和家务做完后，父亲便拿着火钳，而让我则手握一根一米见长的竹条，手心里放上一个鸡蛋大的石头，就跟着父亲在火笼里的灰上写字。"（《书法散墨》）于细微中见真情，散文的温暖就这样走进了读者的心里。

这本散文集中，还有多篇类似杂文的随笔。谈儒家文化，谈生命基因，谈爱情婚姻，谈读书观影，谈低调做人等。这批散文带有哲理性的感悟，既是黄荣久的生活和工作中的个人体验，而在某种意义上，又是涵盖着当代人精神上的忧虑与困惑。作为一个基层作家协会的主席，黄荣久清醒地认识到当代写作者的责任和使命："一个优秀作家的价值在于他能创造不朽的精神童话，能唤醒麻木的心灵，能和理想的太阳一起奔跑，能在无眠的寒夜，为人类点燃前行的灯盏。"（《格超梅以上，品在竹之间》）从这个认识出发，他对这条河流的深情歌吟，诠释着人生的本质意义；他沿着一条河上下求索，是一种人格的升华，精神的指向。

　　黄荣久的文字不乏刚健硬朗，有着坚定与执着的品格，更多的是从生活经历的思考中唤醒久违的情怀，用文字表达出了心灵深处的情感和挚爱。但有些话说得太直白，有些篇什强调知性而忽略感性，削弱了散文应有的贵在含蓄的诗意。这是今后写作值得注意的。很多年前，我为他第一本散文集《梦里梦外》写过序。黄荣久看重情义，这次又嘱我为《这条河流》写几句话。我很惭愧，也很惶恐，时间都去哪儿了？人老了，夜半钟声到客船，听听黄柏河的涛声，对我也是一种感染和鼓舞吧。愿与黄荣久共勉，与散文这条河流相伴始终，走向远方。

品味乡土生活

——《天河坪档案》序

  覃世清的长篇纪实散文《天河坪档案》，颇有些与众不同之处。一般人写乡土生活，总喜欢借名胜风景来掩饰小地方的孤陋寡闻，覃世清却是直面现实与人生，决不依仗任何名头来壮胆。小山村就是小山村，不是靠打肿脸充胖子，全然是靠着对乡土生活的切肤体验，才写出来细节如此鲜活的小地方的逼真风貌，因此天河坪才散发出独具魅力的光彩。此其一。其二，长篇散文大多截取一段生活的横断面，集中写一个事件或一个人，覃世清却是以天河坪为轴心，写了跨度将近百年、方圆几十公里、大大小小八十多个真实人物及其逸闻趣事，令人感喟深思。虽然都是小人物、小遭遇、小坎坷、小事情，但是都是最底层最辛酸的老百姓自己的故事，从他们身上看得出来各自不同的人生经历和追求，留给天河坪后人以鲜明的烛照，更让读者扼腕而叹息。其三，在散文的形式结构上，无论长短，多用文题加小标题，或分段进行处理，以期达到点明或暗示主题的目的。覃世清却是独辟蹊径，回归传统，采用章回体的结构章法写散文，这种形式上的创新在当代散文界几乎还无人涉足。这部长篇散文，从"雄狮护宝"到"走出山门"共55回，如同一部长篇小说，文脉贯通，扑朔迷离，情思牵挂，出近入远，叫人亲切一回又快乐一回、享受一回又渴望一回。你说它是旧瓶装新酒也好，换汤不换药也罢，但你不得不承认它为增强散文的可读性提供了一种借鉴。不记得是谁说过：虽已是旧时明月，却依然值得回味。回味什么？回味天河坪的生活。在我看来，《天河坪档案》是对故乡的放歌和对人生的表达，是对土地、树木、山川、庄稼，特别是对父老乡亲们的感恩和回报。可以说，覃世清为他的故乡天河坪立了一块碑，上面铭刻着乡土生活和乡土文化，铭刻着深情和挚爱，也铭刻着抹不去的岁月的沧桑。

他像导游一样带领我们走进天河坪，又像农民兄弟一样陪伴我们在月光下的院坝里聊天谈心。那是一个美如桃源的小山村，又是一个天地人和的大世界。我们在这里听到和看到了原汤原汁的土家山寨，民歌、谜语、故事、笑话、风俗、人情；又在这里了解到了特殊年代的艰辛生活，工分、布票、土墙、磨坊、粮库、供销社、赤脚医生等。在相对贫穷、封闭、愚昧、落后的天河坪，远至明朝清朝，民国抗战，近至人民公社，三年灾害，每个时代都为这方水土打上了鲜明的烙印——时代胎记；而且，像马尔克斯的魔幻现实主义小说一样，涌动着各种各样鬼鬼怪怪的传说，产生了装神弄仙的端公和道士，笼罩着妖狐之气而又连通着人气和乡土生活的烟火气。天河坪实在是一个美丽而又神奇的地方，贫困而又文化资源特别丰富的地方。覃世清为它撰写的这部档案，应该是天河坪的小百科全书，社会经济和地域文化的微雕艺术品。它不仅具有文学和艺术的审美价值，而且具有社会学和民俗学的文献价值。或者，你干脆把它叫作"天河坪村志"也未尝不可。曾经，文学热闹过寻根，可惜半途而废。散文也早就提倡挖一口深井，遗憾的是现在许多散文写手偏爱在社会时尚和流行文化的泡沫中钻来钻去。尤其那些胭脂散文和口红散文，打扮得像倚门卖笑的妓女，不知为何却能得到某些编辑、作家和评论家的青睐，错把脓血当成了桃花。我始终坚信文学是有根的，根有多深，树就有多高多大。如同天河坪的老屋旁那棵千岁以上的大银杏树，高有九丈九，莞粗一丈八，冠盖似伞，遮荫如云，由此而形成一道风景，一种文学生态。

我通读《天河坪档案》之后，想起古希腊哲人的一句话：一个人的性格就是他的命运。覃世清的生活和创作正好印证了这句名言。他是个善良厚道、诚实待人的值得信赖的朋友。表面看似乎弱小，实则性格比较坚强；表面看似乎不善言谈、寡淡无趣，实则内心充满智慧，散文中诙谐幽默之处让人会心开颜。他做过赤脚医生，上过林业学校，当过政府干部，做过工厂厂长，后来一直担任一家银行的办公室主任和分理处负责人。但不管干什么，他都没有忘了文学，以其不张扬的潜心的执着、韧劲和内功，在业余时间里努力圆满着自己的文学梦。早在此书之前，他已有一本人生杂咏的诗歌，还有一本清江奇石的散文。这个事实表明他已把文学创作当作自己生活的一部分了，世间那些飘浮的热闹难以诱惑他对文学的虔诚和追求。所以才有了天河坪的长篇纪实散文，所以才有了天河坪的乡土生活也是最适合于他的天性的生活。其实，乡土生活是所有中国人永远无法穷尽的读不完的一本大书。作家周国平在谈到这个问题时从哲学角度阐释了它的意义。他说："最基本的生活内容原是最平凡的，但正是他们构成了人类生活的永恒核心。乡村生活的优点在于，这个真理是直接呈现的，是一个每天都能感知到的事实。"覃世清从小到大受到这个真理的陶冶和熏染，于是故乡的雨露和歌谣便化作了他的血液和慧心，他也让我们品尝到了乡土生活的醇和而又丰厚、平凡而又恬淡的诗味。即使那些阴郁的日子和伤心的疼痛，如今也变成了亲切的回忆。另外值得注意的是，语言的乡土化、口语化、诗化，也是这部散文的一个特色。譬如，作者笔下的天河坪八月的秋色："枫树红了，柿树紫了，牛筋条叶黄了，核桃果果离壳了，板栗苞苞炸口了，苞谷秆上的玉米棒棒也黄壳掉钩钩了，就连田里最迟的弯角青豆荚荚儿也开始往外蹦珍珠颗颗了。"又譬如写秀姑漂亮得如水葱儿一般，写坤婶是："清江南纸坊头的人，姓田，高个，长脸，粗辫，白白净净的脸上，一对甜甜的酒窝。"写会计向宗常，一把算盘打得嗑嗑直响。语言简洁而到位，从中国文学的传统白描手法中汲取了营养，悟到了以少胜多的传神的意境。

　　长阳是一块风水宝地，清江滋润了土家族文学。这几年来，陈孝荣、肖筱的小说，刘小平的诗，萧国松的寓言，陈哈林、舒虹、李瑜的散文，都有不俗的表现，在湖北省和宜昌市已经形成了一个令人瞩目的方阵。覃世清是这个团队中的优秀一员。他用一年多时间，写出的这部有十五六万字的长篇纪实散文《天河坪档案》，自然也是长阳文学的重要成果。如果覃世清能在今后的散文创作中，少一些拘谨，多一些洒脱，少一些琐碎的写实，多一些理性的思考，那么，他的乡土散文就一定会提升到一个更高的档次和更高的品位。我衷心祝愿覃世清扬长避短，朝着既定的文学目标，努力攀登，不断唱响下里巴人的歌谣——在春天，在秋天，在回家的路上。

清纯雅洁垄上花

——《垄上花开》序

那一年秋天，湖北省作协在远安县开笔会。映泉、叶梅从武汉赶来了，宜昌市也来了许多作家，聚集在道教圣地鸣凤山下。三秋桂子，十里荷塘，文人雅集，赏心乐事。特别是所谓美女作家，这次笔会来了很多，因而男人们个个像服了兴奋剂似的，表现出强烈的先锋意味。而女人扎堆的地方，像炸了窝的鸦雀，叽叽喳喳地，扇着翅膀飞来飞去。景美人也美，确实"生活秀"。

报到时，我发现有个女子很醒目，她却闹中取静。别人滔滔不绝，她只是静静地听；别人手舞足蹈，她只是轻轻地笑。她的衣着古典，发型也像宋庆龄的样子，似乎说话的声音也是轻言细语的。"清水出芙蓉，天然去雕饰"，这话用在她身上是再合适不过了。她是谁？我并不认识，猜测她应该是个文学新人。笔会组织者介绍说，她是邻近远安县的当阳市作者，写散文，叫佟茜洁。我是很见过一些写散文的女子的，心想，像她这样娴静而无虚浮之气的女子，或许真能写出好东西来。

晚饭我们恰巧在一桌，她就坐在我的旁边。朋友们来敬酒，我来者不拒。轮到她了，她端着酒杯站起来说："甘老师可能不认识我，我倒是读过你很多散文，从作品中早就认识你了。我叫佟茜洁，不会喝酒，喝的是茶，以水代酒，敬你一杯！"我忙站起来。杯子相碰，发出"嗒"的一声轻响，佟茜洁就这样定格在我的印象里了。

远安县是映泉的老家。在老家开笔会，映泉就像个家里来了客人的孩子似的，把所有的玩具都搬出来，一件件向客人炫耀。他非要带我们去看看金家湾不可，说那地方的丹霞地貌和田野风光是远安风景的一绝。我们便去了。佟茜洁一路陪着叶梅和我，我们说着话，她很少插嘴，只是偶尔问一两个写作上的问题。毛毛雨时断时续，田埂上很不好走，她总是提醒我们走稳当，注意脚下打滑。来到一户农家休息，她又忙着给大家搬椅子倒茶水，仿佛她是农家的主人。她做这些事情很自然，很从容，很会关心和体贴人。与会的朋友都夸她是个贤惠的女人。而她依然是那样的平淡和气，不因受宠而撒娇，也不故作矜持，这便愈发地显出她的端庄和清纯。

走在田埂上，我突然想起一首流行歌曲，便在心里哼唱着："我从垄上走过，田野一片秋色……"那一条又一条纵横的田埂，被青草覆盖着，而窄窄的田埂边上，竟开出一些叫不出名的花花朵朵，看起来并不起眼，但湿漉漉的、清幽幽的，闪烁着生命的风采。我想散文又何尝不是如此？散文作者又何尝不是如此？不媚不傲的散文，真诚挚爱的散文，应该是无功利的，出自天性，出自慧心。事隔多年，想起那垄上花开的情景，便有一种美好的艺术感觉悄悄地回归身心。

从此后，我们便成了师生和朋友。有一次，她还在当阳上班时，读了报纸副刊上我的一篇散文，打电话给我谈感受。我在电话中无意中说起我爱人的颈椎病，中医开出的处方里有一味枯荷叶做药引子，而宜昌城周围很难找到了。说过了也就忘了，没想到几天后她竟搭长途汽车从当阳赶到宜昌，把一包研成碎末的枯荷叶送到了我的家里。我和爱人都很感动，她却说这东西当阳多的是，她单位院墙后面的堰塘里就是现成的，不花钱也不淘力，实在是算不了什么。对她而言，这或许是一种天然的心性，也或许是一种散文作者的情怀——散文最讲究的就是真情实感，以此呈现出与其他虚构文学样式根本不同的本质特征。有真情实感的人，还怕写不出好散文来吗？

再后来，佟茜洁从当阳调到宜昌，现在是一家报社的版面主编。她把家搬到伍家岗新居后，请我们一伙文学朋友去玩。她打开电脑，让我看她写的关于父亲、母亲、丈夫和儿子的文章。这些文章就像她这个人一样，长得不高挑，但小巧丰盈，处处流露出真情，几乎篇篇都是清新而又可爱的美文。只可惜这方面的文章写得太少了。而由于职业关系，她写了大量的通讯、特写、杂文和情感讲述的文章。她写这类文章也与众不同，喜欢用散文化的笔调，字里行间透出许多属于女性的妩媚和温柔。你可以说她的视野不够开阔，也可以说她的散文格局气象不大，但你不得不承认，她的质朴，她的真情，她的感觉，她的雅洁，都融汇在她的散文创作中。

这次她要出一本散文集《垄上花开》，负责出版的颜铭建议，让她的叔叔、著名词作家佟文西先生作序。佟茜洁说："我不喜欢借名人，特别是亲人中的名人来抬高自己。要写就请甘老师写，他对我比较了解。"老实说，这话让我既欣慰又惶恐。欣慰的是，毕竟还有人信赖你；惶恐的是，我是一个过气的作家，我为她的作品写序也不能增添什么光彩，反而亏待了她。

真的，用贾平凹为李佩芝的散文集写序的话来说："但我却不知这个序如何来写？评说她的散文吧，世人早有口皆碑说她的散文好，论说散文大义吧，又才力不逮，勉强记几笔对她的印象，虽相信研究其文必研究其人是一条路子，却又乏于描绘。现竟要印在她的散文前边，很有点是在一件丝绸锦衣上添补一块粗糙补丁了，惭愧惭愧。"当然，无论是我还是佟茜洁，离贾平凹和李佩芝的境界，还有天远地远的距离，但心是相通的。写到这里，我又想起了垄上花开的时节，那些花花朵朵，不仅有一种高远的诗意，也孕育着一种生命的神韵。

生命和情感的轨迹

——《一路天歌姐妹曲》序

　　看厌了花花草草的旅游散文，红红绿绿的时尚散文，哼哼呀呀的小女子散文，虚虚假假的爱情散文，阅读疲劳就自然而生，心理承受力就逆反而行。为什么？散文不管写什么，怎么写，总得有一条底线。散文的底线就是真情实感。所有浮躁、浅表、虚假的东西，在阳光下立马成为泡沫，吹口气就破了。因此，散文是最能展示作家性情和灵魂的文体。赤裸裸的写作者，只有散文家。在散文中装模作样、装腔作势、装神弄鬼，读者一眼就看出来了，结果只能让你自己出丑露怯。以真情实感的叙述展现人性中值得我们关注的方方面面，这才是散文写作之正道。

　　姐姐晓梅和妹妹春阳合著的散文集《一路天歌姐妹曲》，就是一部平实自然而又具热情流畅叙事风格的散文佳作。我很喜欢晓梅和春阳在散文创作中真诚的书写姿态和质朴的美学追求。她们的散文带给我们的是没有掺水的真情实感，是成长历程中父母之爱和姊妹之爱，是痛苦中的欣悦，磨难中的温馨，文笔简洁传神，语调清爽洒脱，气质亲切可爱，有原生态的生活气息，有大起大落和大痛大美，让人感叹不已。其实，她们的散文就是她们自己生命和情感的轨迹。其中，既有长歌当哭的泪水，又有儿戏童年的笑声，还有合唱团的故事和走马西藏的见闻，七十多篇文章，都是一种来自人生的感悟和出自心灵的倾诉。

很早就认识晓梅，读过她写的两部长篇小说和影视剧本，她的才华在文字中像不尽的野火一样霍霍燃烧。她从不张扬，在文学的田园里默默地耕耘，默默地奉献。为此我很为她抱不平，在许多场合说过。但金子就是金子，放在哪里都会闪光。这不，晓梅写起散文来，同样是一把好手。晓梅的文风是快人快语、豁达有趣、感情充沛、洒脱不羁。所谓文如其人，在她身上是一致的。她往往从回忆或现实的生活中截取一个横断面，在干净的描述中（不拖泥带水，不旁生枝节），不断闪现人性的光辉，充满了女性的爱意。机敏的语言，细节的点缀，更为她的散文增添亮色。

她在《前言》中对成长史的回忆，在《也吟二泉》中对阿炳的理解，在《我家小妹》中对小妹多才多艺的描述，在《小鸟啾啾》中对小鸟非常细致的观察，"在合唱团的日子里"系列散文中对音乐的追求、对外国友人、武警战士及对龙船调、大敦煌的赞美，在《取名趣谈》中对坎坷经历和人世辛酸的调侃等，篇幅中洋溢着浩然之气，有一种巾帼不让须眉的丈夫气概。《香汤浴身》从乡土气息的洗浴、到深山老林的轮浴、再到撒哈拉沙漠的刮浴、最后到恒河的死浴，洋洋洒洒，一气呵成；从洁身到防污到环保，内容丰富，举重若轻，构思亦巧，字里行间潜伏着忧患意识。《父亲之死》是篇较长的散文，可谓字字血、声声泪，令人怆然而涕下。虽然是对"文革"的强烈控诉，但叙述依然是干净利落的，感情依然是饱满厚重的，读来荡气回肠、心潮起伏难平。这个晓梅啊，你真不知道她是在弹琵琶还是在写散文，音节铿锵，旋律畅美，那不是高天上的流云又是什么？

春阳的散文毫无世俗功利之心，很像是她自己心灵的回音壁。在拜金拜物、世风浮华的商品社会，春阳的散文以一种纯净的品质脱俗而出。那是一种久违了的亲情和友情的回归，也是一种对当下精神家园的守望和召唤。春阳的笔调明快爽朗，语言轻松鲜活，写人叙事如行云流水，让我们能够感觉到身入其境的熟稔与亲切，进而引起共鸣乃至共振。与晓梅略有区别的是，她更调皮活泼，更有现代感和时代特色，更感性也更敏锐。但是，不仅是生理基因，而且是文学基因，在她们身上是一脉相承的。春阳对人生长河的体察，并不是表层的一江春水，而是深层的漩流和暗礁。因而，她对人生命运的感悟，也不是一味的甜蜜与幸福，而是在苦涩与伤痛中直面人生。

读她的《大姐二姐》时，我一方面为她出手不凡感到惊异，另一方面有好几次泪在眼眶里打转，强忍着没让它掉下来。我自问：难道是年纪渐长，感情变得脆弱了？不，确实是这篇文章打动了我的心，与我从小生在穷人家的少年生活似曾相识，把我的心弦狠狠地拔了一下。春阳的"沮水别墅"杂感系列文章，实际上是站在今天看昨天，通过今昔对比舒展自己的情怀，以此寄语人生。《我的保姆雷婆婆》写出了一个真实的老女人。雷婆婆做保姆时慈祥关爱、一身正气！可晚年家境好了，虽富有却乏真情，最终是郁闷而不解地死去。在对比中写人物，在反差中出色彩，读来便有油画般的立体感。尤其是长篇散文《一路如歌天歌难再》记述五个女人的西藏之行，称得上是一篇不可多得的超出通常旅游意义上的优秀散文。她把五个女性朋友在西藏旅途中的高原反应、如厕难题、情感插曲、夜游惊险等困境，以及互相关爱、见景生情、边走边唱、疯狂购物等快意，与西藏风光交错在一起，写得淋漓尽致、活灵活现，感染得你也想放下手中的活儿，赶紧去一趟西藏。春阳的重点是写人和人在特殊环境中的感情，而不是抄导游词作山水风景介绍。特别是五个女人的性情，特征鲜明而又各呈个性，让人亲切让人爱，让人感到行走的力量。合上书页，那五个女人竟浮雕般站在眼前。

晓梅和春阳是行吟在沮河的歌手，她们的散文已经走出自己的路，值得我们的文坛关注。但这并不意味着她们的散文已经成熟，已经达到了一定的境界。我觉得她们散文的手笔还有待提升，不要局限在家庭和朋友的圈子里，视野要更开阔，胸襟要更博大，诗思要更辽远。有一份丰厚的生活积累固然是财富，但对生活的认识和思考才是最宝贵的东西。思想的结晶就是散文的含金量。说话热情爽快当然好，如果含蓄一些幽默一些，岂不更好？诗贵含蓄，难道散文语言不需要节制？尤其在意境的营造方面，她们要做的事情还有很多。因此，我在这个冬夜注视着她们，祝福着她们，同时也等待着她们，等那月儿升起来！

留住乡愁留住魂

——《老宜昌——往事并不如烟》序

假如，夜深人静的峡江边，有一支怀旧的歌轻轻唱起，我立刻会想到，这婉转的旋律肯定是来自老宜昌的。悠长，沧桑，飘着淡淡的忧伤。而歌者李沂，正在娓娓地叙述着一个人内心的故事，沉浸在深远的回味中。朦胧月光下，她留下一幅美丽剪影。往事并不如烟，却如峡江长流不息。故乡，就是记忆中缠绕不去的气息，不仅缠绕生活，而且缠绕灵魂，成为一个人生命的呼吸。

于是，留住乡愁留住魂，便成为李沂写作的理由。

早几年，她关注峡江流域的出土文物，那些铜铜铁铁坛坛罐罐，在她笔下细细诉说着各自的命运。"根植三峡的文物，像一朵朵绽放于土地根部的花，集体演绎着厚重与自信的本来面目。"如今，她沿着来路继续探寻，老城旧影，老城街巷，老城故事，老城的古老乡镇，在她笔下的老宜昌有一种黑白往事般的古韵。一篇篇文章散发着兰蕙之香，萦绕在字里行间，使人觉出质朴之美。正如明代散文家张岱说的："布帛菽粟之中，自有许多滋味。咀嚼不尽，传之永远，愈久愈新，愈淡愈远。"

当我翻开这本书时，仿佛翘首遥望儿时的梦境，牵动无限遐思。边读边想，人们为何要怀旧，为何要珍藏乡愁，为何要用文字挽回流逝的时光，为何要用往事温暖冬日的夜晚？李沂写这本书意义何在？联想到自己，定居宜昌二十多年了，宜昌是我的第二故乡。但要说真正认识宜昌，还是在读了这本书之后。磨基山，老码头，铁路坝，镇江阁，古佛寺，璞宝街，尚书巷，红星路，天官牌坊等，一经李沂讲述，仿若一个个音符组成的旋律萦绕耳畔，让我怀想，让我融合，也让我思索。

你认识脚下的土地吗？你的精神家园在哪里？

看看现代人的生活，我似乎从中明白了什么。现代生活像万花筒一样瞬息万变，我们脚下的土地愈来愈陌生。天天在拆迁，老建筑荡然无存。匆忙谋生的人们，很容易就成为失根的漂泊者。加之，人类对地球资源的疯狂掠夺，对物质利益的欲望极度膨胀，导致人口激增，环境恶化，灾难频仍，难以安宁。于是，中国古典智慧表述的"天地人和"这一种大美的境界，西人追求的"诗意栖居"这一种精神家园的夙愿，便始终灯塔般闪耀着理想之光。

关于精神家园，中国工人出版社编审牛志强先生，在主编天地人和生态文化散文书系时，有过一段精辟论述。他说："精神家园的核心就是人文精神，即对人乃至人类的存在与命运的终极关怀，对宇宙人生的终极意义的关注与追问。它是对工具理性的扬弃和超越。它要求我们关怀人的灵魂，关怀人的价值追求，关怀社会的文化氛围与精神环境，关怀政治经济不可能抵达的而又是人的生命绝对不可或缺的那些东西。"从这个意义上去看李沂的老宜昌系列散文，抚摸精神家园，反思生态环境，重温故乡梦境，正是这本书所构成的精神容量，大概也是这本书的价值之所在吧。

跟着李沂在老宜昌往复逡巡，任凭岁月沧桑，却可以透过文字听见涛声依旧、若断还续。她是个有慧心有才华的人，写这样的散文得心应手，写起来如数家谱。她又是个爱读书也爱做田野调查的人，所写之事，亲临亲记，哪怕深山老林，也要徒步去看个究竟。这就成全了这本书的品质，既有历史感，又接地气，从人生境界与生命情怀上，她把爱捧给了故乡，捧给了读者。李沂的散文，明朗质朴，从容平静，温和深婉，韵致其中，值得人细细品呃。

这本书有着鲜明的艺术特色。

第一，清纯雅洁的纪实文字，返璞归真的艺术感触。我一向认为，散文是一种雅文、美文，容不得粗鄙之态、污染之语，一定要让读者在精神上获得清净的美感。李沂不赶时髦，选的是老题材，写起来不焦灼，来龙去脉从容道来，显示出优雅的书写姿态。她写《董市老街二三事》，新修的马路将老正街分成上中下三段："每次，从坑坑洼洼的石子小路走进去，看到摇摇欲坠的板壁屋，斑驳残破的青灰山墙；看到蜘蛛做网、雀鸟做巢的空洞斗梁，看到老屋门上锈迹斑斑的锁、屋檐瓦脊上浓厚的苔藓杂草时，心里会产生莫名其妙的恐慌。时间在我们面前做了演示，往日的人流如织、买卖兴隆，不过是某个时间刻度上的幻影。那些缠绵于心的某些情节终究还是不易察觉地被一点一点抹去了。"她在详细的叙述中，伴随简洁的抒情和议论，无意中提升了语言的哲理性。她在《南边村寻访》中，写到天井时说："老屋有很多这样的天井，天井是老屋仰望天空的眼睛吧。下雨时，会有无数条瀑布从天井屋檐上挂下来，形成一个四方形的瀑布，像水帘洞。而冬天，如果下雪，瓦上一夜功夫便会生长一圈很长的凌钩子，晶莹剔透。小时候外婆家就是这样，天井挂凌时，外婆会一手端着竹篾篓，一手拿衣叉，打下那瓦上的凌钩子给我玩。现在回想起来，儿时的情境如同梦境，让人好一阵发呆。"换个艺术感触迟钝的人来写，会写天井的长宽高多少米，天井的采光度多么好等，那就索然无味了。

第二，成长经历的切入角度，人生情怀的美好视野。写一座老城的变迁，特别忌讳像导游词一样只作历史地理的简单介绍，那样写不是文学，而是宣传资料。李沂写老宜昌，融入自身的成长经历，童年、少年、青年的不同角度，感悟人生况味，抒写乡土情怀。她写在解放电影院看电影，在照相馆照相，在铁路坝捡柴生火等生活情景，唤起人们的童真记忆，逝者如斯，不得不感慨万千。说到老宜昌的戏楼、戏院、茶园、电影院，曾经的聚合与消散、繁荣与萧条，引发李沂的心事和感慨："满心的故事，很想立刻说给身边最近的人听。窗外下起雨，沙沙的声音，像蚕儿在吃桑叶。偶尔几滴雨水很重，打在宽厚的叶上，似花落的声音？城市就像这雨声，是热闹一时的舞台，然后一切都会过去。所有的城市都属于过去，一分钟以前的过去，一百年以前的过去，在空间与时间中此起彼落。消失的时间在空间中留有痕迹，也许有一刻，你会从中读到意味深长的幽静。"老宜昌东城门在李沂印象中是变化最大的一个地方，她写东门旧事时就回忆起小时候就读过的幼儿园，回忆起外婆到幼儿园看她的一幕："有时到了中午或者下午，外婆踮着小脚，到铁门外来偷偷看我。正在院子里玩耍的我不知怎么特别眼尖，发现了铁门外的外婆。我在铁门内拉着外婆的手哭，外婆在铁门外拉着我的手哭，老师来拉我，训责外婆和我。那个伤心劲儿，现在回想起来都很难过。"通过孩子的视角看东门的变化，亲切又熟悉，当年模样跃然纸上。这也符合文学创作的规律，文学是人学，即使写老城，也离不开人的活动。以人情写市情，写风景，自然就写出了人生情怀。

第三，历史文化的本土故事，田野调查的生活细节。关起门来做文章，仅凭历史资料去还原一座城市，终究是纸上谈兵。我主张在场散文，就是说散文要有一种现场感，作者要在场之中。文学提倡原创，没有原创就没有生命力，也没有新鲜感陌生感。从这本书中可以看出，凡是李沂要写的对象，她都做过实地踏访，跋山涉水，摄影笔记，做足了功课。因此她讲起老宜昌的故事有根有据、活灵活现。爱读故事的人有福了，你就慢慢欣赏吧。发生在明朝嘉靖年间的锁堂街和刘家大堰的故事，中书街与蔡静安先生的故事，兰姑与贞节牌坊的故事，外国传教士穆秉谦与哀欧拿女子中学的故事，有传奇色彩的杨拔贡老屋的故事，英国人蒲蓝田在川江驾航的故事，顺童爷爷的故事，外婆的故事，邮政巷的故事，领事馆的故事，古佛寺的故事，等等。好故事不光要有骨架，更要有血有肉，这就需要生活细节。情节可以编造，而细节需要发现。"外婆出门时，总要从箱子里拿出一套叠得整整齐齐的衣服换上。回来后，连忙脱下，叠好再放进箱里。包括她的鞋和袜……当邻家小孩儿送来一碗自家包的水饺和吃食，外婆收下后，一定会在那碗里再放回一些东西，绝不会让人家空着碗回去。"就这样一两个细节，把自尊又尊人的外婆写活了，同时对老街老巷的民俗民风也起到以小见大的、体现一个地方礼节文明的点缀作用。在讲述五峰楠木桥贞节牌坊的故事时，李沂引用古代文学作品中贞节牌坊的惯用意象，其中兰姑在夫死子丧后每到夜里忧伤得无法自持，便拿出曾陪伴自己童年岁月的"九连环"来玩。"九九八十一次，解完一遍又一遍，直到神情疲惫。就这样三十年过去了，兰姑已由满头青丝的少妇变成了一头白发的老妪，九连环的铜扣也被她揉摩得锃亮光滑。……直到有一天，兰姑死去了，族人为她立了一座高高大大的贞节牌坊……"兰姑解"九连环"这个细节，表现了中国封建社会对妇女的严酷桎梏，提示了贞节牌坊封建性泯灭人性的罪恶本质。正是这样一些充满生活细节的历史文化故事，增强了这本书的可读性，复活了老宜昌的精神风貌。这大概也是本书在阅读过程中，给予读者认知和审美的会心之处吧。

因为，生命的意义就在生命的过程中。城市的生命也是这样。

李沂以生动翔实的笔记，写下了老宜昌已经消逝和即将消逝的许多人事，带给我久远却又亲近的记忆，使得我乡愁满怀。我对朋友们说过，我已经到了"夜半钟声到客船"的老境，内心似乎有些干涸了。如今，秋风入月，寒潮万里。感谢李沂把我带回了既遥远又温暖的老宜昌，仿佛又靠拢了青春岁月的那段日子。水穷处，看云起，云从书中飘出来。李沂的书让我受惠，我也希望更多的人读到它。现在，我坐在书房里读老宜昌，耳边始终回荡着小提琴般怀旧的旋律，它陪伴着我，写下这些文字，留给李沂作个纪念。也许，文学就是这样一种存在，一种温暖人心的存在。

说到底，无论如何，对精神家园的梦想是美丽的。在红尘喧嚣的俗世，但愿有一个安妥灵魂的地方。

江山养豪骨　史笔绘丹青

——吕金华《容米桃花》的艺术特色

　　群山苍莽的鄂西，活跃着一批勤奋写作的作家。其中，以小说名世的吕金华，有着旺盛的创造力。我一直关注和看重他的小说创作及其寻求突围的路径。20世纪80年代末，我在《清江》做编辑时，曾经编发过他早期的短篇小说《连二垭》，觉得他写得好，发稿时我还特意写了一段推荐语。后来，他的中篇小说《黑烟》获第五届湖北文学奖、中篇小说《新年好啊新年好》获第三届湖北少数民族文学奖，我为此欣然击掌，也写了一篇评论，发表在《恩施日报》文学副刊上，以期引起更多人注意。现在，他又推出长篇小说《容米桃花》，作为湖北省作家协会重点项目之一，2014年5月由长江文艺出版社出版。当我逐章逐句读完并做了笔记之后，那种深切的带入感和回到容美回到历史现场与人物一起悲喜的感觉，令我久久难忘。犹如《田氏一家言》的诗，刀法纯熟，自成一家，在土家族历史小说上刻下了吕金华自己的名字。

　　《容米桃花》的故事从清顺治三年春天写起，老司主田弦去世，长子田霈霖继位，三子田甘霖被放逐桃庄；写到清雍正十一年腊月十一，朝廷大军包围容美，容美改土归流，司城改为鹤峰州，燕将班主带人最后离开了屏山。时间跨度极大。在漫长的岁月中，田氏土司王朝及其家族的命运由弱而强、由盛而衰的风云变幻，展开了一幅鄂西土家族雄奇诡谲的历史画卷，写就了一部江山豪骨的民族史诗。其实，写土司王朝的长篇小说，此前已有过多部。就我有限的阅读范围而言，就读过黄光耀的《土司王朝》上下部（沈阳出版社）、贝锦三夫的《武陵王》前三部（长江文艺出版社）。我是土家族作家，熟悉土家族历史是必读的功课。因此，读完《容米桃花》我就想，同样的历史脉络，同样的地域文化，同样的传奇人物，吕金华的小说与其他人的小说有何不同，其艺术特色究竟体现在何处？由于作家自身的人生经历和文化背景各不相同，产生风格迥异的作品是必然的结果。但他们终其一生都热衷于讲述那些属于自己和自己民族的故事，穿梭其间，向历史和人物发出根本性的追问，由此构筑自己的文学家园。吕金华的小说正是在这个前提下状写人物命运、确立了清晰的艺术指向。他过去的小说多是直面现实生活，写底层人物的苦难历程；而今华丽转身，笔指历史，直抵人物的内心世界。无论写现实，还是写历史，吕金华立足之地都没有离开鄂西，这方水土成全了他的小说，成就了一个作家。

具体说来，《容米桃花》的艺术特色，有三个鲜明的亮点：

其一，朴素细腻的叙事风格。吕金华为深入了解历史事件和充分发掘历史人物做了大量的准备，或研读史料和搜集资料，或寻访旧址和实地考察，甚至还从大量民间故事和民歌中发掘线索。我们从小说中都能实实在在的感触到并得到印证。暴雪成灾，田甘霖一家在桃庄日子艰难。覃楚壁为成全田甘霖带两儿回司城，竟用一根腰带吊死在大桃树上。桃花吐血，何其悲凉！这就是一个真实的女人，一个刚烈而又内心丰富的女人，一个特殊历史时期和时势造就的女人。唯有内心丰富，才有无限想象的空间；唯有写得朴素而又细腻，才符合和展示出人性的真实。整部小说叙事，吕金华都尽力秉持一种客观的立场和严谨的态度，素材的选择，史料的加工，虚构的分寸，都拿捏得十分到位。他又善从细节入手，让人物从纸面上站起来。最难能可贵的是，他的小说祛除了"戏说"的成分，是一种素面朝天的诚信的书写姿态。在当下，在我们这个浮躁的时代，在娱乐至死的泡沫中，这样朴素而又细腻的叙述、诚实而又自信的表达，已成为历史小说创作中的稀缺品质。纵观《容米桃花》，基本上忠于史实，读这部小说等于是读了土家族历史，不仅获得历史知识，而且带领读者以另一种开阔的视角回到历史现场，温故而知新。

其二，雅俗共赏的语言风格。语言是文学的第一要素。小说好不好，语言最重要。吕金华的小说语言质朴干净，有一种历练过后的从容、沉着和稳重。《容米桃花》中，既有温文尔雅的古语，又有鲜活野趣的口语，运用起来又十分讲究节奏和起伏，具有较好的艺术性和可读性。特别是这种语言风格，能够较好地真实地展示土家族地域文化，还原其真实的历史画面。"小阳春里，天气晴和。一行人晓行夜宿，翻山越壑。七八日脚程，便抵荆州古城之下。"这是古代小说的传统写法。吴三桂派人送给田甘霖的亲笔信，则一派古气："三桂因闯贼倡乱，鞑虏入关，大明倾覆，被裹挟南下，偏居云南边陲二十余年。本望清廷爱我汉民，安定苍生，即背千古骂名，亦不悔也。"田舜年东南游，《田氏一家言》刊印问世，顾彩容美游历并为田氏创作《南桃花》排演成功等处，古汉语与白话文交替错杂，形成"大珠小珠落玉盘"的特殊效果。小说中引用的民歌，具有鄂西民歌特有的"撒野现象"，可谓俗到了家的"黄段子"："姐儿穿得一身红，胯里夹个雀儿笼，想借姐儿笼子用一用，又不晓得我这个雀儿雄不雄？姐儿胸前纽扣多，扯开纽扣叫我摸，上头摸到桃红脸儿，下头摸到燕儿窝。"我认为，对此不能做简单的道德判断，恰恰是这种生活化的俗气的口语，反而最能深入人心的幽微之处。剖析人性，这才是小说最重要的。该作文字绵密，语言细水长流，汇入了生活这条大河。

其三，豪放粗犷的审美风格。《容米桃花》的人物，都是一些敢爱敢恨的性情中人。由于作者把历史和文学糅合在一起，这些人物便具有了比较厚重的沧桑感。当老一辈人基本散尽后，老年田舜年心中落寞。田旻如承继司主之位，与保靖司主结盟。父子间矛盾日益尖锐，田旻如被废关进地牢，后在桑植干办帮助下，掘开牢墙逃走了。康熙归天，雍正登基。周边土司纷纷归流，皇帝朱批容美问罪。至此，容美大势已去，天下云山皆拱北，是中溪水一东流。如此大开大合的场面，寄予了作者的大悲悯与大悲辛，而这正是作家需要具备的秉性，尤其是对祖先、对故土、对历史、对民族精英的悲悯情怀，并由此而升华的民族情感，达到极致时，作为审美意象的桃花，自然如雪似血，如铁似劫，一下子便打中了读者的心脏。记得有人说过，叙事的本质，就在于用人物及其行动结果构成的情节，来表达叙事者对这段历史的体验和认知。吕金华在史实的基础上，增加了豪放的美感和粗犷的人物形象，投入深刻的情感和深沉的人文关怀，充满了阳刚之气的正能量。小说读毕，有心的读者会不由自主地黯然神伤，从中思考更多关于历史、社会、民族、人生的严肃话题。一个土司王朝的背影，在群山如屏的灿烂桃花中，渐行渐远。而土家族后人们，依然是生命蓬勃而丰沛，依然在鄂西山地跳着摆手舞和跳丧舞，且行且歌，繁衍生息，美丽地活着并踏步上路。

作为历史小说，《容米桃花》超越了历史本身，从而获得了历史学、政治学、社会学、民俗学等诸方面的价值和意义。因此，吕金华是成功的，他在自己的文学生涯中，立起了一块醒目的里程碑。同时，《容米桃花》也是鄂西文学的重要收获，值得关注。湖北省作协副主席兼秘书长、我尊敬和信任的朋友高晓晖先生，在为该书所写跋中指出："尽管金华对土司历史的还原，表现出了较强的艺术想象力，但从结构上，还是难免拘泥于史实，不敢在史书止步的时空中有更大的拓展，不敢去开掘湮没在历史山峦之中的充满丰富人性内涵的命运褶皱。"我对此非常赞同。吕金华在历史小说的虚构方面，想象力没有放开，戴着镣铐跳舞，始终无法灵动。从小说选材来看，取舍也没有把握准确，事无巨细，一网打尽，反而造成琐碎之感。例如"桃花月"一章，内容过于繁杂，方方面面都想照顾到，结果是主脉不清、面目混沌，让读者应接不暇。还有人物塑造的丰满性和多样性问题，历史观和艺术观的现代性问题，地域文化的选择性问题等，都有待进一步完善、求索和拓展。然而，对他的小说创作，我是看好的。"风月狂挑吟担，江山养就豪骨。"相信他必将擎旗跃马于群山之间，尽现土家人无限风流。

在路开始的地方

——读雨燕长篇小说《盐大路》

2013年8月，雨燕长篇小说《盐大路》在《中国作家》杂志头条刊出。2014年10月，单行本《盐大路》由作家出版社作为精品工程出版。这是一部重构川鄂古盐道上美丽神奇的风貌的小说，更是一部描绘偏远地域千年凝聚不散的人文精神的画卷。川盐古道，于我并不陌生。曾经写过一篇散文，还写过一首歌，都与盐道有关。但读完《盐大路》，合上书掩卷深思，直觉有一股撞击人心的力量，给了我意外的惊喜和震撼，仿佛那些质朴的鲜活人物群像就站在面前，他们在已经消逝的盐大路上，眺望秋色斑斓的风景，寻找生命长存的爱情。《盐大路》有惊心动魄的山水地理，有笑傲江湖的民间传奇，有耐人寻味的爱恨情仇，有悲欢离合的草根故事，就像古盐道本身一样，在川鄂湘的崇山峻岭中蜿蜒伸展。祖祖辈辈挑盐为生的挑二们，便把这条路看作了人生的起点与归宿。《盐大路》的故事、人物、语言、结构及其文化含量，充分显示了作者精湛的小说功力。与她前一部长篇小说《这方凉水长青苔》相比，"堂庑渐大，境界遂深"，雨燕完成了一次令人瞩目的超越。

关于川盐古道的线路分布、传统聚落、传统民居、盐业会馆等，华中科技大学建筑与规划学院的赵逵教授作过专题研究。他在文章中写道："今人已很难想象，盐对古代社会的重要性。我们如今唾手可得的盐，在过去曾经支撑着整个国家的经济命脉。即便对于现今人类个体的生存，其意义也不言而喻。由于特殊的地质构造，四川地区分布着大量的天然盐泉。盐的生产与贩运催生了与盐有关的城镇和道路。这些古道由盛产井盐的巴蜀地区出发，抵达湘鄂云贵的诸多城镇村落，它们影响着巴蜀地区的政治格局，也串接数千年的文化交流、经济血脉和民族风情。从产地到消费地，古盐道好似一条生命线，融入并改变了人们的生活。"这段话我们可以用来作为解读《盐大路》背景资料的相关链接，亦可视作打开《盐大路》主旨的一把钥匙。在众多古盐道中，如川湘、川黔、川滇等，雨燕选择的是川鄂古盐道，而且是其中的一段路，从利川柏杨镇到四川云阳城，当地人俗称"盐大路"。因为，她与那一条路有着极深的渊源。父亲惨遭发配的经历，母亲缤纷梦想的仓促绽放，她自己无限眷恋的童年记忆，都与盐大路有着打断了骨头还连着筋的不可分割的血肉联系。雨燕如数家谱般叙述古盐道上的苍凉人生，缅怀那条路上的人与事、景与物，表达了对人的生存困境的忧思和对生命浪漫的快活，以及在艰难时世中进取向上的民族精神，唱出了一曲近乎悲壮的生命之歌。

小说中的核心人物是梅子镇咸菜店老板杨青苹的儿子闷兜，以闷兜成长为主线，作者塑造了一系列栩栩如生的人物形象。在盐大路上一脚一个坑一身江湖义气的吕大树，有情有义敢舍命救人的湖南宽货客康怀远，一身骚劲又爱得要死要活的范少英，仁义友善明事理有眼光的杨青苹，从撒野贪玩到铮铮铁骨担道义的闷兜，哇呜梁开店的善解人意且温柔可人的兰花烟，漂泊卖身而又追求真爱正义的花喜鹊等，都给人留下深刻印象。那条盐大路上，达官显贵，土豪劣绅，野鸡棒老二算命先生，三教九流，芸芸众生，都被作者一网打尽了。这是一幅鄂西山地版的《清明上河图》，看得人心潮起伏，热血沸腾。雨燕特别善于从那些底层百姓生活中提炼出有趣味又有情感色彩的东西，然后用鲜活的生活细节和睿智的乡土语言将之勾画人物的神情风貌，于是在不经意间便触及了人物的内心世界。花喜鹊闪亮登场，作者是这样写的："简老板十八岁的续弦花喜鹊，在吊脚楼上看了柜上的情形，撑了把油纸伞，心急火燎从后门溜出去，到下街去会她的情郎。油纸伞罂粟花一样在河岸绽放。花瓣儿下面，绣花鞋在舞，绿绸裤在摆，青草尖上的水珠儿串串洒落。小妖精，把沿河的景儿都惹活泛了！仙缘客栈那只老牙狗也贪，把嘴拱上去，吊着一丝香味儿没命地嗅。"花喜鹊在青春期冲破罗网寻找爱情的快活心态，一下子就跃然纸上。你不觉得作者是在描写那个远去了的时代，它好像就是发生在我们身边的故事，并且告诉我们在物欲横流的当下坚持对真爱的追求和珍惜。仅仅从这个角度看，《盐大路》的重要性也是不可小视的。

值得称道的是，作者的笔触直追人性深处，透过生活表层的热闹繁杂，以火引火，以情引情，深刻地揭示了人性中文明与异化的两端，使我们认识到人生价值规律最终是真善美必然取代假丑恶，这种人性的共通才会赢得读者的共鸣。无论是吕大树的英雄壮举，还是康怀远的以死报恩，尤其在花喜鹊身上体现得更是鲜明，哪怕沦落为盐大路上大名鼎鼎的"十块钱"，她依然存有求真向善爱美之心，以至杀人报仇后又流落深山老林之中。而闷兜，对花喜鹊的爱始终未变。即使写到刘三爷与金满的"扒灰"故事，安二哥与气颈包的偷情插曲，在阴霾的充满生命磨难的环境中，也点染了几许人性的亮色。由于雨燕有着盐大路的生活积淀和阅历，带着血泪和疼痛的切肤感受，故能把厚实而驳杂的盐大路生活转化为真切动人的艺术创造。她擅长书写小人物在人生变迁中的命运沉浮，注重刻画这类人物陷入困顿后的两难境地以及寻找心理出路的历程，以此展现个人和社会、命运和机遇、成功和失败的种种关系。杨青苹与康怀远的爱就是例证，无奈无望而又忍耐渴望，只能让我们在封建伦理的重负与幽暗的人性黑洞中叹一口长气。至于简老板、胡乡长之流，虽着墨不多，但并不脸谱化，也是有血有肉的人物。《盐大路》钩沉出了川鄂盐道中笼罩着那群人的历史风云和他们与命运挣扎抗争的身影，挑二们的故事跌宕起伏，无不与他们那个时代那条路的坎坷不平休戚相关。记得有人说过："一群人物的人生轨迹也是一个时代的踪迹，一群人物的背影也是一个时代的背影。"这话为《盐大路》做了确切的注释。

这部小说植根于历史漫长文化深厚的本土传统，其中许多情节可以说是由民间文学直接转化而来，也是这部小说具有旺盛生命力的原因之一。钱大堆与寡妇调情，在我看来就是一个民间笑话。王老四对刘三爷出的计策，大概也出自民间故事。人物之间的有些对话，干脆引用民歌说出来，不但幽默有趣，而且活泼生动。还有对联、谜语、山歌、笑话等，包括赌博、下棋、算命、喝酒、赶尸、端公作法等，充满了鄂西民间乡土味。康怀远无意中得到张麻脸骗来的一笔钱，又用这笔钱为张麻脸立碑，这个过程似乎也有民间故事的影子。兰花烟发火后冲着湖南客吼出的一席话，什么趴起仰起、屙屎屙尿，完全是顺手拈来的荤段子。诸如此类的地方太多太多，让我想起一句话：风自民间来。胡适先生说过：所有的花样都来自民间。对《盐大路》而言，它既是小说的特色，又是作者强大的叙述能力的源泉。雨燕笔墨自如，语言酣畅，文字干净，从不拖泥带水，富有田野清香的鲜活口语如花绽放，读者眼前是一片生机蓬勃的风景。这部小说的结构完整而别有匠心，开篇是闷兜回忆往事，结尾是闷兜带着孙儿重返盐大路，首尾相照，呼吸自然。中间的故事如一个一个糖葫芦，闷兜就是串起糖葫芦的竹签儿。顺便提及，这本书的后记《在旧的时空寻找温暖》不可不读，这是一篇充满真情实感的叙事美文。读它时，"小镇人家和挑二门的笑声，时不时从遥远的岁月潮涌而来，温暖我，也温暖这个世界。"

相比于当代许多优秀小说家的作品而言，雨燕还有极大的提升空间。我以为她在小说创作中需要提升两个境界：一是思想境界，二是审美境界。也就是说，作品的思想性要更隐蔽更深刻，筑造人的精神世界，引导人的更丰富更美好的价值取向。简单的惩恶扬善，很容易滑入俗套。同时，遵循美学法则，精益求精，让读者从作品中感受到多样性的美的雅趣和美的享受。土话俗语自有魅力，但不能随意，要讲究一些，地域性生僻的方言过于直白与粗浅，有些话外地人又很难懂，需要有所选择和规范。在我看来，《盐大路》的成功得益于作者对生活的积累和认识，对世事的洞察与人情的练达、对小说叙事的掌控和艺术上的不断探索和突破。毫无疑问，这是一部好小说，是鄂西文学的一块里程碑，是新时期以来鄂西文学的重要成果。诗人赵恺曾经说过："活得像个人，写得像回事。"我把这两句话送给雨燕，因为用在她身上完全合适，她当得起，而且会活得更好，写得更好。我关注她的行踪，真诚为她祝福，在心里，在路开始的地方。

亲切而又温暖的诗意

——读王芸散文集

　　本质上，对散文的思考就是对生活的思考。更进一步，就是对生存和存在，美学和哲学的思考。作家通过散文这种最能袒露性情，又最灵活多样的文体，拷问自己的灵魂，从而表达自己的声音，在怦然心动的瞬间，唱出深情与沧桑的歌。

　　王芸就是这样一位出类拔萃的歌手，一位生活在平凡生活中，却又具有艺术特质的青年散文家。读她的散文集《接近风的深情表达》（百花文艺出版社，2005年12月第1版），使我觉得她的散文的艺术分量，不仅显得愈加的重了，而且那种亲切而又温暖的诗意，像山间野百合散发的清芬，传得愈加的远了。所以我对许多爱好散文的朋友们说，你一定要读一读王芸，读一读她的深情表达。她的出自天性和本真的文字，如空山灵雨，唯美，哲理，滋润人的生命，引发人们对人生的思索。

　　这本书分为五辑：看见的，听来的，记忆的；给每一座山每一条河取一个温柔的名字；另一天还是路过；梦在香草天空间；语言的迷幻丛林。如果用一句话来概括这本书的内容，那就是王芸代序的题目：时光与梦的抗衡。可以说这是一部关于生命成长的散文，也可以说这是一部追忆逝水年华的散文；可以说这是一部记录个人经历的小书，也可以说这是一部烙印社会历史的大书。书中既有属于青春的遥远的水仙年代，又有关于黑暗的几个瞬间与故事，还有梦回新疆和凤凰的几个记忆坐标，以及读书读碟的亲切与真切——茨威格、契诃夫与梭罗等。

在将近20万字的40篇作品中，几乎每篇都是美文，有一种青春气息上的感染力，还有一种思想意义上的穿透力。从读者阅读心理上讲，可以与作者创作心理产生对接的效果，产生一种长久留存于记忆里的默契和感悟。试以《听来的故事》为例，我们解剖一只麻雀，看王芸的散文怎样像阳光一样绕过倾斜的生活，怎样像怀旧的水潦濡湿琴声，轻轻地，拨动我们的心弦，感动我们的心灵。

关于散文，说什么，怎么说，这是一个问题。记得北京有个教授郭小聪说过："在这个世界上，别人永远不可能完全知道你是怎么想的，知道的只是你所能说出来的那部分。所以，没有角度就没有文章，没有分寸就没有好文章。"王芸很聪明，既然表明是听来的故事，切入的角度就选择第三人称，选择回忆，写了她、他、她三个人的故事。而且，不像一般小女子写点个人的小情绪、小情调、小情欲、小摆设、小时尚、小口味等小布尔乔亚的点缀生活的口红散文，而是直面人生，为人生而艺术，写的是人生这篇大散文。

第一个她，写纱厂退休女工对自己青少年时代的回忆和伤感。第二个他，写住在宝塔河岸边的老人对解放前夕躲避战乱的记忆和锐痛。第三个她，写做裁缝的老人对自己从学徒到女侠的传奇人生经历的回顾和寂寞。三个人的经历都有华彩与苦涩，坚强与脆弱，传奇与凡俗，青春与衰老，曾经与现实，战争与和平，记忆与生命等哀乐人生的偶然与必然。王芸将磨难蕴含于温情之中，俗世抒写于华章之中，让我们坐在古老的河边，反复思索人生，从中发现生命个体在跋涉历史长河中所迸发的人性的雪浪花，仿佛，溅得四下里都是水珠。

那么，"什么是接近一个作家的可靠途径？——语言。"这是汪曾祺先生的话。我认为语言是作家人格和气质的体现。王芸使用的是一种诗化的语言，在画面中注入情感，诉诸直觉，造成恬淡遥远的意境，很有文采，也很美。例如："多么干净的岁月，像一捧新鲜糯软的米团，撒了晶莹的糖粒。""瘦瘦的石桥，似弯弯的扁担，一头挑着荒郊，一头挑着城市繁华的尾声。""那天的日头像个偏偏的咸鸭蛋黄，被风吹得东摇西倒。""晨间的江面，雾霭浓稠得像碗米汤，太阳拼力也挣不出身子。"其中的米团、扁担、鸭蛋黄、米汤之类喻体，都是采自民间的花花朵朵。她的比喻大多来自本土生活，具有鲜活的泥土般的质感。

她还善于运用诗歌的通感，把散文语言写得情趣盎然。例如："花唧唧喳喳闹着，清一色喜秋的菊。""逗得满塘翠荷咯咯咯疯笑。"视觉转换为听觉，静态变成了动态。"清冽的井水泼洒在光脚丫上，惊起鱼鳞般的凉意。"视觉转换为触觉，动态变成了静态。她用字至切，准确而生动。"她总提了满满一竹篓回家……直提得小手一痕青一痕红。"本来是小手提出一道青痕一道红痕，她却将名词"痕"变为量词"痕"，读来既简洁又富有韵致，让人回味良久。

语言是散文赖以存在的根基。情感和气韵则是散文丰盈灵动的自由空间。王芸的散文在这两方面都有不俗的表现，说什么，怎么说，她都称得上是一个写散文的好手。爱读书特别是爱读散文的朋友，读她的作品，确实是一种美好的艺术享受——在初春的院子里，喝茶、晒太阳，轻轻地吟诵着诗句。

最后的田园牧歌

——读谭岩散文集

在宜昌众多的散文作家中，谭岩是独特的一个。谭岩的散文是鄂西山区最后的田园牧歌。朴素而又深沉，纯粹而又丰富，歌声中表达了一种田野的精神。他的作品以《行走在人间》（武汉出版社，2004年3月第1版）为代表，叙述以农事为主的乡村生活，使人想起刘亮程的"一个人的村庄"，但又不是那种在文字中潜藏的乡村哲学，而是从日常平凡生活甚至极其琐碎的事情中，捕捉到的审美的诗意。谭岩宁静书写，让人的心灵得以安顿。

谭岩是一个原生态唱法的民间歌手。他歌唱的风景和人物，映照着生命的阳光，交融着人性的情趣，唤起人温馨的回忆和遥远的向往。他写春天栽秧，夏天歇凉，秋天送子读书，冬天年关杀猪；他写挖田放水灌溉，砍柴盖房起沟，老汉老婆算命瞎子；他写红苕南瓜洋芋，金黄的谷粒，温暖的稻草和爬满青藤的石堆等。谭岩写的是，生活是一个过程，人生是一次行走。因此，在谭岩笔下，静悄悄地流动着一种唯美的色彩和古典的情结。在眼下这个落叶满街无人扫的散文园地里，读到谭岩这样清洁、这样善良、这样美好的文章，确实有呼吸到新鲜空气的感觉和享受。

你看他写篾匠做筛子的情景："篾匠坐在板凳上剖着竹子，时时听见一声悠长的声音，那一根竹子必是分成了两半，场子里全是竹子的清香味儿。除去篾黄，那一条条的篾青仿佛透亮的绿玉制成的，像辫子一样被捏在篾匠的手中抖去抖来，不几天，那个筛子就织成了，主人对着太阳一看，那一个个筛眼如同一个模子刻出来的，一样大小，主人在暗暗赞赏这篾匠手艺高明的时候，也被那太阳筛了一身的阳光。"他把蕴含在劳动中的美和爱以及诗意，不动声色地叙述出来，如墙角一枝梅，送来暗香。

你再看他写洋芋成熟时的感受："那洋芋也就成熟了，想躲在田土下面，却终是把田胀开了一个个口子。田土已被洋芋胀松了，顺着那洋芋藤，用手扒开田土，那里面便是一窝鸡蛋似的洋芋，而那排下去的洋芋种，虽然烂的只剩蝉似的壳了，却仍牢牢地长在那茎蔸上，腐烂自己，提供养分。"这里不仅暗示着植物生长的哲理，对人和人生，也颇有启示。

像这样融入田野又超越田野、潜伏诗意又隐含哲理的文字，在谭岩的散文中几乎俯拾皆是。相比之下，谭岩散文集中的文史类散文或随笔，则缺乏文化的内涵和思想的亮点。唐诗宋词，鼓角横吹，士子歌妓，圣贤故事，无非是抒一番感情、发一声感叹而已，没有多少新意和深意。我以为，散文还是要写自己的事情——事和情，写别人的事情终究隔了一层，不容易拨动人的心弦。即使写别人的事情——包括古人，也要化为自己生命的血肉。否则，就无法传达生命的体温和脉跳。俗话说，响鼓不用重槌。我相信行走在人间的谭岩，肯定会走得很远很远。

屈原故里端阳花

——读周凌云《诗意村庄》

　　宜昌这个地方，山水皆美，不但宜居宜游，而且宜诗宜文。尤其是散文写作，得山水之滋润，风生水起，峰回路转，人面桃花，美不胜收，作者和作品如长江推浪般一波接一波地走向远方。这也应了一句老话，一方水土养一方人。周凌云的散文集《诗意村庄》，便是这方水土的产物，是他从三峡地域文化、特别是屈原文化中，以心血灌注笔墨而培植出来的一束鲜花——来自家乡的五月端阳花。

　　在屈原家乡乐平里，家家种有这种花，每年在端午节火辣辣地绽放，一米高的样子，枝节上的花朵，像一只只红色的小喇叭，美丽而壮硕。它的鲜活，让我感受到屈原文化延续千年的生命力；它的色泽，让我领略到屈原香火世代相传的来龙去脉；它的芬芳，让我呼吸到屈原诗篇不从流俗的高贵气息。我以为，屈原故里端阳花，就是《诗意村庄》朴素而又鲜明的艺术特色。

　　周凌云的散文贵在真情实感，他对笔下的人物有真切的人生体验，有血浓于水的真诚的情感投入。而且叙事从容舒展，文字饱含诗情画意，尤其对底层农民充满文化关怀和发自内心的挚爱，读后令人思如泉涌，又有心灵温暖的感觉。在他的散文中，月光照亮了杜青山的诗歌平仄的道路。郝大树用诗弥补兔唇的缺陷，他的诗经过泥巴和汗水调和而散发出馨香。杨先瑜将要出版的诗集，是他眼看就要到手的粮食。像个老和尚的徐正端，是一个为屈原守灵的诗人，他用一生的积蓄为屈原庙打造诗碑。退休干部徐宏章搜集整理明清以来骚坛社员的诗稿，夕阳余晖映红了山村。像隐士一样生活的李国杰和从酒鬼到诗人的黄家兆，都是为诗而活的性情中人。还有木腿诗人、豆腐诗人、篾匠诗人、破纸片诗人等，一时间江山如画，有多少灿烂星光！周凌云的系列散文，从每个农民的不同生存状况出发，吹响诗的集结号，传承屈原文化香火，安顿精神与灵魂，从而走向社会与人生，其散文风格渐趋成熟。

散文是特别讲究语言的艺术。周凌云的散文语言质朴而鲜活，带有泥土的清香；富有文采与美感，充满诗的韵味。比如，"月光下写出来的诗，好像沟壑两边的石头，犬牙交错，不成行不成路，字也挺圆圆的，核桃大。"比如，"灵感一来，像吐枇杷籽儿，嘴一噜就出来了，还活蹦乱跳的。"又比如，"庙门开关的吱吱声传到村头了，比鸡鸣的声音还尖利。"又比如，"山鸟，长一声短一声，悦耳如笛，在山中奔忙，归去来兮。"诸如此类，俯拾皆是。用语采自山中，石头核桃枇杷籽，庙门鸡鸣山鸟飞，有着浓郁的生活气息，比喻也新鲜，唤起人联想。其中，渗透着音乐的节奏和旋律，如民歌小调于山谷间回响。

周凌云自1988年创作以来，开始写诗，后来写随笔和散文，既勤奋又不乏才气，而且越写越好。屈原故里的诗意村庄是他心中永不磨灭的风景。在这道风景中，鲜红的端阳花燃烧得像火一样，在峡江边，绽放着遍地风流。

香溪河悠长的回声

——读王芳《指尖上的香溪》

去过兴山的人，总会对香溪河留下难忘的记忆。而记忆，总会与某个人和某段风景联系在一起。那人、那河、那景，就像山谷中的歌声，带着夜风和月色，带着香溪河的清芬，拂去时光的尘迹，传来悠长的回音。王芳和她的散文集《指尖上的香溪》（长江文艺版），就是这样的一段风景和一首歌，把我的记忆挽留在古老的香溪河边。

印象中，王芳是个美丽而又质朴、开朗乐观而又细心坚韧的人。她的散文和她的人一样，温情而又美好，充满诗意的向往和求真向善的愿望，对家乡和人生有一种割舍不开的深爱。她的网名叫西楼听雨，很有点诗人的浪漫味道。她长期从事职业教育工作，散文中流露出对童年的关爱，对生命和大自然的博爱，这与她的职业自然有着千丝万缕的联系。

记得有人说过，回归童年，回归自然，回归母性，正是女性作家诗性叙事空间的共同路径。正因为王芳从小在香溪河畔长大，所以她的《高阳忆》便流泻着一份宁静致远的意境，一缕悠远古朴的情思。千年高阳古镇在她心中滋养了多年的温情，成了她记忆中最深的怀念。她在多篇文章中以浓郁的诗情描述香溪河和桃花鱼，其景其情，不仅仅来自这山清水秀的自然环境和历史文化，而且来自于她对人与自然诗意地栖居有一种情有独钟的关照。她说过，在她生命的长河里，"留一路风景在岸"。母性之爱，也在她的散文中自然流露出来。她的《远山，那美丽的火棘》写婆婆一家人，《在母爱中行走》写自己的母亲，《带着宝贝去西游》写她带着三位老人旅游的情景，《小荷想露尖尖角》写女儿的故事，等等。王芳写道："所有的声音，都在耳边切切咛嘱：回去吧，看看那渐已褪色的老屋，听听那逐年陈旧的往事，尝尝那简单朴素的茶饭，放松自己的身心。在老父老母的絮叨中，在阿兄阿嫂的亲热里，在远乡近邻的寒暄中，让自己的身心温软在故乡的一言一语，一山一水里。"由此看来，日常生活在这里构成了乡土生活的全部，并借此展示了一种乡土美学和人生艺术。

其实，童年进入王芳的散文，骨子里就是王芳对天真质朴、纯净安宁的家乡生活的一种惦记和一往情深。围绕香溪河构成的自然世界，辛勤的劳作和人间的亲情，又让人感受到自然之美和淳朴民心融汇的和谐氛围。母性的力量，则搭起爱的空间，从中生发了一种温暖人心的诗性精神。用王芳的话说，这就是岁月如歌、亲情如茶、友情如酒、生活如画。

除此之外，这本散文集还有一部分文章是专写历史文化的。她写拜见屈原、再见屈原，她写昭君出塞、昭君归来，她写内蒙古访古，她写湘西凤凰，等等。实际上，历史文化只是王芳散文写作的切入口，她借此追溯民间生活和民族艺术的源流，洞察人性的善恶，揭示人生的底蕴。《昭君，归来兮》和《青山若能言》可视为姊妹篇，从昭君村写到大草原，把历史和现实糅合在一起写，从中寻觅昭君的历史脚印和昭君的真实命运，使我们似乎隐约听到悲歌的旋律在文字间静悄悄地流淌着。

为什么会有这种感觉呢？这和语言有关。王芳有比较自觉的语言感觉，而语言恰恰是打开散文作品的一把钥匙。从散文语言中可以发现散文作者的精神气质和情感力度。王芳喜欢将情感和文字融入香溪河般的诗意之中，她的散文语言有一种抒情意味的典雅之美。"又是向晚天气，萧索的秋雨在天地间连绵。""坦露于北方的天空下的大地，显得那么苍凉、空阔与寂寥。"情景合一，寄托着遥远深邃的心事。"新房一楼临街统一安装一扇扇朱红色的仿汉木门，犹如汉代仕女精致的曳地长裙的裙裾，花儿一样在青石铺地的街面上次第盛开。"飘逸着汉时风韵的小镇，画面如在眼前。"这河太短，像个调皮的孩子从陡陡的山上几步跳下来，贴着城边儿拐了几拐就在城东的小河街处亲热地扑进香溪河的怀中。"拟人化的修辞手段，把城西背后的耿家河写出了动感。应该说一种语言就是一种意义，那么，散文的质量便由此体现出来了。

　　在这个喧嚣和浮躁的时代里，在琐碎和平凡的小城生活里，王芳能静下心来教学和写作，并在散文创作中努力寻找自己的精神出路，实在是叫人感动和赞许。美丽的香溪河畔，令人向往的地方。王芳的散文就是开在河边的花朵，一朵又一朵，香飘两岸。当然，用满族女诗人娜夜的话说："一朵花能开你就尽量地开，别溺死在自己的香气里。"我想，这个梦，属于王芳，她的散文她的歌，是一定会有悠长的回声的。

久远却又亲近的记忆

——读张献宏《发现恩施》

　　清明时节雨纷纷，回老家为亲人扫墓，备感生命的苍凉。人活着活着就老了，怀旧的情绪愈加辽远而又挥之不去。如此心境，用古人的话说，最难将息。就在这时，无意中读到张献宏的一本书《发现恩施——恩施历史文化与自然奇观寻踪》，那种久远却又亲近的记忆，如同一束阳光，照亮了我黯然伤感的乡土；又像一脉清泉，滋润了我几乎枯窘的心田。放下手中的书卷，我走到清江边，尽情浏览春天清江的景色。清江从老城北边远远流淌，绿汪汪地顺着五峰山脚，在连珠塔下进入峡口，再朝东逶迤而去。烟雨朦胧中，恩施老城在清江的臂弯里睁开眼睛看世界看春天，而世界和春天也正在看她。

　　张献宏的这本书是2008年5月由武汉出版社出版的，是一本了解恩施自治州历史文化的专著，也是一扇展示恩施自治州自然风情的窗口。不但具有地域性和资料性，而且具有文学性和可读性。她以一个土著的眼光和生动翔实的史料，以一个女性特有的敏感而又细腻的笔触，将情与景融为一体，将感性生活与理性思考相互对接，为古老而又鲜活的恩施土家族苗族自治州八个县市留下了水墨般的诗情画韵。于是，恩施的古城墙和柳州城遗址，利川的大水井古建筑群和巴国要塞鱼木寨，咸丰的唐崖土司皇城和坪坝营古乔木杜鹃林，建始的巨猿洞和石柱观，宣恩的彭家寨和庆阳老街，来凤的仙佛寺和舍米湖摆手堂，鹤峰的屏山和梦里水乡董家河，巴东的秋风亭和水布垭等历史人文和古迹胜景，都在书里复活了。我读这本书时，有一种回到恩施的感觉，仿佛回到养育了我文学情怀的青山秀水之间。

读着想着，心里充满感动。那老城墙，那石板巷，那挂榜岩，那周家石门的梦，那天主教堂的楼，那在生活细节中渗透出来的旧韵，那在岁月沧桑中无法湮没的屐痕，诚如张献宏所说：默默无言地演绎着时代的变迁。然而，身处当下这个物欲横流浮躁不已的时代，像这本书记录下来的古老文明和传统文化与返璞归真的自然山水，正在被看不见的商业之手和时光之手慢慢地抹去。再过若干年，我们该怎样向子孙讲述故乡过去的故事？一个缺乏历史感和文化家园、缺乏自然生态环境的民族，难道不是可悲的吗？这不得不令人感慨万端，又不得不佩服张献宏为此所作的思考和劳动。当然，靠一本书的微薄之力去保护和发展非物质文化遗产那是难以奏效的，但张献宏为恩施历史文化与自然景观表现出的守望姿态，却是毋庸置疑的。这让我内心渐近干涸的池塘又溅起了一朵朵记忆的水花。

读着想着，感情变得朗润而且宁静。我想这是张献宏的叙事风格给我带来的审美享受。她的语言和文字非常质朴，叙述从容不迫，是一种自然的呼吸。不作秀，不矫情，清水出芙蓉，天然去雕饰，不知不觉就把读者导入了一个山高水远的境地。要做到这一点很不容易，许多号称出道多年的大作家或大散文的作品，也时常流露出虚张声势的造假和花拳绣腿的俗艳，那种急功近利的目的，明眼人一看便知。自然的呼吸，应该是文学作品特别是散文作品，最基本的也是最重要的一条标准。张献宏的文章，拒绝虚伪和粗鄙，呈现给我们的是真诚、素净、沉着、厚道、明朗，还有自然和本色。借用满族女作家叶广芩的话说："我将那片藏于深闺的山水原汁原味地托出，像是一瓢水，一片从秦岭山里舀来的水，清而又清，淡而又淡，对于干渴灼热的我们，或可化燥清淤。"《发现恩施》正是这样一瓢水，取自鄂西，舀自清江，自然也可以化燥清瘀。掩卷深思，作者从那些已经飘逝的岁月中，传递给我们的是一个边城的精神记忆，一个民族的文化内涵，一种坚韧的生命的力量。正是从这个角度来看，《发现恩施》的意义不可低估。

就个人感受来说，她引起我这个曾被恩施的历史文化和自然山水哺乳过的漂泊者莞尔一笑的，也正是作者这些可读可感的文字。

　　我想提醒作者的是，对边城和山地不但要继续特别关注，而且要深度开掘——诗意的开掘。怎样理解父老乡亲的生存状况，怎样认识底层百姓的世俗生活，怎样表现土苗儿女的民族风情，怎样抒写恩施人像大山一样的崛起的风姿等，都是作者和恩施作家群（包括我自己在内）必须面对的重要课题。尽管十八弯山路很长很长，八百里清江很长很长，但都在我们的脚下，都在我们的心中。只要背起了行囊，那么，就风雨兼程吧。

写诗是件朴素而温暖的事情

——读柳朝彪诗词集《岁月拾韵》

　　总归是立冬了。古人说立冬：水始冰，地始冻，雉入水为蜃。宜昌倒没有这么冷，然而，夜雨敲窗，寒气袭人，草木皆霜。长江的水面上，清晨飘浮着朵朵白雾。如果不出太阳，很难看见一条大河波浪宽的壮景。但是，捧读柳朝彪诗词集《岁月拾韵》，我却分明感受到一股温暖的气脉，在我心中缓缓游走。由此我相信，能写出这样好诗词的人，必然是一个具有温暖人心力量的人。他的诗词并不是那种纯净典雅的风格，然而真挚、朴素、从容、稳沉，清明如水而又潜流着人生的情趣，许多诗句铿锵动人。这是一个男人的诗，一个有情有义有担当有热血的男人的诗。在初冬时节读《岁月拾韵》，自然会给我们带来春天般的阳光。因为朴素，所以亲切；因为情趣，所以快乐；因为拾韵于岁月之中，所以温暖于人心深处。

　　其实，我与朝彪相识较晚，但我们一见如故，是那种性情相近、心脉可通的朋友。曾在伍家岗推杯换盏，曾在野鸭湖谈天说地，曾在野浪谷推敲联语，曾在柳家湾分享乡情，每次聚首总是说文论诗，彼此口无遮拦，直评时事，探讨人世，充满无拘无束的快活。虽然我不会写诗，但是爱读诗、欣赏诗，也很羡慕那班才思敏捷，常常口占一绝的诗人。与他们相处久了，尽管不懂诗词格律，偶尔也弄一两首顺口溜凑凑热闹。朝彪十分勤奋，有着旺盛的创造力，隔一段时间就会用手机给我发来一首新诗，长长短短的句子，挠得我心里痒痒的，老了老了竟也想学诗了。这大概就是诗的感染力传导给我的令人向往的诗意的栖居吧。

朝彪对于社会政治有着非常敏锐的眼光和坚持正义的胸怀。他疾恶如仇，敢爱敢恨，"虽处江湖远，常为庶民呼"。对那些贪腐之流举笔亮剑、以诗为旗，发出愤怒的呐喊。甚至读书有感，亦写诗抒怀。读了《红楼梦》，他就写出《好了歌》今释，怒斥贪官鼠辈"莫逞心机巧，毕竟天理彰"。读了《官场现形记》，他又感慨万千，"剥开面具现妖魔，污水横流泛浊波"。他的《忆文革》是一篇正气歌，几乎是"文革"过程的全息缩影，寻觅和反思"文革"这场浩劫发生的根本原因和灾难性后果，"浑浑噩噩暗穹宇，飒飒隆隆倒大梁，倒转乾坤是国殇"。

同时，他对祖国大好河山，对故土乡亲百姓，又充满了入骨进髓的大爱之情。他写黄鹤楼、岳阳楼、龙门石窟，写边塞、大漠、戈壁滩，笔下处处流淌着豪放的气魄和歌者的真诚。他写身边的风景，如归州、清江、竹海、腾龙洞、百里洲、三峡人家等，又有一种浓郁的生活气息和挥之不去的乡土情结。他爱自然，爱动物，甚至为爱犬阿黄作诗八首。我特别喜欢他那些写家乡、写老乡、写同学、写朋友的诗词，其中发出的人生感慨，引起我的共鸣。"风雨几番搏，沉浮数度秋。怆然生涕泪，白了少年头。"这也不正是我自己的人生写照吗？读到这种诗句，我的心境就像朝彪说的："阔论欣闻除俗念，清茶慢品涤心尘。"这本集子中还有一首自由体的自况诗，真正道出了朝彪所追求的富有生命意义的人生价值观。在冬夜，在灯下，读这些诗时，多想随朝彪漫步在仙桃故乡的田园，看汉水远来又远去，听天沔花鼓戏《十三款》中柳丙元为民申冤的故事，或者品尝鱼糕蒸菜，或者即兴赋诗，那该是多么令人神往的文化之旅啊！

从朝彪的诗词中我忽然想到，做一个诗人并不神秘，写诗其实就是一种播撒真爱的劳动，是一件朴素而又温暖的事情。不管是现代诗词，还是古体诗词，概莫能外。当下，古体诗词的创作又有些热起来了。在我看来，要写好古体诗词，除了娴熟掌握运用诗词技艺之外，还有两点值得关注，一是鲜活的生活，二是真挚的感情。只有情入胸臆、象入心灵，才能视通万物、梦萦魂绕。当我们有幸读到这样的"新格律诗"时，佳词丽句纷至沓来、直击人心，便会有亲近温暖之感。朝彪走在这条路上，而且渐行渐远。他不像是在写诗，更像是在生命旅程中写下了一串串脚印。"当想到自己有一天能够亲手触摸回味到这些过去生活的印记，总会感到温暖和亲切。"（作家忽培元语）我现在写这篇文章时，正是个岑寂的夜晚，宜昌城外磨基山，夜半灯火照客船，捧读朝彪的书，仿佛同平常一样，又听见他那汉腔普通话拂过耳际，又看见他那真诚的笑容如暖冬的火光闪烁着诗意和即将来临的春意。我说，朝彪，让我们一起共同拥抱充满诗意的春天！

穿梭古今　赋有雅文

——读熊平新赋选集《俯仰山川》

在我的文学常识中，赋是一种文化遗产，一种抒情文体，被学者称之为文赋的散文。从先秦至清末，几千年来文赋杰作如云。古人作赋讲究文采斐然，辞藻华丽，极尽铺排渲染之能事，且多用四字或六字对偶，声调、韵律亦有一定之规，格调与一般散文毕竟不同。因此，束缚人的精神发展，赋之式微也就成为必然。当代潜心作赋者，更是寥若晨星。怎样继往开来、吐故纳新？如何在传统与现实之间穿梭织锦？赋的生命力在哪里延续拓展？诸如此类问题，在熊平先生的新赋选集《俯仰山川》中（云南人民版），都能寻找到满意的答案，领略到新赋的艺术魅力。

熊平先生擅长诗词，尤善作赋。此前已出版两本文集，深得文友厚爱。在他步入七十八岁高龄之际，又有新赋选集问世，实在是壮心不已，令人感佩。收入《俯仰山川》中的赋，有许多篇什出书前曾在报刊陆续发表，早就在读者中赢得好评如潮。之所以一石激起千层浪，是因为新赋之新增强了表达的效果。所谓新赋在我看来有二：一是内容新，俯仰山川，抚摸城镇，反思历史，歌咏科技，体悟自然，描画爱情，抗震救灾，奥运世博等，凡现代社会中的新思维和新事物，尽入赋中，给人耳目一新之感。二是形式新，温故而知新，知古而创新，语言文白相间，格调清新自然，多用凝练精当的现代汉语和古今通用的汉语词汇，忌用生僻晦涩佶屈聱牙的古代词语，文笔自由，不受古赋拘束；抒写自然，没有雕琢痕迹。

熊平先生的《俯仰山川》从文体上看，显然是来自中国古典文学的审美经验，但它又是古典性与现代性的融合，形式与内容的统一。他在赋中彰显情怀，表达诗意，凡乎每篇赋都是根植于乡土的果实，具有令人惊讶的毫不衰竭的生命激情和创造力。自然与人文共生，源自生命的善意；现代语境与古老诗意齐呈，得力于作者的文化修养和文学功力。无论写三峡，写宜昌，还是写故乡大悟，写老家熊畈；无论写长江，写清江，还是写黄帝嫘祖，写屈原昭君；既有历史的源流，又有现实的品格。双眼望星空，两脚接地气，体现出作者对历史和现实的双重尊重，是当代人在历史思考和文化判断中，用赋作出的不俗解读。在语言运用上，文句简练，自然流畅，读来朗朗上口，一扫旧赋绮艳柔靡之风；在写景抒怀上，情真意切，开阔明媚，读来意象丰沛，气势酣畅又摇曳多姿，非一般应景之作可比。

作者写三峡工程的意义，只用了四句话："锁怒涛于峡中，埋礁滩于江底，撒繁星于华夏，降水怪于汛期。"写西陵峡的地理位置，也只用了四句话："峡尽天开，正当南津关之东埠；山平水阔，适处宜昌城之西端。或曰巴蜀之门户，亦云荆楚之庭衢。"写古称夷水的清江，同样是短小精致："称夷水兮缘夷山排闼而西来，同群山共脉，如龙虎之斗势；名清江兮因清水澄澈而东去，与大江合流，似泾渭之分明。"像这样的例子举不胜举。我们跟随作者俯仰山川，不仅体味到山川的精气神韵，而且别有一番追寻历史文化的雅致情境。在作者娓娓道来中，城市、学校、广场、山寨、景区等，不仅有堪可入画的诗韵，而且有丰满迷人的气质，更有深厚的文化内涵，让人博古通今，唱叹不绝。

老马识途，探骊得珠。《俯仰山川》实在是一部文化积淀丰富而又深沉的生动读本。善哉快哉，熊氏之赋也。

胡岩题画诗读后记

胡岩者，枝江人也。自幼即喜水墨丹青，及长，于诗、书、画、印用功尤勤。其写意山水，妙得其真，善用墨色，如兼五彩。更爱以诗入画，诗画合流，不尚雕琢，质朴简逸。诚如古人所言，诗以达吾心，画以适吾意。胡岩借题画诗书胸中之逸气，聊以自娱，表达一种文人的旷达与卓尔不群的品格。西泠印社出版社于2011年3月出版胡岩《题画诗精选》，集三百首成册，律诗绝句，统摄一体，古风荡漾，放情骚雅，实可供人咀嚼也。

考题画诗源流，由来久矣。题画诗在唐代早已出现，宋代苏轼倡导诗画一律，入元以后题画诗才风气盛行，明清以后已成不可或缺的必备形式。而今弄水墨丹青者，或受市场诱惑，或因学业根浅，或欲沽名钓誉，故浮躁者居多，西风凋碧树，诗客之作如烟云飘散，雅兴不再，令人遗憾。

胡岩素以高雅自任，寓性闲放，独行其是，独步艺坛。非书协，非画协，非诗协，非词协，一直站在圈之外孤军深入，对题画诗情有独钟，清醒而自信，致力于雕虫。因此，他亦常遭人议论，称之为狂傲之徒。其实，孔子说过："不得中行而与之，必也狂狷乎。狂者进取，狷者有所不为。"（《论语》子路第十三）。狂之本义并非负面语词，实指独立思考与独立人格。观古今中外，凡成大器者，皆为不从俗流、不攀权贵、耐得寂寞、独树一帜之人。故胡岩题画诗中，歌以咏怀，真知灼见如阳光从树间筛落，斑斑点点，映照世道人心。

《毛诗序》："诗者，志之所之也。在心为志，发言为诗，情动于中而形于言。"作为诗、书、画、印兼擅者，胡岩读书面广，学书养志，腹笥充盈，下笔往往是兴之所至，左右逢源。然而其毫巅所寄，仍然是托物言志，借景抒情，展平生之抱负，写艺事之灵感，自然形成一种质朴如土、底蕴其中的题画诗特色。如题《春水归舟》图："水柔性不柔，画简意难简。自笑名和利，你闲他不闲。"又如题《青竹》图轴："生有凌云志，意气吞群雄。从来大成者，寂寞少人同。"这哪里是在写舟写竹，明明是夫子自道，一扫俗世阴霾。例如题《月夜》图："小草承朝雾，婵娟借日明。古今多少事，阴阳互补成。"还如题《金秋》图："月满明如镜，香生桂子梢。新烹无好色，只有大红袍。"所谓大红袍，乃武夷岩茶之精品，且长于悬崖峭壁，为茶中之王。胡岩的月夜乃是对生命的理解，胡岩的金秋则潜流着煮茶论英雄的书生之情。

徐复观先生说："诗有感而见，这便是诗中有画；画有见而感，这便是画中有诗。"胡岩题《腊梅》图诗云："不受时风惑，甘心守寂寥。群芳凋落后，独我弄风骚。"此腊梅非彼腊梅，正如司马迁语，其志洁，故其称物芳。又有题《昭君村即景》图："柳枝低拂惹人游，篝火映红粉黛楼。耿耿星辰照环宇，晶晶露珠上枝头。地灵自有山环抱，人美尤当万古留。昭君北疆彪青史，后人接力更风流。"山色蒙蒙，溪水潺潺，画中有诗，诗中有画。这样的例子俯拾皆是，随便翻翻，如洞庭放筏，如桂岭暮雨，如泰山云烟，无不赏心悦目，如入其境，从而将诗画圆融，进入一个气韵灵动的境界。

他的题画诗往往以物拟人，将自身追求与理想寄托于表现对象之中，文字自然，慧心闪烁，真气洋溢，见识卓荦，构成文人本色与艺术格调相生相成的个性与品位。我特别喜欢他的题《寻兰》图和题《白菊咏》图轴两首七古绝诗。前者："寻兰探梅许从容，万绿丛中藏朦胧。奇草不露真面目，幽香无须借东风。"借深谷之兰，表达一种超凡脱俗、远离权贵的志趣。后者："万千颜色白为尊，身如凝脂无纤尘。秋深煞重芳菲尽，更得风姿傲古今。"以深秋之菊，表达一种坚守逆境、清洁操守的情怀。其思、其情、其诗、其性，岂不跃然于纸上！

最后，抄录武汉大学世界史专家吴于廑先生书赠女作家木令耆的一首《浣溪沙》词,与胡岩共赏共勉:"丹枫何处不爱霜,谁家庭院菊初黄,登高放眼看秋光。每于几微见世界,偶从木石觅文章,书生留得一分狂。"据刘梦溪先生解读这"一分狂"说,与其说是对书赠对象的期许,不如说是对整个知识分子群体的一种期许。如果连这"一分狂"也没有,作家或知识分子的义涵就需要打折扣了。诚哉斯言,令我等平庸之辈唏嘘感喟!

文朋与诗友

是一个个敞开的胸怀，

是一扇扇透亮的窗户，

是一把把开心的钥匙，

是一朵朵盛开的花瓣。

山一样的绿，海一样的蓝，

用文字送给我一座花园。

感谢你们，亲爱的朋友，

花朵改变我生命的颜色。

哪怕是惨淡人生的心路里程，

我愿将文学之路走到天的尽头。

——作者卷首题记《走到天尽头》

快乐歌者甘茂华

◎ 张永久

甘茂华是个有趣之人，朋友间各种聚会若少了他，就少了许多乐趣。

这个快乐而有趣的男人，前些年蓄一头披肩发——准确地说，因老甘前额有些秃顶，所蓄头发并不多，像一只斑鸠的两翼，仅是象征意义上的披肩发；这些年老甘发型始有改观，索性刮成光头，这倒也很符合他快乐有趣的本性。

甘茂华出生在颇富灵性的鄂西南山区恩施土家族苗族自治州，少年即爱舞文弄墨，时有"清江才子"之称谓，高中毕业后赴江西农村插队，因写了一个"毒草"剧本，被内部定性为"问题青年"，上大学、提干、参军等诸条人生道路全被堵塞，只好曲线谋发展，辗转转点到山西太行山插队，之后又流浪到一家工厂当工人。用老甘自己的话说，几十年来，他"从鄂西到江西，从江西到山西，从山西到西陵峡畔，从知青到作家，沿着生命的河边走边唱，一颗灵魂的颤动，闪烁自己的萤火。如今，生命已走进'夜半钟声到客船'的境地，内心一片澄澈。"

快乐是老甘生命的常态，也是他生命的基本原色。

朋友圈的聚会里，常见老甘出口成章，妙语连珠，无论是谈论国家政治大事，还是严肃的文学话题，或者是生活中的插诨打科，无不风趣幽默。老甘的口才一流，他常常能在一屋子文友中成为漩涡的中心。

与老甘口才相媲美的是他的文笔。迄今为止，他出版的十余本著作中，绝大多数都是散文作品，如脍炙人口的《龙船调的故乡》《女儿寨笔记》《鄂西风情录》《火塘夜话》《守望吊脚楼》《三峡人手记》《拜读清江》等。人称甘茂华是写风情的高手，长江三峡、清江画廊、土家山寨……鄂西南美不胜收的风情画一帧帧从他笔下流出，一经沾上读者的眼睛，读者就能永不忘记。老甘期盼自己的散文还有上升的空间，他的志向是写一部当代的清明上河图。

　　最近几年，老甘爱上了歌词写作。这个浑身上下充满灵气的人，一旦要做个什么事，必定会做出些名堂来。他作词的《青滩的姐儿叶滩的妹》经歌手李琼一唱而走红，被中宣部颁发"五个一工程"奖。歌词集《下里巴人》，也由云南人民出版社出版问世。

　　有天晚上，我和老甘在友人处喝酒，回家的路上谈到了文学。我建议老甘别把才华轻易浪费在写歌词上了，老甘义正词严地反击：写首好歌词不容易，好歌词同样能千古流芳！（这话不假，我赞叹老甘说了句真理。对于优秀的写作者来说，重要的不在于他写什么，而在于他怎么写。）那天晚上，我俩在路灯下伫立良久，橘黄色的光晕投射下来，我忽然发现老甘的神情有些忧伤。沉默了半晌他大声爆发了：我会写的！一定会写的！作为多年的老朋友，我自然明白老甘的话中所指。文友们都知道，老甘心中储存着一部长篇小说的计划，几十年来一直都压在他的心头，沉甸甸的，如果能写出来，也许将是他的凤凰之歌。看着夜风中老甘那张变形的脸，刹那间我似有顿悟：除了快乐之外，忧伤也是老甘生命的原色之一。

　　（本文原载2012年5月28日《湖北日报》，作者系中国作协会员，传记作家，

　　文史随笔家，宜昌市作协常务副主席）

附录　文朋与诗友　213

豪华落尽见真淳

——作家甘茂华印象

◎ 冯汉斌

　　近段时间，重温元遗山诗，读至论诗绝句三十首，首首可议、可思、复可叹。其六云："心画心声总失真，文章宁复见为人，高情千古闲居赋，争信安仁拜路尘。"说的是晋人潘岳其人，文章恬淡高洁，却极尽趋附权贵之能事。潘郎如此文行背驰，难怪大诗人元好问下笔发一长叹，让"文如其人"之说隐隐作痛。

　　但做过十年晋人、至性至情如甘茂华先生者，却呈现出别样的风流和异样的风采。斯文斯人，经过时间之淘洗、磨砺，愈见其交融、浑然，你中有我，我中有你。先生望之俨然，即之也温，半生文学风流，文字风情，足可傲人。他最近赠我的那本《文学档案》，堪为研究甘氏散文最权威的资料集，书序里，有段话，可以说是他数十年文学人生的写照："从鄂西到江西，从江西到山西，从山西到西陵峡畔，从知青到作家，我的太阳从西边出来。沿着生命的河边走边唱，一颗灵魂的颤动，闪烁着自己的萤火。"诗意的文字，道尽了他悸动之心里本真、本色的情怀。

　　茂华先生是一个有境界的人，境界何也？用他自己的话说，叫"夜半钟声到客船"，这条船，庶几也是张岱的夜航船吧。而我，更觉得他当得起东坡居士的几句诗："回首向来萧瑟处，归去，也无风雨也无晴。"大音希声，大味必淡，那些追逐、经营、盘算、弄巧，固然可以逞一时之欢、渔一时之利，但时间会让一切归真，让所有的虚饰、做作归零，并无所遁形。正因为他为人和为文的真性情，茂华先生成为笔会上的常客，几杯老酒下肚，两番烟圈甫吐，面对那些才情不凡的年轻男女作家，他往往或声情并茂地来几句土家山歌，或娓娓而谈自己那些压箱底的故事，"不知有汉，无论魏晋"，停顿处，满座皆呼过瘾。

光头书生寂寞心，这是茂华先生的自我刻画。寂寞者，我的理解，即是从写作上说的，在这个浮华时代，写作，自是非寂寞不能为。而从写作之体裁来说，当大家耐不住"喧哗与骚动"，都挤在小说这个逼仄之道上逞才时，茂华先生却从小说创作中全身而退，反弹琵琶，一心专注于散文创作并屡有斩获。近二十年来，已经出版了七本散文集：《龙船调的故乡》《女儿寨笔记》《鄂西风情录》《火塘夜话》《守望吊脚楼》《三峡人手记》和《拜读清江》，清江、长江，两条河流滋润了他的文笔，让他的散文有情、有思、有神、有光。

与时下那些动辄每日下笔万言的年轻网络写手相比，茂华先生其实算得上是"大器晚成"，他46岁才出版其第一本散文集《龙船调的故乡》，自此才一发不可收，思如泉涌，文如泉涌。这也不难理解，没有前二十多年江西、山西、鄂西的坚实的生活和思考，哪有他后来写作的源头活水呢？

茂华先生在散文上是一个有想法的人。对伪散文可谓深恶痛绝。有一次，他在我面前痛斥那些无血无肉的游记体散文，并建议我将此类散文列入副刊的"不受欢迎者"，实获我心。还有一次，我们说到时下流行的大散文，茂华先生笑谓，大学之大，非大楼之大，大师之大也。大散文之大，非篇幅之大、题材之大，实是大视野、大胸怀、大气度、大境界之大。真算得上"夫子循循然善诱人"，让我受益何止一端。

因为在市里比邻而居，偶尔也会造访他的"格子寨"，但更多的时候是以书的名义在两家之间的某条街道边见面，比如我把有复本的黄裳先生的《读书归去来》送给他，他还赠以《巴东堂戏》《鹤峰柳子戏》什么的，回头想，茂华先生一定是让我多了解一下他的清江罢。

守卫"格子寨"，守望文学的"吊脚楼"，这是当下茂华先生最平常的姿态。他以这个姿态行走、沉思、抒写，也斑斓、也清爽、也率真，令人堪羡、堪赞。还是那个晋人元遗山说得好："豪华落尽见真淳"，七字可谓字字珠玑，茂华先生其人其文，不正如斯？

（本文原载2012年5月19日《三峡晚报》，作者系诗人，宜昌市作协副主席兼秘书长，晚报副刊部主任）

情满清江　爱满清江

——漫话甘茂华《这方水土》

◎ 熊　平

八百里清江，地灵人杰，作家诗人，群星灿烂。甘茂华就是从清江走出的作家兼诗人，人称光头秀才，清江歌者，写风情高手，鄂西地域文学代表性作家，在清江的文学群星中闪耀着夺目的光辉。

他的散文和诗歌（歌词）我断断续续读过不少，最近比较系统地读了他的新著《这方水土》。这本书辑录的九十多篇散文，虽然写到好几条河流，包括万里长江，但情之所钟意之所爱，还是他的那条生命的河——清江，他将清江这方水土的千般体态万种风情前世今生写了个酣畅淋漓！

《这方水土》是甘茂华的一本散文自选集，他把这本书称为风情散文，对风情一词的解释是：风俗民情，包括爱情和那些风流韵事，这无疑是正确的。因此，书里面本来意义上的那些风情，就是绝对的必须，绝对的不可或缺。不论是广义的风情还是狭义的风情，都源自他对清江深厚的感情。没有感情必然不识风情，不解风情，谈不上风情！文学作品本来就是感情的产物，有了感情才有灵性的激活和创作的冲动，才有诗文胚胎的孕育，才会出有血有肉有精魂的作品。

他在清江边上出生，在清江边上长大，在清江中玩水，在清江畔上学，在清江里挑水卖给食堂，换钱交学费，在清江滩头筛沙挖石卖给工地，换钱买书和作业本。他到祖籍江西高安锦河边上当了五年知青，又转点到山西长治漳河边上当知青，后被招进锯条厂当工人。或许是那些锯子锯开了他的那个睿智葫芦，他在那里开始发表作品，"由此踏上了一条艰辛漫长而又充满灵魂欣悦的文学之路"，一条爱得死去活来而甘愿为它奉献满头黑发的文学之路。锦河漳河都是美丽的河流，但拉不住他的手，绊不住他的脚，钩不住他的心，他钟爱的是清江，在那些地方闯荡了二十年，他回来了。在清江边上写，又到长江边上写，并以长江边上的宜昌为中心，写到了全国许多地方，成为中国作家协会会员，著名散文家词作家，但是，不论在哪里写，写得最多的还是清江。你看他出版的那些书：《龙船调的故乡》《女儿寨笔记》《火塘夜话》《鄂西风情录》《守望吊脚楼》《下里巴人》《拜读清江》，他在一一告诉人们，他是多么倾情于清江。《这方水土》是他的第十二本书，这本二十多万字的散文，以清江为题材的占了多半，篇篇都是情满清江，爱满清江。他说："写着，总有一江清水在我的文字里摇曳着，流淌着"，"清江，生命的河，就这样以其舒淡而又清婉的旋律融入我的散文，从青春到暮年，穿越了人生的时空"，"清江，我无数次在梦里喊着这条河流，像喊爹喊娘，喊我刻骨铭心的女人一样"，"而故乡，不但生长苞谷洋芋，而且生长文学艺术，不管我走到哪里，伴随我的民族风情总在骨子里流动，如清江，把我的骨头泡成醇酒，醉了一生"。他借老艄公的故事和小姑娘的歌谣，写了清江的一年四季，天地自然，人文历史，村俗乡风，这一切都随着节令的更替而变换着色彩和姿态，让人心生愉悦，不得不随着他的笔触悠游于山重水复之间，甚至想踮起脚看一看吊脚楼里的妹子，猫下腰瞄一瞄花布伞下的"名堂"，坐到火塘边，端起酒碗，啃一大块腊肉骨头。

　　甘茂华对清江的深情厚爱，不仅源自他生于斯长于斯，更源自他对清江的了解和熟悉，不论是天生的还是人为的，过去的还是当今的，神话传说的还是实际存在的，雅的还是俗的，在他是无所不知无所不晓。由此，注重和善于叙事就成了《这方水土》的一大特点。叙事是散文作家的一种能耐，一种功力，一种高度，一种境界。没有叙事的抒情，是虚心假意的矫揉造作，说得不好听些，是无病呻吟。有事不会叙，有古不会讲，那就不要当散文作家了！甘茂华不是这样的。他最擅长裁剪得当取舍适度疏密有致的叙事，在叙事中抒发胸臆传递心声，让叙事抒情无缝对接，自然而然之。他叙的是清江边上的那些事，别处不会有！他抒的是自己心底的那段情，别人不会有！

《这方水土》还有一个特点，那就是雅俗共赏的语言。通用的和专用的，普通的和地方的，书面的和口头的，各种类型的语言，甘茂华用起来全都驾轻就熟，讲人说事，采景状物，是那么贴切而又恰如其分。读散文就是读情节读语言。没有美妙的语言，情节是枯燥的，没有动人的情节，语言是空洞的。我们的已故领袖毛泽东把"语言无味，像个瘪三"作为党八股的一条罪状，甚至说它"面目可憎"。散文的语言更要有味。好的语言不是华丽辞藻的简单堆砌，过分的雕镂穿凿，更不是雾霾一般的朦胧和缥缈，而是讲究生动活泼，看它表述事物和情理是否精当、准确、形象，该幽默风趣的是否幽默风趣。甘茂华写散文遣词造句似是信手拈来，实则他是非常注意这些要求的。

甘茂华写清江，不光是写了它的传统，写了它的紫陌红尘，写了它的旖旎山水纯朴民风，而且还结合着写了它的"而今眼目下"，写了它六十年来特别是近三十年来的日新月异。清江的梯级开发，几座水库电站的首尾衔接上下顾盼，沪蓉西高速公路和宜万铁路的连横合纵，恩施州治所的日益繁华，以及乡镇村寨吊脚楼正在变成小洋楼，等等，他都饱含深情地歌之颂之，让人们明白无误地看到了清江的发展变化，从而使《这方水土》有了鲜明的社会背景和时代特征。

甘茂华已移民加拿大，但他还是常住宜昌。他说，即使在温哥华住家，也还要写清江，有一本清江的书稿，已在他心里酝酿了很久。

清江，越来越丰富多彩！甘茂华，越来越丰富多彩！

（作者系湖北省作协会员，作家诗家，本文原载《湖北作家》2013年秋季号）

风雨故人来

◎ 张 同

认识甘茂华先生是在1999年参加宜昌市作协组织的在晓峰乡举办的笔会上。他谈吐风趣幽默,声音洪亮,加上他个性十足的头发,借用张永久先生对他的描述,那发型犹如斑鸠的两翼。我和枝江文联的张家敏秘书长在返程途中,关于甘茂华的话题成了我们谈笑的主题,一路学着甘茂华讲段子的口气,自得其乐。其实,内心里是钦佩他满腹的才气的。那时,在我的作家朋友圈中,能具有这种表演天赋的作家并不多,大家不仅爱听他讲笑话,还爱看他讲笑话的样子。2003年10月,枝江酒业举办"百年枝江酒采风"活动,邀请了省内省外及本土的部分知名作家来采风,甘茂华先生也应邀而至。在那次笔会中,他的散文《走江口》犹如一壶醉人的老窖,使具有百余年历史的"谦泰吉"槽坊生产的"堆花烧春"酒,在他的笔下泼得满纸浸香。后来,读了他赠送的《鄂西风情录》《守望吊脚楼》《拜读清江》《文学档案》,沉醉在他的文字里,感知一个名副其实的中国作家宽远的视角和博大的胸怀。这些年,知道他屡获大奖,还获得过"五个一"工程奖;这些年,他在忙碌的创作中还不忘给枝江酒业写诗和词。有时我也被邀请参加文学圈内的一些活动,会偶遇甘茂华先生,大家像老朋友一样地亲切。我一直视他为老师,他从不以师自居,更像一位兄长,给了我很多的鼓励。

今年夏天,他到枝江来参加一个老乡女儿的婚宴,我们同坐一桌,又收到他赠送的歌词新作《歌以咏怀》,我便向他请教词和诗的区别,他指指新书,说这是很多人困惑的地方，他已经把诗和词的区别都写在书里了。那天，我邀请他到枝江酒业做客，顺便为我写的歌词把把脉。我知道对于一个专心创作的作家来说，时间是最宝贵的。他听说有词可以琢磨，还是欣然前往枝江酒业。看到现在的枝江酒业，对比他印象中2003年时的枝江酒业，他不由得发表感叹，说变得不敢相信，像神话一样。他看了歌词后，从口袋里摸出笔来，三下五除二，画了几个圈儿，说，可以了。我拿过来看，词还是那个词，结构调整了一下，感觉大不一样了，真是"过了掌勺师傅的手，汤格外好喝些"，一首《百年枝江百年香》的歌词就这样敲定了。

10月25日，作曲者毛成东在武汉给我打电话，说歌曲录制好了。接到毛成东的电话，我格外高兴，因为这是我们共同期盼已久的事，尽管为录制这首歌曲，他们熬了一个通宵，但电话里，我仍感受到了毛成东的激动和亢奋，而我，多么想尽快听到这首歌。毛成东说，他已买了上午9点的动车票，约11点到宜昌。我说可否托快递运过来，甘茂华先生说，若没有人去拿，他们就亲自送过来，这是了却对枝江酒业的一个心愿。说承诺过的事，他一定要做到。那天，风雨交加，伴着深秋的寒冷，他和毛成东一起来的，当我们听着《百年枝江百年香》那抒情优美又充满激情高亢的旋律时，仿佛窗外是春满人间。

毛成东因有事，当天赶回长阳了，甘茂华先生住在一个简陋的宾馆里。我说，第二天早上来陪他过早，他说，不用了，明天一早就回宜昌了。第二天，雨仍未停，我去宾馆找他，服务员告诉我，甘茂华先生一早就走了。那么大的雨，也不知他带雨伞没有，心里总觉得歉疚。风雨对于甘茂华先生这样的人，也许更是一种情怀吧。

这个秋天，莫言获诺贝尔文学奖的消息让国人振奋。我认为，泱泱大国，莫言一样的作家是一个群体，并且是一个庞大的群体，比如在中国的鄂西，就有甘茂华先生这样优秀的作家。他们和获奖前的莫言一样，在岁月的尘土中朴实为人，诚信处事，写着属于他们内心的也属于社会的文字。为身边有这样的朋友，为中国有这样一个优秀的群体，值得干杯！

（作者系中国作协会员，青年作家，著有长篇小说和多本散文集，本文2012年11月6日刊于《三峡晚报》副刊）

印象甘茂华

◎ 徐春芳

在人生行走的记忆里，有许多的偶然与必然穿梭其间，在这期间有些人像片片云彩匆忙间飘逸而去，另一些人像云彩过后温暖的阳光长驻心田。甘茂华就属于后一格局之人。他的热情开朗、正直善良、忠义仁爱与阳光笑容给我留下深刻印象。

初识甘茂华老师，是在一次武大教授来宜的文学座谈会上。座谈会间歇，文朋诗友三五成群热情地开聊，甘茂华正好和我坐在一起，他两只大眼圆睁笑眯眯地对我问长问短，声若洪钟炸得我耳朵嗡嗡响，与文弱书生画不上等号，心里便暗想，便揣度，是不是打着文学的旗号来装斯文的，当时感觉他很健谈，开朗热情，不像我想象的成天锁眉沉思的文人。

后来才知道甘茂华三个字分量不轻，他是当年宜昌市四个中国作协会员之一，出版过多部散文、小说、歌词集，获得过湖北文学奖、湖北屈原文学奖、湖北少数民族文学奖、文化部新人新作奖、全国"五个一"工程奖、冰心散文奖等大奖。我就在心里为我的以貌取人行为画上了一个大大的问号。

参加第一届夷陵区房地产交易会的作家楼盘采访过程中，甘茂华老师看我年轻经验少，主动提出陪我一同前往并进行写作辅导，耐心细致地陪我访谈二个楼盘，他把自己的访谈排到后面，相当于完成了二个人的调研工作量。敢问世间锦上添花人人都会，雪中送炭却是凤毛麟角？当时想他真是一个雪中送炭的好人呀！没想到他粗中有细能察觉到别人的难处并施以援手，我开心地笑了，甘茂华老师也是开怀大笑而且笑得响亮。他的正直善良由此可窥一斑。

最让我难忘的是在柴埠溪金秋笔会中，一路上帅哥美女作家们欢歌笑语好不热闹。第一天从柴埠溪景区下到20公里山脚下的杜家堡，由于是下坡路，又是第一天，所以感觉不吃力，在杜家堡周围逛逛也还认为风光无限好，兴味盎然快乐无比。那天晚上杜家堡飘着细雨，我们几个作者在廊桥上围着甘茂华谈文学与生活。他举出很多活生生的例子证明文学是源于生活的。而在写作中，他认为对生活的认识更为重要。我说，你为什么要写散文呢？他说，我就是一个散淡的人嘛。说完，仰起头哈哈大笑。那爽朗的笑声使山谷更显寂静，在这样的雨夜像火把一样照亮人心。第二天返回前，一人发了一瓶水，而我在不经意间随手一放没有太在意，就在返回时，我怎么也找不到那瓶水了，才明白一瓶水对当天的我的重要性，没有水20公里上坡路我怎么就不会有口干舌燥嗓子冒烟的可能呢？我心急问大家，都说没看见，我这心里就相当不痛快，想想大家口中常说的穷酸文人果然名不虚传，又穷又酸还死要面子背后占便宜，当时我就埋怨上了：什么人啊这么要不得，一瓶水几个钱呀，犯得着吗？不害人过不得呀！几个人在一边劝解说，我这有一瓶，你拿去喝。我头一摆未置可否，心想我应当撑得过去。结果是下山容易上山难，长期没爬过这么高的山，可让人苦不堪言，真恨不得有个直升机来接我；又累又渴又没水喝，虽然我一再拒绝喝甘茂华老师递给我的水，但是坚持到中途，我还是喝了，否则真不知道怎么坚持下去，否则怎么有滴水之恩当涌泉相报之说呢！那么多的人那么多文友，口口声声说着喜欢你爱慕你，真正困境之中又有谁伸出友爱之手了？以心换心投桃报李，我耐心等着陪着甘茂华一步步地走，我喝过的水甘茂华老师后来也喝了，有人就又调笑说，你们二人喝一瓶水，相当于间接接吻呢！大家就又哄堂大笑，甘老师这时露出招牌笑容与经典语句：莫要这么说，这么说要不得，看不得别人有点好事。但他心底还是受用的。真不知道他们当时是不是羡慕嫉妒恨呢！自己不存仁义之心，油腔滑调倒是面面俱到。一个人的品格就是通过一件件小事体现出来的，说得再好不如做得好，他就是表里如一的人，忠义仁爱，至情至性，情商智商自是略胜一筹。

后来三五文朋诗友小聚，席间甘老师总是中心人物，讲讲笑话说说段子，把大家逗得开怀大笑。他讲的段子回味悠长而不失下流，雅俗共赏得体有致。记得一次他讲中国干部出国，外国人必会的三句中国话：你好，打炮，开发票。针砭时弊一言蔽之，句句击中要害，爱国忧国情怀显而易见。说完后，大家也跟着甘老师笑起来，聚会气氛就像过节一样。甘老师每次到小溪塔来，夷陵区的朋友们都说又有精神会餐了。隔一段日子不见，大家还很想念他。

在生活中甘老师也是言必行，行必果。前几年，甘老师在加拿大旅居，恰巧我为儿子上学事宜想咨询下甘老师，就辗转在网上联络了他的女儿，说想咨询点事。结果很快甘老师就打越洋电话给我，帮我分析判断国内外形势、发展趋势与个人能力走向，前前后后打过多次长时间越洋电话，热心快肠认真负责的态度着实令人感动不已。真心真情如此，有师如此，有友如此，真是人生之大幸了。

认识甘老师多年，每次他都是笑声不断，从来没看见他皱过眉头，他的幽默风趣的谈吐，心直口快的个性，褪去了众多文人的清高阴暗之气，让大家都以他是良师益友为自豪为快乐。一次，几个美女帅哥作家围着他，非要他讲对在场的四个女作家谁最动心，他说，花红柳绿我个个都看得上在得着……一个女作家不依不饶非要他排个先后顺序，他就又搬出招牌微笑说，莫要这么说，这么说要不得。大家看到他的窘态与模样，调侃的娱乐心态也得到了极大满足。还有一次大家又围攻他，说他是写风情的高手肯定有风情之事，让他讲下他的风情逸事，他也就绘声绘色地讲起对某某女作家大存好感，约了吃饭花了一个月工资摆了一大桌，结果女作家爽约了，他自己气得一个人喝了一瓶葡萄酒，听他讲得大家好像身临其境一样，于是哄笑不止，甘老师又搬出那句话：莫要这样说，这样要不得，见不得人家有点好事。好奇心与窥视欲得到满足的众人又大笑不止。与甘老师在一起大家无拘无束，甘老师就是一颗充满智慧的开心果，聚会少了他，就少了一份开心与快乐。最后以一首小诗敬献给甘茂华老师，以感谢甘老师长期以来的关心与厚爱。《岁月沉香的阳光——致甘茂华》：你圆亮的脑门/在目光聚焦的地方/闪闪发亮/那是智囊的发源地/出产精神的大米/还有荡气回肠的山歌/瑰丽传神的散文//在清江/在火塘/在女儿寨/在鄂西/在吊脚楼/在三峡/在这方水土//在无数个日夜里/我凝听你穿透岁月的激情//看见众多山里妹子汉子/水杉树一样挺拔的身姿/一步步随你登堂亮相/揭开层层神秘面纱/散发出栀子花般的清芬//你是岁月沉香的阳光/是连接鄂西与三峡的石拱桥/是文曲星与天使/派往人间的信徒/边走边唱,且行且远。

（作者系宜昌市夷陵区作协副主席，作家诗人，金融理财师）

美丽的《这方水土》

◎ 张松梅

　　看甘茂华老师的《这方水土》，看他描写的恩施土家的风俗民情，我经过了三个阶段：初看时，感受到了恩施这方水土的美丽风光；再看时，体会到了土家儿女的万种风情；看到最后，只希望有机会也能到这方水土去看看。

　　有纤夫的峡江、有屈原的归州、村人皆诗人的乐平里、向王天子牛角吹出来的清江河……所有秀美雄壮的风景，都在甘老师的蘸满浓墨重彩的笔下活过来，开始有故事有传说有血有肉。在甘老师厚重的文字、深挚的感情里，清江的风景不是留白很多的大写意，而是满纸满墨的工笔山水。美丽的鱼木寨、最后的土司城、有南曲的资丘，开鸽子花的后河，一个一个风景，在甘老师笔下清晰地铺排开来。清江的如画四季，清江的每一步每一景，都在甘老师的脚下切实地走过看过写过，文章里可以看到这些风景曾在甘老师心中引起如赤子般的热烈情感。

　　但甘老师的笔下，不只写地理上的清江，还写民俗民风民间故事，写土家儿女的爱恨情仇。写这些的时候，甘老师的笔开始柔情起来。他写纯净如水的加水丫头，悲情的诗人黛妹，写蓬勃而丰富的老城小人物，九佬十八匠。他写他的爱人，如顾长挺秀的水杉树；他写苦难生活中的大姨妈，生活所迫抬棺材，瘦弱的肩膀被杠子压下去起不来，吼一句"抬丧歌"缓缓地站起……

二十三万的文字中，甘老师多次提到"五句子歌"、"摆手舞"，我没有详细地去数，至少有几十次之多，可见这是甘老师心中的最爱。在甘老师的笔下，我也与"五句子歌"初识，慢慢变得喜欢。喜欢那歌词里面传达的男男女女的爱情，朴实干净，大胆执着，真如夏花一般灿烂，如秋叶一般绚烂。"正月望郎靠门站，眼泪落了千千万。落在地下拣不起，拣了起来用线穿，留给情哥回来看。"想象青山绿水间，万物俱寂时，一声嘹亮的歌声响起，惊了一群鸟一行雁，简单的五句话，却是动人心魂的五句歌，姐的心悲心痛全在这五句歌里，郎听了怎会不心疼心动心热心发慌。摆手舞看来也是甘老师的最爱。我看着这些文字，好像看到魁梧壮硕的甘老师，在苞谷酒的作用下，已闻乐起舞，开始手之舞之足之蹈之。

　　合上《这方水土》，合上这本写满土家儿女亲情、爱情、乡情的散文集，心里好像又生出一本"诗集"来，想象着我未见过的那些美丽风景，竟生出很多向往来。

　　（作者系青年散文家，本文发表于2013年6月23日《三峡晚报》）

拜读《拜读清江》

◎ 张献宏

　　清江河，这条养育了恩施人民的母亲河，儿时我们曾在河边嬉戏，长大后每日匆匆而过，这条我们日夜不能离开的河流，我关注过她的洪峰，关注过她的干涸，关注过她的环境，却从没有细细地拜读过她。当读到甘茂华先生的《拜读清江》，我被深深地感动了！

　　徜徉于《拜读清江》的优美文字中，我一口气读完这本书，就如同在美丽的清江画廊上做了一次畅游。这本书深度地剖析了源于清江的历史文化，将她比喻成"在有地域性格和文化基因上一环套一环的生命链中所展示的物质的延续、精神的脉动"。我们能感觉到，巴人文化、土苗文化、红色文化、抗战文化不仅纠结着作者的乡土情，更是作者书写诗词文章的源泉，哪怕远在异域他乡，哪怕相隔千山万水，那条清江河仍是牵引着作者心灵的怀旧情愫，书中借老艄公之口说出了作者的心里话："清江就是人诗意栖居的地方。"

　　甘茂华先生在书里说，清江是他梦的原生地和归宿处，恩施城是被外地人视为桃花源一般的梦里老家，不管是清江河边踏着跳板挑水，还是在河边筛沙换钱买书本，或是夏天在清江河里畅游，都成为儿时的回忆。

　　而那又何尝不是我们的记忆啊！延伸到河边的青石板路，河边悠悠的渡船，也是经常闪现在我们脑海里的一幅山水画啊。从这本书里我们看见，清江的春夏秋冬、清江的人文风景、清江的一山一水，时时刻刻牵动着作者那份浓浓的思乡情，清江的儿女啊，不管走到哪里，魂牵梦绕的仍是那条美丽的清江。

作者是从恩施土家族苗族自治州出去的知名作家之一，曾戏言恩施人走出大山的四条路：升官、当兵、读大学、调动工作。深爱着家乡的作者也坦言着恩施的优劣长短，忧患着恩施的文化和经济，字里行间饱含着一颗赤子之心。读完这本书，我才体会到作者这本书名的含义、"拜读"二字的重量，一个"拜"字，体现恩施儿女对家乡和母亲河的崇敬、景仰、热爱，一个"读"字，体现出在外的恩施人对清江的印象、了解、深知。不管是恩施人还是外地人，清江永远是值得拜读的一本书，值得咏诵的一首诗，值得高唱的一首歌！也是人们心中的一幅画、一个梦，如同作者在书中所说：清江流域永恒地屹立着我们山一样的民族！

掩卷之后，我陷入深深的思考：作者在山外的世界里能够更加清楚地看到恩施发展轨迹，生活在大山里的恩施人生活也有了翻天覆地的变化，两路的开通更加快了恩施的改变。工作生活速度的加快，我们还有时间去细细拜读清江吗？蜿蜒的清江河水中，她的坚忍不拔让穿山越岭的河水供养着沿线的人们，她的宽阔胸襟包容着肆意破坏的行为，如果我们都用拜读的姿态来对待我们的清江河，也许"水色清照十丈"将不再是远去的梦，母亲河也许会有着更美丽的容颜！

（作者现任恩施市副市长，散文作家，本文于2011年12月发表于《恩施晚报》，《恩施新闻网》选登）

甘茂华：从故乡到他乡

◎ 杜　李

　　老实说，我已模糊甘茂华这个名字最初是以怎样的方式，进入我视听范围的。可能源于一次潜心阅读，也可能来自一场道听途说。总之，甘茂华作为恩施文学的一只号角，在不经意之间震鸣了我的耳鼓。从此，我结识了甘茂华，并知道他出没于恩施文学的码头，像一名清江的船工，把自己安置在波浪的对面，不断拍打出属于文学也属于他自己的声音。

　　甘茂华的一生都在行走，从故乡到他乡、从农民到工人、从青年到中年、从中国到外国、从小说到散文……像一名勤奋的演员，在人生的舞台上不停地奔忙。甘茂华崇尚"在路上"的精神，钟情"在路上"的状态，但与凯鲁亚克完全不同，不论文学还是生活，甘茂华历经的都是真正的苦旅。回想第一次见到甘茂华时，我更愿意相信他是一位诗人。说话的姿态如同屈子的抒情；一头稀疏的长发，沾得什么风都有。

　　又一年再见甘茂华，他已从单位退休，削光了长发，如佛的头颅，一脸灿烂。我笑他，莫非剃发学僧？他答着，光头书生寂寞心。浮华的时代，真正的文学是内心的造物和信仰的坚守，非寂寞而不能为。我认定，甘茂华是一个有信仰的作家，如同他为恩施的文学而存在。文学即是他信仰的宗教，如同白云之于蔚蓝的天空，文学给了甘茂华巨大的安慰；同样，甘茂华也给了文学深切的瞩望与隐秘的交流。文学是甘茂华一辈子的修行，用甘茂华自己的话说，几十年来，"从鄂西到江西，从江西到山西，从山西到西陵峡畔，从知青到作家，我的太阳从西边出来。沿着生命的河边走边唱，一颗灵魂的颤动，闪烁着自己的萤火。如今，生命已走进'夜半钟声到客船'的境地，内心却一片澄澈。"美国诗人沃伦说：我最怀念的，是鸟鸣时的那份宁静。原来，甘茂华退休后削发还俗，是要在繁华都市的缝隙深处，主持灵魂的盛宴，专注于心灵和精神的超拔与完满，于喧嚣的市井噪声之外，宁静地述说着一个民族的精魂和命运。

甘茂华常说："如果没有风情，生活还有什么意思？如果没有血性，男人还叫什么男人？"沿着甘茂华的文学地理，穿越他的文本，从他1979年发表的第一篇文字到今天，我们看见甘茂华一直行走在恩施的山山水水。无论他置身何方，他都与故乡心息相通，他的心一直贴着恩施的山水和乡亲。甘茂华是坚韧，是茂盛，更是张力——故乡和河流，故土与山地，故人与土著，故事与风情……他在散文写作中始终保持着深情的诉说和深刻的思考。十年光阴似晴岚。甘茂华拥抱故乡风情的散文获得了文坛的广泛好评，被散文界誉为"中国写风情的好手"，散文集《鄂西风情录》曾由中国散文学会特别推荐出版，湖北省作协原主席王先霈博导在论及湖北当代文学的叙述中说："甘茂华是为湖北民族散文创作作出突出贡献的作家，他的文学成就主要表现在他的鄂西民族风情散文创作上。十多年来，甘茂华已先后出版了多部散文集，并逐步形成了自己的创作个性，确立了在鄂西民族文学乃至湖北文学中的特殊地位。"卞毓方盛赞甘茂华的散文："即使放到沈从文、贾平凹的文集中，也堪称佳作。"

我一直固执地认定，甘茂华才是恩施真正的作家，因为唯甘茂华深富作家的风范和文学的情愫。

纪德说，人的幸福不在于自由，而在于承担责任。甘茂华的快乐简单热切，忧伤却少有人懂得。像极了帕慕克所说的作家：一面是阳光的浪漫，一面是哲人的忧患。甘茂华是有怀疑精神、担当勇气、批判姿态和悲悯情怀的，他激越的叙述中不乏冷峻的观察和焦虑的思考。好比面对跨世纪的三峡工程，数千年承载三峡文明的主要区域将被淹没，百万人的举家迁徙，许多文化和文明又将走失。在告别三峡的人群中，"他忍不住摘下眼镜，用手掌揉了又揉蓄满了热泪的眼睛，鼻子一酸，突然把头扭过去了"。长路漫漫，甘茂华没有停留在高蹈的词语中抒情，而是带着疼爱来抚摸恩施这片温润的土地，甚至让某些意识在强烈的文字中转化为对人文精神和人类文明的追求，并试图在文字中找到一份新的力量。

陈忠实曾说，作家得有一本死后在垫棺做枕的书。于是，他有了《白鹿原》。虽然有散文集《鄂西风情录》已经取得了很高的社会认可度，歌词《青滩的姐儿叶滩的妹》获过全国"五个一工程"奖，《山里的女人喊太阳》也传唱甚广……但我以为这些都还不能为甘茂华和恩施垫棺做枕。我对甘茂华的期待，让我想起阿根廷音乐家毛里西奥·卡赫尔的《定音鼓协奏曲》，谱子最后，要让演奏者用尽全力一头扎进鼓里，从而完成演奏。这是一场生命的演奏，更是一次凤凰的涅槃。我想，如此，甘茂华和恩施都将是幸运的。

我曾见过一帧甘茂华和他爱人"夫唱妇随"的照片，甘茂华满面春风地喊着歌，他爱人跳着舞，整个画面满溢着幸福。我曾问他唱的是什么，他说只有唱自己写的歌才如此带劲。此曲唱终，下一首因了期盼，我会疾声大呼：

再来曲绝的，甘茂华！

（作者系青年评论家，本文原载2014年冬季号《清江》杂志）

代 跋

让文学烛照我们的精神家园

——与青年评论家杜李的对话

杜李（以下简称"杜"）：2014年恩施州文联《清江》文学季刊改版，增设了一个"对话"专栏，邀我主持，主要是对恩施代表性作家进行深度访谈和记述。在学术研究中，现在也流行一种口述史的研究方法来记录历史的发展，不同的人对同一事件的不同看法，也正好体现了历史的丰富性和人生的丰富性。我们这个栏目，也算是"恩施文学的口述史"吧。你从鄂西到江西，从中国到加拿大，文学一生，走遍中外，阅遍名刊，又是《清江》的老编辑，想听听对这个专栏的意见。

甘茂华："对话"是一种艺术形式，我把它看作话语的闪电或火焰。闪电可以照亮瞬间，星星之火可以燎原，切不可小看。孔子的《论语》就是他和弟子们的对话，经过弟子们辑录整理后的集成。《歌德谈艺录》也是这样，在生活中漫谈文学艺术，成为一种最迷人的生活方式。至于"口述史"，我了解不多，隐约记得胡适先生很欣赏这种文体，好像唐德刚是这方面的先驱人物，他写的《袁氏当国》就是口述史的典范。《清江》改版增加这样的栏目，我觉得是给我们的文学家园又点亮了一盏灯，有一种看着看着天亮了的感觉。秀武兄和你们对繁荣恩施文学所作的努力，我除了敬重还是敬重。

杜：你的散文有着幽妙舒放的文学意境和深沉隽永的人文探索，既"展示地域文化和映射世俗人生"，又"守望文学地理的诗韵和鄂西深处的记忆"，获得了文坛的广泛好评，曾被散文界誉为"写风情的好手"，卞毓方盛赞你的散文"即使放到沈从文、贾平凹的文集中，也堪称佳作。"但是对于创作者本身而言，想听你自己讲讲你是一种怎么样的创作状态？其创作动力又来自何处？

甘茂华：卞毓方是散文大家，他的评价是抬举我，鼓励我，鞭策我。我在山西时以写小说为主，回到恩施后以写散文为主，调到宜昌后写散文兼写歌词。你说，是不是一天天堕落下去了？我自己的创作状态是读书、行走、写作，写写停停，停停写写，轻松愉快地生活，轻松愉快地写作。读书和阅世是连在一起的，所以《红楼梦》里的话说，世事洞明皆学问，人情练达即文章。古人也反复强调，读万卷书，行万里路。我个人的体会是，且行且远，我行我在。读书是在别人的述说中体味人生的酸甜苦辣和异彩斑斓，行走是在时间中穿梭而从中感受生命的原始激情和精神的天光地气，写作则是把自己的人生阅历和审美经验结合在一起，用自己的语言讲自己的故事，给自己平庸的生命注入温暖，为灵魂找一个安妥的地方。因为活着不光是物质，还要有精神寄托。说到创作动力，其实换句话说，就是为什么要写作。我不是一个高尚的人，没有什么崇高的目标。最初写作就是想跳出农村、跳出工厂，通过文学寻找到一份合适的职业。后来读多了写多了才渐渐明白，要用自己的笔去温暖人心，以此作为自己精神世界的支撑点。否则，枉活一世。我喜爱的作家王小波举例说明，有人问一位登山家为什么要登山，他回答因为那座山峰在那里。我喜欢这个答案，因为幽默中包含着智慧。其实作家并不是唯一崇高的职业，更不是赚钱养家的职业，但写作能给人独立和自由的心灵，那种温暖人心的爱能沟通无数饱受磨难的人生，所以我坚持为人生而艺术。

杜：你的文字在意人与人之间的关系，更在意人与自然之间的关系，这种在意提示了人在物的世界中拥有广阔宁静的自由。你的很多文章，在阐释文本叙事的特定意义之外，在对生命故土宗教般虔诚的守望之余，让我深深感受到一个词：神性。陀思妥耶夫斯基在《卡拉马左夫兄弟》中借人物之口说"**如果没有上帝，那么人什么都可以做**"。如果人的心里没有信仰和准则，没有敬畏之心，人必然会为所欲为。我以为，一个没有神性的作家，一个不迷醉于自然呼吸的作家，是断然写不出《鄂西风情录》《三峡人手记》《这方水土》中那些极具力量的文字的。

甘茂华：神性和灵性有共通之处。我非常赞赏中国古代的"性灵"散文。明代公安派的"三袁"，即袁宗道、袁宏道、袁中道三人，他们是万历朝的人物，十分明确地提出了有关性灵的主张。我认为"性灵"就是泛指人们的性情与心灵而言。所谓"性灵"散文，是指那些有着天地灵气的散文，有着灵动自由的叙事方式，而且意境空灵和语言精美。"性灵"散文的含义，提倡充分抒发作者性情，深切袒露心灵，最具真情实感。就我有限的读书范围说来，诸如袁宏道的《袁中郎随笔》，张岱的《陶庵梦忆》和《夜航船》，李渔的《闲情偶寄》，沈复的《浮生六记》以及张潮的《幽梦影》等，都是性灵散文的佳作。这样说扯远了吧？还是回到你提的问题上来。有没有"神性"？我认为有，神性存在于作家的内心之中，流露于作家的情感之中，潜藏在作品的字里行间。写鄂西，写三峡，我就把这方水土当作神。土家族人的千种风流万种风情，在我眼里都是神的恩赐。因此，对这方水土我长怀感恩之心。感恩天地，感恩自然，感恩祖宗，感恩父老乡亲，这一切对神性的敬畏让我在精神上获得了滋润。用我有限的文字，像"守望吊脚楼"一样，守望着我自己的精神家园。杨丽萍主演的大型原生态歌舞集《云南映像》中有这样几句话，表达了我对坚守信仰的心声："一方水土养一方生灵，一方生灵敬一方水土。不是自己的神祖，不会保佑自己；不是自己的家园，不会抬举自己。"

杜：虽然歌德和鲁迅都呐喊"越是民族的，越是世界的"。但是现在的中国正在遭遇一场前所未有的变革，全球化大潮已深深地进入中国，再边远的地区一样遭受着文明的冲突，而冲突的根源又是人所处的社会文化状态。现代化正在将传统的民族文化连根拔起；读你的文字，我老是免不掉一种担心：担忧后来的年轻人会指责你在撒谎。

甘茂华：首先得说明，我并不赞成"越是民族的，越是世界的"，这个口号是剑走偏锋。我对此有自己的看法："对于少数民族作家而言，过分强调一种民族文化，需要保持高度警惕。每个人要钟情自己的地域文化，但你把它强调过头了，就假了。真正重要的不是它的婚俗、习俗、食俗，而是这个地方的人真实地生存状况、精神状态和生活方式。何况，现在很多少数民族地区的旅游文化，其实就是一种伪文化。"传统的民族文化的根，不是浮在水面上的，而是扎在厚土中的，谁想把它连根拔起，那是痴人说梦、空想而已。我在写作民族风情散文或曰乡土文化散文之初，给自己的定位就是坚持一种"既是民族的，又是现代的"审美趋向，只是把民族风情作为一个背景或者一种元素，而是要努力"写出民族的精魂来"。你读我的《哭嫁》《跳丧》《招魂》《川江号子》《峡江人家》等，走的就是这条路子。现代化是大工业生产，流水线、类型化，千篇一律，房子是一样的，汽车是一样的，马路是一样的，麦当劳是一样的，肯德基是一样的，皮尔卡丹西装是一样的，耐克鞋是一样的等。人们审美疲劳，精神空虚，心情浮躁，难以安宁，于是越来越多的人产生了怀旧心理，把眼光投向民族风情或者乡土文化的人越来越多。为什么沈从文的书现代人仍然爱不释手？为什么吴冠中的画价值连城？为什么利川的《龙船调》在维也纳金色大厅受到洋人热捧？值得我们思考。真情实感是散文的底线，在这个前提下，就不必担忧有人说你撒谎。

杜： 为什么会有历史学产生？就是人类要认识自己，人类无时无刻不在关注自身的生存意义。时代为什么需要文学？就是因为文学能让我们更清楚更真实地去认识一个年代。为此，一个作家就必须要有高度的责任感和历史的使命感，怀着对人民的朴素感情去关注人民的生存状态，为群众的根本利益着想、着急，沉入到生活深处去深刻认知这个时代。写作不光是作家在为自己来疗伤，也是给这个社会看病。因为，在很多时候，我们身置其中，无心也无意去察觉生存的状态与现实，有时甚至还兴致盎然地关注或推动着悲剧的发展。直到有一天，一位作家通过奔涌的想象力和独特的语言艺术将这个残酷无奈的现实化作一个超越日常生活常态的故事讲述出来，才唤醒我们对人性、对社会、对时代、对历史的反省与思考。

甘茂华： 我经常翻阅一本书，纳博科夫的《文学讲稿》。它不仅是作家写作的经验总结，而且如他所说，一个大作家的三相——魔法、故事、教育意义，往往三者会合为一体而大放异彩。这其中提到的教育意义，指的就是文学的责任和担当，也包含文学在当下的意义。我们常说作文先作人，说的就是拿起笔以前，应该努力做一个高尚的人，有良知的人，身心一致的人，有责任和担当的人。王蒙说过：如果你是一个蝇营狗苟、庸俗腐朽的人，如果你是一个空虚灰暗、百无聊赖的人，如果你看破红尘，根本不相信真、善、美的存在和真、善、美的力量，难道你能写出好作品来吗？难道拿起笔来的时候，你能体会到那种庄严和艰辛、喜悦和苦恼吗？一个精神上比他的读者还低、还弱，而又不肯孜孜不倦地攀登思想和灵魂的高峰的人，还是不要拿起笔来为好。这是一方面，作家自身的修为。另一方面，是作品对人性、对社会、对时代、对历史的思考与认识。当你拿起笔来的时候，面对社会与历史，面对时代与人类，你必须审视自己，你将宣扬真理还是亵渎真理？你将捍卫真理还是出卖真理？你对弱势群体持悲悯情怀还是落井下石？你对道德不文明的行为持批判态度还是欣赏赞美？你对你自身的卑鄙和阴险以及种种不检点行为是文过饰非还是忏悔自省？我说过，我还不是一个高尚的人，但我一辈子努力要做一个高尚的人，虽九死而不悔。我在第六届全国冰心散文奖获奖感言中是这样说的："散文的价值最终是温暖人心。散文是艰难时世中为人们洒下的一捧甘霖。这种温暖人心，要动真感情，要把作者心灵深处对生命的感悟和体味写出来，这才有可能在散文中读到真诚而美好的灵魂。"这是对自己，更是对天地万物的温暖善待，也是我必须承诺的文学的责任和担当。

杜：相对于抒情和虚构，我以为文学更是读者的艺术。可是，现在人们都不怎么读文学了，连小说都没人看了，小说也不好看了。社会娱乐至死的浮躁，信息碎片化的推导，还有文学本身也开始成为一些作家炫技博取功名和利禄的试验田。然而，恩施的民族作家们，可能是身在深山，仍然从相对传统的角度以相对传统的方式来专心地做着文学、讲着故事。

甘茂华：文学的边缘化已成事实，不仅在中国，而且在世界。但是，真正的优秀的文学作品，仍然是大众的精神食粮。莫言获诺贝尔奖后，中国读者几乎把他的作品都过了一遍。木心讲述的《文学回忆录》，上下两册，50万字，那么厚，在书店一上架就卖完了，我还是通过书店老板开后门才买到的。唐诺的《尽头》，48万字，也是专讲文学和写作的，写得这样长的文章，人们读起来也是津津有味的。

相比山外的情况，恩施作家的浮躁之气相对要少得多，但山里人自身的毛病至今还未得到根治。我把这些毛病概括为"三座大山"。第一座大山是山大王的目标，借用文学平台占山为王，拉帮结伙，老子天下第一，谁也不在眼下，而且武大郎开店，比我高的都不行，唯我独尊，排斥异己，把话语权牢牢抓在自己手里。第二座大山是山寨式的生产，山大人稀，互不来往，你种你的苞谷，我挖我的洋芋，而且互相看不起，文人相轻，谁写了一部好小说，不但不捧场，反而把对方糟践得一无是处，甚至离开作品进行人身攻击，叫你一辈子见不到天日。第三座大山是山里人的心态和眼光，对于世界文学和中国文学如今走到哪一步了，不知道也不去学习和了解，只在山里面转圈子，而且觉得自家的山货就是最好的东西，王婆卖瓜，自卖自夸，有人写了一辈子没进步，更有甚者，巧取豪夺，贫乏的想象力始终没有走出野三关。我这样说也包括我自己。我是喝清江水长大的，山里人的毛病在我身上都有，只分轻重不同而已。比如说懒散、嫉妒、狂妄、虚浮、贪婪、小气等。我们都是兄弟姐妹，为了恩施文学的繁荣，应该携手并肩，肝胆相照。再也不要窝里斗了。有本事，打日本鬼子去！

杜：一个作家的背后都有着一个广阔而深邃的象征或隐喻的空间，像是特定的矿藏一样。瓦尔登湖之于卢梭、奥克斯福德镇之于福克纳、湘西之于沈从文、黄沙梁之于刘亮程……那么，恩施之于你呢？

甘茂华：每个作家都有自己的一方文学母土。沈从文的湘西，贾平凹的商州，萧红的东北，莫言的高密，老舍的北平，周作人的乌篷船，孙犁的荷花淀，赵树理的山药蛋等，关于故乡的一切，作家们情之所至，不吐不快。我散文创作的母题是回乡，所有散文都烙上了鄂西恩施的胎记。我固执地认为，每个作家都与一条河流有关，我是从清江走出来的，清江流淌着我的无法改变的生命基因。无论走到北方南方，它都是连接我与文学的脐带。我的第一本散文集就叫《龙船调的故乡》，后来出版的《女儿寨笔记》《火塘夜话》《鄂西风情录》《守望吊脚楼》《三峡人手记》《拜读清江》《这方水土》，看看这些散文集的书名，你就可以看出，从一个散文作者的角度出发，在选择题材上我与其他作者有什么不同。可以说，故乡恩施不但是我文学创作的厚土，也铸就了我的气度和境界。山的厚重，水的灵秀，洞的深邃，瀑的胆魂，路的遥远，人的质朴，情的炽热，爱的坚韧，活着的艰难与进取，品德的谦卑与傲岸，创造的困惑与欣慰，等等，都积淀在我的血液里，成为我散文创作最有力的支撑。我以散文的方式，以作家的良知，以赤子的感情，以读书和阅世这两种姿态，以连接天光地气这种思考，来完成我对故乡故人的感恩。我不勤奋，写得也少，不是一个能吃苦的人；但我爱读书，爱深入民间，也比较执着，这可能就是我至今仍在坚持写作的原因。

杜：你最先写小说，而后写散文，后来写歌词，歌词还获得过中央宣传部"五个一"工程奖。但在我的概念中，你就是一个写鄂西的散文家。我不知道这是作品影响的宿命还是文学难言的蹊跷，就好比写过不少好中篇的陈忠实，人们却只记住了《白鹿原》；说到鲁迅首先让人想到是如同"匕首"的杂文……老实说，我没琢磨透这中间是不是有一种说不清的规律。

甘茂华：这个问题很有意思，涉及作家的一生应该怎样安排。一般规律是，青年写诗，中年写小说，晚年写散文，暮年写回忆录或者研究乡邦文献。好像是汪曾祺先生在什么地方说过，散文是老人的文学。我不同意汪曾祺的这个说法，文体的选择其实是跟每个人的爱好、性格、文化背景、个人气质有关的，与年龄段并无必然联系。你看现在很多年轻的新锐散文家，他们的散文写得多好，洋溢着蓬勃的生命力和青春气息。几乎所有的文学创作都是个人性的，散文在这方面似乎更有特性。我对散文的阅读比对小说更多偏爱，几乎是出于本能的喜欢。散文是主业，歌词是副业，若讲经济效益，副业比主业收入更高。从接受美学的角度看，歌词比散文的覆盖面也更宽泛、影响力更大。我是把散文创作的边角余料用来写歌词的，但意想不到的成功使很多人误认为我就是专写歌词的，这里面就潜伏着一个文学大众化和如何走向市场的问题、阳春白雪和下里巴人的问题。我在歌词集《下里巴人》和《歌以咏怀》的自序中对此做了一些阐释，我想不管写什么，写出好作品才是硬道理。有时，写一首好歌词，需要调动好几年的生活积累。条条蛇都咬人，写歌词也难。

杜：文学首先是一门语言的艺术。然而，我感觉恩施作家写语言的功夫普遍都不尽如人意，要么是华而不实的空洞抒情，要么是不假思索的方言批发。在恩施这样一块生长歌舞的浪漫土地上，作家们却普遍缺乏诗意的表达。关于文学语言，我以为最好的无非这样两类：一类是来自乡土的临摹写真，那种朴实与纯粹有着泥土的芬芳；一类是给人震撼的神来之笔，是天才的语言，打破顺常的语序，让其生发出断裂的、嫁接的、爆炸的效果。那么，一个作家该如何来锻造出他自己独特的话语风格系统？又该如何去寻找一种最贴近心灵和生命的言说方式？

甘茂华：语言即风格，这很重要。美术靠色彩，音乐靠旋律，摄影是光与影的艺术，舞蹈是肢体语汇的展示，文学就只能靠语言了。鲁迅和周作人的语言完全是两种风格，鲁迅的语言简峭凝练，周作人的语言平和冲淡。在中国现代散文作家中，这样的例子多如牛毛。朱自清的精致温润而又略嫌雕琢，俞平伯的古典清新其骨子里是名士气质，丰子恺的清幽玄妙灵达，何其芳的忧郁伤愁却太多秾丽纤巧，沈从文的清逸秀美轻柔到了炉火纯青的地步，冰心的倩丽典雅蕴藉仿佛是同月光一样把歌声溢于天地之间，还有肖红的细腻，张爱玲的贵族气，苏雪林的书卷气等。恩施作家的语言有一个普遍的优点，那就是扑面而来的乡土味。也有一个通病，不善于把方言土语提炼为文学语言。举例说，鲁迅先生的《高老夫子》："我没有再教下去的意思。女学堂真不知要闹成什么样子。我辈正经人，确乎犯不上酱在一起……"其中的"酱在一起"大概是绍兴土话，鲁迅把这个名词当动词用，用得非常准确又有意味。又比如，汪曾祺是公认的语言大家，他善于把语言诗化，重在写印象和意境。"老白粗茶淡饭，怡然自得。化纸之后，关门独坐。门外长流水，日长如小年。"短短几句话，就有了如此恬淡的意境。他甚至把诗歌中的对仗形式，直接化为语言："罗汉堂外面，有两棵很大的白果树，有几百年了。夏天，一地浓荫。冬天，满阶黄叶。"如果不用对仗，怎样能表达时序的变易，产生需要的意境呢？阿城的语言有绘画的质感美，譬如他写人滑过悬于两壁峭岸的溜索之迅疾，通常人笔下，多半便是"箭一般射过去"之类，他写，竟是"一路小过去！"他将一种画面的透视关系，是那么可视而运动地表现了出来，真是新鲜！写远远天上的鹰，是"移来移去"，写汉子抽烟猛烈，则"两个肩胛耸起来"，抓形是抓得概括而准确，传神又传得生动而灵脱。我们就是要向这些语言大家学习，动脑筋想办法，把说惯了的方言土语提炼成诗性的文学语言。我个人的体会是，一是向书本学习，特别是古典文学；二是向民间学习，包括民歌、对联、谜语、谚语、民间故事以及老百姓的鲜活的口头语，我始终坚信风自民间来。我在散文中就常常穿插或引用民歌，不仅增加地域文化气息，而且造成一种音乐般的节奏。多读诗歌，多听音乐，多写多修改，慢慢地，语言就和自己的个性圆融了，也就找到了贴近心灵的言说方式。

杜：自古以来，散文这门文体的涵盖都非常宽泛；特别是在产能严重过剩和快餐消费盛行的今天，加上文学媒介对市场经济的迎合，散文的概念越来越混淆，散文的边界越来越模糊，散文的篇幅越来越冗长，散文的诗意越来越苍白……散文的叙事伦理遭遇着空前的质疑。虽然"**水无定型，文无定法**"，散文文体具有充分的开放性和嫁接性，但我还是很否定散文成为文字的收容所，主导散文坚守艺术的本质和语言的纯粹。即便是文体的跨界，我也固执地认为绝不能止于技术的征用。

甘茂华：说到散文的边界，我觉得还是要有所规范才好，不能漫天撒网，与其他文体混为一团，否则，散文还有什么意义？北京大学文学硕士、文艺评论家李朝全写过一篇文章，发表在中国作家协会主办的2014年第5期《作家通讯》上，我读了两遍，完全赞同他的意见。他认为，我们通常所规约接受的散文的概念，就是现代意义上的散文，一般包括叙事散文、抒情散文和哲理散文。在文体上说，它包含了随笔、杂文、小品，但不包括报告文学。照我的看法，杂文也应该单成体例。小说与散文的区别就在于虚构与非虚构。在这个概念下，散文通常具有形神统一、作者主体意识鲜明、介入式的主观化叙事及表达、显见作者性情及胸怀、文字优美、真实性等特征。我写的散文，主要是叙事，叙事中有抒情，偶尔有点议论。我反对"**散文是个筐，什么都往里装**"。散文不是文字收容所，主导散文应该坚守艺术的本质和语言的纯粹。

杜：散文写作的真实性与虚构性问题，一直存在较大争议，也是关于散文的一个老问题。加上近年"非虚构散文"的催化，更是加剧了对此问题的再度关注。因为虚构的问题本身最容易上升到作家的道德水准上去衡量，这也就成了一个有意思的问题。我知道，这中间也一直存在着一些常识上混淆，比如非虚构与创作的虚构，比如将编造和虚构混为一谈……我同时也认为，散文写作还是存在着虚构的可能性的，只要处理好艺术真实和生活真实的关系。

甘茂华：你说散文写作还是存在虚构的可能性的，这是实事求是的态度。我在1998年出版的《鄂西风情录》散文集的代跋《散文散论》中，对这个问题早已作了肯定的回答。不是不可以虚构，但得有个限度，否则就跟小说无区别了。韩石山说："这不叫虚构，该说是艺术的需要。"李朝全对此作了更细致深入的分析。关于散文的真实性，他认为客观上存在着五种真实，或者说，真实有五种表现形式或呈现形式。第一种是事实真实，事实所具备的真实性本身，是一种原初的未被书写、记录、描述或剪裁的史实。第二种是历史真实，就是经由时间的沉淀之后对历史的一种记录、记载或叙述。第三种真实是判断真实，就是经过逻辑推理、价值评判，确认为真实的内容。第四种真实是想象真实，就是作者运用想象构筑起来的内容和世界，它既让人明白这是作者的主观想象和心理映像，但却又令人觉得可信、真实。第五种真实是艺术真实，就是借助语言文字建构起来的形象真实。这是一种审美真实、接受真实。散文所具有的真实性应该是一种艺术真实，它能够让读者认同、认可并接受作者所写的内容是真实可信的，不是凭空虚构、杜撰编造的。散文不是虚构的艺术，但允许并且需要丰富的想象。这些想象皆基于真实，皆合乎想象真实和艺术真实的准则，它在读者眼里都是真实可信的，因此都具有感染力。认为散文要求真实性就否认了其可以且需要想象，这是一种片面的形而上的观点；而认为散文是想象的艺术因此便可以虚构编造，这是一种破坏散文文体个性乃至摧毁散文合法性基石的观点，它最终会给散文带来实质性的伤害。我为此曾请教过著名诗人曾卓先生，他在给我的信中说得很透彻："至于散文可否虚构，我想是可以的吧，当然只能保持一定的限度，而且整个文体要不失散文的特点。"

杜：从当代中国文学的"场"来说，恩施文学最初的行动性我以为是不缺位的。我国当代有别于兽形人语寓言式的真正意义上的动物小说崛起于20世纪80年代；李传锋在1981年就发表了颇有影响的动物小说《退役军犬》，这篇小说还获得了第二届全国少数民族文学创作奖。十年"文革"期间，全国就剩下了浩然一个作家，直到1979年底第四届全国文代会召开，当代文学才真正"解冻"；1980年，恩施市红土乡公社文化站就组建成立了专门的编辑部，编印文学刊物《杜鹃花》。在《文化苦旅》遭遇争议的时间，湖北民院4教授的研究结论被余秋雨认定在所有研究中"最严肃、最见水平的"。甘茂华被中国散文界誉为"写风情的好手"……你作为恩施文学的领军人之一，想听听你对当前整个恩施文学的评介。

　　甘茂华： 首先我得声明，我还算不上恩施文学的领军人物，只是一个恩施籍作家，这样一个崇高称号，让我受宠若惊。恩施文学的现状我了解不多，说出来很可能蜻蜓点水，甚至是瞎子摸象。我的看法是，第一，恩施文学源头悠远。早在20世纪60年代，余友三的报告文学《花果山迷》，安邦的短篇小说《活书店》，就在巴金主编的《收获》杂志上发表；田禾的诗，张永柱的诗，也相继在省级报刊亮相。第二，恩施文学没有断流。从20世纪70年代开始，一大批人才灿若繁星，照亮了文学的天空。李传锋、叶梅、王月圣、龚光美、戴箕忠、安丽芳、孙雁群等，就是一批出道较早而且有一定影响的作家。第三，恩施文学后继有人。从当前的情况看，各个门类的文学队伍人才济济。小说方面有田平、吕金华、罗晓燕、雷雨、陈步松、杨秀楠、向彩源等，几乎都有长篇小说问世。散文方面有吴运辉、张献宏、覃国平、董祖斌、唐敦权、冯兴琼、刘绍敏等，其散文创作风头正健。写诗的人就更多，杨秀武、郑开显、周良彪、郝在春、胡礼忠等，杨秀武的诗还获得过全国少数民族文学"骏马奖"。评论方面过去是恩施的弱项，但现在令人刮目相看，毛正天、柳倩月、谭笑、戴宇立、田发刚、邓斌等，为恩施文学的理论建设作出了有益的探索和实践。音乐文学创作方面，可以说异军突起，谈焱焱、周龙然、钟秀玲这"三驾马车"，带动了一大批人投入歌词写作，而且出了一批优秀作品。我这样说，很可能挂一漏万，但确实很难做到"一个都不少"，没说到的地方或者没说准的地方，请恩施文学界的朋友多多包涵。所以，从当前整个恩施文学来看，不但有一个整齐的方阵，而且颇有实力、后劲无穷。遗憾的是，缺乏精品力作，缺乏在全省和全国叫得响的作品，也就是说文学的档次有待提升。欲穷千里目，更上一层楼。风帆正在升起，出海的日子已经到了，我为朋友们加油。

杜： 中国是一个"乡土中国"；在中国现当代文学家族中，乡土文学都有着深在的文学传统。在参差形成的茅盾文学奖美学的类型标本中，乡土意识、现实书写等因素不但有着核心的意义，而且还成了当今文学和社会的深在镜像，从多个层面反射、代偿和深化了茅盾文学奖的美学特色。"乡土"作为一个有着巨大包容性和丰富内涵的概念，给作家的文学写作提供了诸多想象和书写的空间。恩施是一个典型的山地民族，当前恩施作家的创作题材也基本属于乡土叙事，对于乡土题材的深度开掘和探索超越你有什么指导性的建议？

甘茂华： 乡土文学是个老话题了，怎样在"地球村"的视野下或者说现代人的视野下看待乡土文学，又是一个新话题。对我们这一代人来说，乡土是无比深刻的记忆，是无法绕过的题材。某种意义上，乡土成就了我们的文学梦想。从文化上说，每个人都有乡愁，乡土是滋生乡愁的土壤。文学博士周景雷和东北散文家素素在文学对话中，重点谈到了这个问题，我把他们的观点引述下来，供我们思考。他们说，在全球化时代，当中与西、城与乡的概念趋于模糊，当中国也有了纯粹的都市文学，不啻是可喜的进步。然而，乡土题材散文因有历史与文化的支撑，显得大气厚重耐读；都市题材散文因大多流于消费主义，难见佳篇名什。现在纯粹的乡土确实不再容易见到了。随着城市化进程的加快，乡村的景观变得越来越"异样"。物质地守望乡土，是因为农民的生存质量不高，当贫富差距越来越大，他们的心理严重失衡。诗意地描述乡村，是因为作家大多是旁观者，他们已经离开了乡村。越穷越有特点，越偏僻越有故事。这是文学的逻辑，却不是生活应有的逻辑。我们应该为所有曾经站立在地面上的村庄祈祷。乡土毕竟是中国文化的胎盘。大意就是如此。回到恩施作家的乡土题材，我觉得还是要从历史文化的角度做深度开掘，吕金华写容美土司，罗晓燕写古盐道，他们都在乡土的历史文化中寄予了自己的诗意。恩施农村不是一般意义的乡土，而是一个民族的文化摇篮。我们要抢在农村被城市碾碎之前，以文学的形式，把乡土的音容笑貌留下，也算对得起后世子孙。恩施这一片乡土是个大富矿，取之不尽，用之不竭，这是外地人无法比的资源优势。怎样把资源优势转为产品优势、精品优势，就靠作家们的探索超越了。

杜：与"乡土"相近的还有一个概念："苦难。"布迪厄曾写过一本沉重的书《世界的苦难》，布迪厄以深切的悲悯和细致的关注揭示了"个体的苦难就是社会的苦难"。因为"文革"的催动，苦难叙事伴随着伤痕文学而成了中国当代文学的重点一页。恩施作家笔下的人物大多为底层人物，苦难对于底层人物构成了日常生活的主要内容，弥漫于生命之中而又无从归因；再加上，土家族本身就是一个历经苦难的山地民族。

甘茂华：前不久，在报纸上读到科学家魏世杰的故事，让我深受感动。他说："也要热爱苦难的生活。"为什么？人人都热爱幸福的生活，都在拼命创造这样的生活。但苦难也是生活的一部分，对此我们别无选择。面对苦难，不要抱怨，不要逃避，更不要绝望，而是要拿出决绝的勇气，付出百倍的行动，依旧热爱这样的生活。照我思索，作家的苦难叙事或底层叙事，不同的人对此会产生不同的感受。作家说到底只是一种介入的苦难叙事，生活在苦难中和介入到苦难中，毕竟有天壤之别。介入苦难，是一种俯视，即使仰视，也多少有一点优越感。我主张平视或仰视，也就是要感同身受，把自己融入苦难生活，像魏世杰说的，也要热爱苦难生活，居高临下或者远观，都不可能写出打动人心的好作品。

杜：虽然作为一个作家来说，心灵是自由的，写作是自由的；但我想知道在文学探索的过程中，你遇到的主要困扰有哪些？最终是如何解决的？今天来反观自己的作品，你觉得最大的遗憾是什么？

甘茂华：写了几十年了，越写越感到困难，越不好意思拿出手。主要困惑有两方面：一是过去读的书少了，深感学养不足，缺乏厚重的文化底蕴；二是对现代生活知道得太少了，深感思想浅薄，连电脑也排斥，恐怕会被时代大潮席卷而去。最大的遗憾是"时间都去哪儿了"，已经走进"夜半钟声到客船"的境地，许多想写未写的东西恐怕都没有时间去做了。我不承认江郎才尽，但"廉颇老矣"又是事实，只能是像负重的骆驼一样，走到哪步算哪步吧。

杜：最后，我想探探底，了解下你下一步的文学创作动向和远景规划。

甘茂华：刚才已经说了，走到哪步算哪步，没有什么系统的创作计划和远景规则。原计划写一部长篇小说画句号的，后来反复思索，还是一辈子把一件事做好，还是写散文，写长篇散文。我把家底都交给你了，也非常感谢你的专访。你提的问题都很刁钻，很见文学功底，把我逼得无处可逃。当然，也迫使我思考很多问题，并借这个机会对自己的写作经历进行了简单的理论梳理。写什么是题材问题，怎么写是技术问题，写出了什么是价值问题，我今后在这三方面还是会"垂死挣扎"的。记得萨特对波伏娃说过：我和你之间，你和我之间，有走不完的路。那么，我和文学之间，像情人一样，也有走不完的路。很可能一切终将黯淡，唯有与文学相爱的日子，会在岁月的深谷里永远闪烁萤光。